A Star's Hope

Isabelle Richter

Sean Beaufort hatte wortwörtlich alles: eine ihn liebende Frau, eine zauberhafte Tochter und eine beispiellose Schauspielkarriere.

Einen grausamen Schicksalsschlag und drei Jahre später ist bis auf seine Laufbahn als Filmstar nichts mehr davon übrig.

Verbissen konzentriert sich Sean ausschließlich auf seinen beruflichen Werdegang, ignoriert den tragischen Verlust seines Kindes und das Zerbrechen seiner Ehe.

Doch als der Hollywood-Star im Rahmen einer Promotiontour in Denver auf seine Noch-Ehefrau Skye trifft, werden die Karten neu gemischt. Wie auch er hat die junge Frau die Tragödie nie verarbeitet. Während ihrer Begegnung schöpft Skye Hoffnung, dass Sean und sie vielleicht doch noch eine zweite Chance haben.

Sie kehrt zurück nach Los Angeles, fest entschlossen, ein letztes Mal den Kampf um ihre Ehe aufzunehmen.

Können zwei Menschen mit einer solchen Vergangenheit noch einmal neu anfangen? Oder sind sie von vornherein zum Scheitern verurteilt?

ISABELLE RICHTER

A STAR'S HOPE

Written Dreams

Isabelle Richter

A Star's Hope

Herzogweg 21

31275 Lehrte

kontakt@writtendreams-verlag.de

www.writtendreams.verlag.de

Satz: Coverstube, Emilia Cole

Bestellung und Vertrieb:

Nova MD GmbH, Vachendorf

Druck und Bindung: PRINT GROUP Sp. z o.o.

Polska

ISBN ebook: 978-3-96204-117-5

ISBN print: 978-3-96443-811-9

Vorwort

Dieser Roman schlummerte in seiner Ursprungsform schon seit unglaublichen neun Jahren auf meiner Festplatte. Wer mich von Anfang an begleitet hat, weiß, dass ich vor meiner ersten Veröffentlichung 2014 jahrelang in einem Online-Portal im Prosa-Bereich geschrieben habe.

Dass ich mit einem anderen Account zeitweise auch im Fanfiktion-Bereich unterwegs gewesen bin, wissen hingegen eher wenige. Nicht etwa, weil ich mich dafür schäme o.ä., sondern weil sich im Rahmen dessen leider wiederholt eine andere Autorin in dem Fandom an meinen Geschichten bedient und Passagen aus ihnen eins zu eins für ihre Storys verwendet hat. Als ich sie darauf angesprochen habe, passierte mir in der Folgezeit exakt das, was man als Phänomen beim Diebstahl geistigen Eigentums häufig beobachtet.

Es wird zum einen durch die Plagiatoren selbst meist zunächst vehement abgestritten und als Zufall o.ä. abgetan, zum anderen haben manche Leserinnen erstaunlicherweise Mitleid mit der Täterin und greifen dann das Opfer an. Ich will hier nicht zu sehr ins Detail gehen, das alles ist lange her, aber ich möchte ein wenig das Bewusstsein dafür wecken, was da eigentlich geschieht. Das Opfer wird zur Täterin gemacht, die klauende Autorin hingegen bemitleidet. Eine völlig verkehrte Welt für mein Empfinden. Der Diebstahl geistigen Eigentums, ob auszugsweise oder komplett, ist kein Kavaliersdelikt.

Der anhaltende Ärger hat in meinem Fall schließlich dazu geführt, dass ich den Account im FF-Bereich und damit die dazugehörigen Geschichten vollständig gelöscht habe.

Seans und Skyes Story in ihrer Fanfiktion-Rohfassung war neben dem ersten Teil der Bariello-Reihe unter ihnen. Damals brach für mich buchstäblich eine Welt zusammen – im Nachhinein bin ich dankbar dafür, wie alles gekommen ist. Ohne das hätte ich mich vielleicht nie komplett in den Prosa-Bereich und erst recht nicht getraut, mich später bei einem Kleinverlag zu bewerben. Im Grunde haben diese Erlebnisse den Grundstein für alles Weitere gelegt und mir gezeigt, dass auch negative Erfahrungen manchmal letztlich zu irgendetwas gut sind.

Losgelassen hat mich dieser unfertige Roman jedenfalls über all die Jahre nicht. Es war meine Verlegerin und liebe Freundin Lucy, die mich schließlich ermutigt hat, ihn grundlegend zu überarbeiten und diese Geschichte so zu Ende zu erzählen, wie ich sie heute schreiben möchte. Viel ist aus der Ursprungsversion nicht mehr übriggeblieben, im Grunde habe ich das Buch so gut wie komplett neu geschrieben und anschließend zusammen mit ihr geschliffen.

Ich bin dir, liebe Lucy, unglaublich dankbar dafür, dass du mich bestärkt hast, diesen Schritt zu machen. Wir sind ein Dreamteam, du bist meine Schwester im Geiste und ich bin sehr froh, dass sich unsere Wege vor nunmehr bereits vier Jahren gekreuzt haben. Auf das wir ihn noch viele Jahre weiter gemeinsam gehen.

Last but not least möchte ich euch, meinen wunderbaren LeserInnen, danken, dass ihr mir ermöglicht, meinen Traum zu leben. Von Herzen alles Liebe und Gute für euch.

Fühlt euch gedrückt, eure Isa

Prolog

Part I – Sean

Drei Jahre, acht Monate, neun Tage, drei Stunden und fünfundvierzig Minuten.

So lange ist es her, dass du auf die Welt gekommen bist. Ich hatte dich noch keine Minute im Arm, da konnte ich mir ein Leben ohne dich bereits nicht mehr vorstellen. Du warst klein und unglaublich zerknautscht. Ich erinnere mich an den ungläubigen Blick deines Patenonkels Jace, der nicht glauben wollte, dass du so aussehen solltest.

Deine Mom und ich waren überglücklich, als wir dich bekamen, wir hatten die Hoffnung schon fast aufgegeben. Nie werde ich den Tag vergessen, an dem sie mir gesagt hat, dass du unterwegs bist. Ihr glückliches Strahlen, ihre glänzenden Augen, ihre roten Wangen. Sie hatte nie schöner ausgesehen als in jenem Moment. Ich hätte nicht geglaubt, dass meine Liebe zu deiner Mutter noch größer werden könnte, aber dieser Augenblick hat mich eines Besseren belehrt.

Die folgenden Monate bis zu deiner Geburt waren die schönsten unseres Lebens. Als ich deine Tritte das erste Mal gespürt habe, war ich endgültig rettungslos verloren.

Drei Jahre, acht Monate, neun Tage, drei Stunden und fünfzig Minuten.

Die ersten Wochen mit dir waren das reinste Chaos, weder deine Mutter noch ich waren wirklich vorbereitet auf die Veränderungen, die auf uns zukamen. Deine Mom hat mich mit ihrem Geglucke manchmal zur Weißglut getrieben, nichts konnte ich ihr recht machen. Egal, ob ich dich gehalten, gewaschen, gewickelt, angezogen oder zu Bett gebracht habe, alles war falsch. Dein Patenonkel Jace hat sich königlich über unsere Auseinandersetzungen amüsiert.

Drei Jahre, acht Monate, neun Tage, drei Stunden und fünfundfünfzig Minuten.

Deine Großeltern waren von der ersten Sekunde an verliebt in dich. Wie hätten sie das auch nicht sein können? Du hast sie alle um den Finger gewickelt, wie eine echte Beaufort. Deine Grandma hat geweint, als wir ihr gesagt haben, dass wir dich mit zweitem Namen nach ihr benennen wollen. Jace' Rührung, als wir ihn gebeten haben, dein Patenonkel zu werden, war offensichtlich. Bei der Taufe hast du bitterlich geschrien. Ich weiß nicht, wer erleichterter war, Jace, als er dich deiner Mutter wieder übergeben konnte oder deine Mom, die es sämtliche Selbstbeherrschung gekostet hat, dich nicht aus dessen Armen zu reißen.

Drei Jahre, acht Monate, neun Tage, vier Stunden.

Jeder Tag mit dir war eine Offenbarung, du hast uns so glücklich gemacht. Dir zuzusehen, wie du wächst und gedeihst, hat insbesondere mir Ruhe gebracht. Skye, deine Mom, hat immer gesagt, dass du mir das gegeben hättest, wozu sie alleine nicht in der Lage war: einen festen Ankerpunkt. Ich habe nicht verstanden, was sie damit gemeint hat, denn für mich war deine Mutter ebenfalls einer. Doch das sollte sich ändern. An jenem Tag.

Drei Jahre, drei Monate, zwölf Tage, fünf Stunden und zwanzig Minuten. So lange ist es her, dass du wieder von dieser Welt gegangen bist.

So lange ist es her, dass nichts mehr ist, wie es war. Nicht nur du bist gestorben. Auch ich. Innerlich.

Part II – Skye

Ein Jahr, zehn Monate, einundzwanzig Tage, vier Stunden und fünfzehn Minuten.

So lange ist es her, dass ich deinen Vater verlassen habe. Als du gestorben bist, hast du das, was deinen Dad und mich ausgemacht hat, mit ins Grab genommen. Du hast uns so viel Freude bereitet. Die Welt durch deine Augen zu entdecken, hat uns verzaubert und unsere Beziehung noch tiefer werden lassen. Niemals hätten wir gedacht, dass etwas unsere Liebe zueinander zerstören könnte, aber nach deinem Tod war da nichts mehr. Nur noch Stille. Ohrenbetäubende Stille. Leere. Unendliche Leere.

Ein Jahr zehn Monate, einundzwanzig Tage, vier Stunden und zwanzig Minuten.

Verzweiflung. Trauer. Wut. Hass. Schuldzuweisungen. Mehr ist nicht übriggeblieben von uns. Lange habe ich an unserer Ehe festgehalten, mich an etwas geklammert, das nicht mehr existierte. Ich habe deinen Vater so geliebt, ich konnte mir ein Leben ohne ihn nicht vorstellen, doch mit ihm zusammen zu sein, wurde unmöglich. Dein Dad hat niemanden mehr an sich herangelassen, weder seine Eltern, noch Jace, Marissa oder mich. Wohl eher: schon gar nicht mich.

Ich war nicht in der Lage, ihm wie früher Freundin und Vertraute zu sein, dein Dad hat seinen eigenen Schmerz in mir gesehen, und das war für ihn unerträglich. Ich habe mich ihm angepasst, wurde kalt und hart, wollte stark sein für ihn, aber auch das hat nicht funktioniert.

Ein Jahr, zehn Monate, einundzwanzig Tage, vier Stunden und fünfundzwanzig Minuten.

Dein Vater war schon immer ein Grenzgänger gewesen, nach deinem Tod veränderte sich jedoch alles. Nichts konnte ihn noch aufhalten, sämtliche Linien waren verwischt, und dein Dad hat mehr als eine überschritten, um seine Gefühle zu betäuben. Jace, Marissa und ich waren machtlos, er hat sich von niemandem etwas sagen lassen. Sean wurde zu einem Fremden für mich. Wir waren beide gefangen in unserem Elend und nicht in der Lage, einander zu helfen. Im Gegenteil, wir schadeten einander eher.

Ein Jahr, zehn Monate, einundzwanzig Tage, vier Stunden und dreißig Minuten.

Dein Dad und ich waren zunächst wie Feuer und Wasser. Unsere erste Begegnung stand unter einem denkbar schlechten Stern und niemals hätte ich gedacht, dass ich diesen Mann eines Tages heiraten würde. Er war dermaßen überzeugt von sich und seine arrogante Art hat mich bis aufs Blut gereizt. Ich habe Zeit gebraucht, bis ich erkannt habe, dass das nur eine seiner Masken war. Bis dein Dad mir sein wahres Gesicht gezeigt, wirkliches Vertrauen zu mir gefasst hat, hat es eine Weile gedauert. Wir hatten es alles andere als leicht miteinander, doch ich möchte nicht einen Augenblick missen. Jace hat einmal zu mir gesagt, er hätte uns anfangs keine vier Wochen gegeben, aber immerhin waren wir, als du von uns gegangen bist, fünf Jahre zusammen, drei davon glücklich verheiratet.

Drei Stunden und fünfundzwanzig Minuten.

So lange ist es her, dass ich deinen Vater wiedergesehen habe.

Kapitel 1

Skye

Völlig geschafft gab ich das letzte Gericht des heutigen Abends heraus und wischte mir anschließend einmal mit dem Ärmel über die Stirn. Ich liebte meinen Job, doch nach einem Vierzehn-Stunden-Tag wie heute sehnte ich mich nur noch nach zwei Sachen: einer langen, heißen Dusche und meinem Bett.

Von beidem war ich jedoch mindestens anderthalb, eigentlich eher zwei Stunden entfernt. Zum einen, da ich dem mir unterstellten Küchenpersonal grundsätzlich dabei half, Ordnung für den nächsten Tag zu schaffen, und zum anderen, weil ich dann noch eine halbstündige Fahrt bis zu meiner Wohnung vor mir hatte.

Konzentriert reinigte ich meinen Arbeitsplatz und scherzte währenddessen ein bisschen mit meinem Sous-Chef Ramon herum. Seit ich hier arbeitete, versuchte er, mich dazu zu überreden, *mehr am Leben teilzunehmen*. Aber er machte das stets auf so eine harmlos-lockere Art, dass ich ihm das nicht übelnehmen konnte. Er lag grundsätzlich richtig, denn ich führte praktisch das Leben einer Eremitin. Dass ich das so wollte, kaufte er mir nicht ab.

»Chica, du solltest dich den anderen anschließen und noch ein wenig tanzen gehen«, schlug er mir auch jetzt wieder vor und lachte, als ich mit den Augen rollte. »Du bist jung, wunderschön und sicher nicht dazu bestimmt, den Rest deiner Tage allein zu verbringen«, setzte er mit einem Zwinkern nach.

»Wenn ich nur ein bisschen jünger wäre, dann hätte ich dich mir schon längst geschnappt.«

Allein.

Das war ich nun seit knapp zwei Jahren und es fühlte sich nach wie vor unwirklich an.

Ich verbot mir jeden weiteren Gedanken an meine Vergangenheit und konzentrierte mich wieder auf Ramon, der mich erwartungsfroh musterte. »Ich bin müde, rieche nach Küche und habe sicher keine Lust, jetzt noch durch irgendwelche Clubs zu ziehen«, entgegnete ich und Enttäuschung machte sich auf seiner Miene breit.

»Aber Chica, du …«

»Nichts aber Chica, ich werde mich nur noch umziehen, nach Hause fahren, heiß duschen und ins Bett gehen«, unterbrach ich ihn.

Wie traurig und armselig sich das anhörte, verdrängte ich lieber schnell. Mein Leben gefiel mir, wie es war – absolut berechenbar, es gab keine bösen Überraschungen oder Stolpersteine. Ich hatte alles verloren und erwartete nichts mehr. Nachdem ich Los Angeles verlassen hatte, hatte ich nach diversen zeitlich befristeten Jobs schließlich in Denver unter meinem Mädchennamen neu angefangen. Obwohl ich noch nicht geschieden war, musste ich das tun, denn der Name Beaufort vertrug sich partout nicht mit Ruhe und Abgeschiedenheit.

Ramon seufzte geräuschvoll, blieb aber stumm. Mit einem liebevollen Lächeln umarmte ich ihn, ehe ich mich in unseren Personalraum begab, um mich umzuziehen. Sobald ich mich von meiner Arbeitskleidung befreit hatte, zog ich mir Jeans und Pullover an und schlüpfte in meine Stiefel. Das Wetter war um diese Jahreszeit in Denver bereits unberechenbar, den ganzen Tag schüttete es schon wie aus Eimern. Los Angeles fehlte mir.

Ich schulterte meine große Umhängetasche und verließ das Restaurant durch den Vordereingang, nicht, ohne mich freundlich von den Kellnern, die gerade noch die Tische für den nächsten Tag richteten, zu verabschieden. Mit einem Seufzen schlug ich den Kragen meines Mantels hoch und wandte mich nach rechts, um mich zu der einen halben Block entfernten U-Bahn-Station zu begeben.

»Skye?«, ertönte hinter mir eine Stimme, von der ich geglaubt hatte, sie nie wieder abseits einer Leinwand oder eines Fernsehers zu hören. Ich erstarrte mitten in der Bewegung, während ein Schauer durch meinen Körper lief. Dass ich beinahe zwei Jahre nach unserer hässlichen, letzten Begegnung immer noch so auf ihn reagierte, erschütterte mich. Ich hatte angenommen, dass ich mittlerweile über ihn hinweg wäre.

Doch kam man wirklich jemals über jemanden hinweg, den man so geliebt hatte, wie ich ihn?

Langsam drehte ich mich zu ihm um. »Sean? Was machst du denn hier?«, krächzte ich und räusperte mich schnell.

Er befand sich im Schatten und ich konnte nur die Konturen seines hochgewachsenen Körpers ausmachen. »Wir promoten meinen neuesten Streifen«, erklärte er, als wäre unser Aufeinandertreffen das Normalste der Welt, und trat in das Licht der Straßenlaterne, unter der ich stand.

Seine eisblauen Augen musterten mich aufmerksam und der Ausdruck in ihnen löste einen Haufen widersprüchlicher Empfindungen in mir aus. Wut, Enttäuschung, Schmerz aber auch Sehnsucht. Dass er neben all den negativen Gefühlen auch dieses in mir weckte, erschreckte mich.

»Ich hatte einen Interview-Termin mit einer Reporterin einer lokalen Zeitung und wir waren hier zum Essen verabredet«, fuhr er fort, während ich ihn anstarrte wie ein paralysiertes Kaninchen die Schlange.

Er sah gut aus, besser und gesünder als vor zwei Jahren zum Zeitpunkt unserer … Trennung. Sein Gesicht war nicht mehr so aschfahl wie seinerzeit auf dem Höhepunkt seiner Exzesse und dieser verbitterte Zug um seinen Mund war nicht länger so ausgeprägt.

»Ich habe es schon vorher geahnt, aber als das Dessert kam, war ich mir endgültig sicher. Dein Markenzeichen ist unverkennbar.« Er lächelte vorsichtig, doch ich war auf der Hut. Zu oft hatte er mich damals erst in Sicherheit gewogen, um mir anschließend um so brutaler vor Augen zu führen, wie sehr er mich hasste. Sean hatte mich verbal unzählige Male buchstäblich durch die Hölle gehen lassen. »Ich … ich verstehe es jetzt«, drang seine Stimme in meine Gedankengänge und ich runzelte verwirrt die Stirn. »Was ich dir vor zwei Jahren vorgeworfen habe, tut mir unglaublich leid. Ich weiß, dass es diese lächerliche Entschuldigung zwischen Tür und Angel nicht wieder gutmacht. Wie ich mich verhalten habe … du hast das Gleiche durchgemacht wie ich und ich habe dich noch zusätzlich gequält, indem ich mich wie ein widerliches, eiskaltes Arschloch benommen habe. Das ist mir klar geworden.«

Ohne, dass ich es beeinflussen konnte, stiegen mir Tränen in die Augen. Ihn wiederzusehen hatte mich bereits in einen emotionalen Ausnahmezustand versetzt, und seine Worte trugen ihr Übriges dazu bei. Dass er sein Benehmen bedauerte, war etwas, das mich absolut unvorbereitet erwischte. An einen kalten, fiesen Sean Beaufort war ich mittlerweile gewöhnt, den hatte ich seit dem Tod unserer Tochter nur zu gut kennenlernen dürfen. Der Mann vor mir erinnerte mich jedoch an den, in den ich mich verliebt hatte.

»Es … schon gut«, stotterte ich, doch er schüttelte mit dem Kopf.

»Nichts ist gut … aber können wir das vielleicht irgendwo drinnen besprechen? Einen Kaffee trinken gehen oder so?« Unwillkürlich musste ich schmunzeln, denn früher hatte Sean zu jeder Tages- und Nachtzeit Koffein in sich hineinschütten können.

»Es ist nach Mitternacht, wenn ich jetzt einen Kaffee zu mir nehme, bekomme ich gar keinen Schlaf … doch das Café vorn an der Straßenecke hat vierundzwanzig Stunden geöffnet und sicher auch harmlosen Tee im Angebot«, erwiderte ich und fragte mich gleichzeitig, ob ich mich tatsächlich einer derartigen Unterhaltung mit meinem Noch-Ehemann gewachsen fühlte.

Sean kam noch dichter als zuvor und prompt umwirbelte mich sein mir so vertrauter Geruch. Er duftete nach Sandelholz, einem Hauch Minze und eben nach … *ihm.* Ich konnte nicht mehr zählen, wie oft ich meine Nase nach einem anstrengenden Tag im Restaurant beziehungsweise im Catering-Unternehmen beim Kuscheln mit ihm in seiner Halsbeuge vergraben hatte. Es hatte nur seiner Nähe und weniger Atemzüge bedurft, um mich wieder herunterzubringen.

Zögerlich setzte ich mich in Bewegung und wie zwei Fremde liefen wir nebeneinander her in Richtung des kleinen Lokals. Sean öffnete die Tür und ließ mich an sich vorbei eintreten. Um diese fortgeschrittene Uhrzeit war das Café nur noch spärlich besucht und wir steuerten eine der freien Nischen im hinteren Bereich an. Umständlich zog ich mir den Mantel aus und verfluchte mich dafür, dass ich kein größeres Augenmerk auf meine Kleidung gelegt hatte. In der gleichen Sekunde schalt ich mich eine dumme Kuh, als ob es ihm wichtig war, was ich trug.

Sean legte seine Jacke ab und warf sie achtlos in die Sitzreihe, ehe wir einander gegenüber Platz nahmen. Die Kellnerin kam zu uns und fragte nach unseren Wünschen. Ihr Blick blieb an Sean hängen und ich konnte förmlich dabei zusehen, wie es hinter ihrer Stirn arbeitete.

»Nur einen Kaffee, dazu bitte einen Früchtetee mit zwei Stücken Zucker und einem winzigen Schuss Milch«, gab er unsere Bestellung auf und die Angestellte entfernte sich wieder. »Oder hast du dir mittlerweile abgewöhnt, deinen Tee auf diese eklige Art und Weise zu trinken?«, erkundigte er sich mit einem Schmunzeln.

Meine Kehle wurde eng, weil ich mich daran erinnerte, wie oft er sich über meinen manchmal etwas merkwürdigen Geschmack lustig gemacht hatten. Ich schüttelte mit dem Kopf und knetete nervös meine Finger, bis mir aufging, wie offensichtlich ich ihm damit zeigte, wie es in mir aussah.

»Dann hat es dich also nach Denver verschlagen?«, versuchte Sean, ein Gespräch in Gang zu bringen.

Ich nickte und ermahnte mich innerlich, mich nicht wie eine wortkarge Fünfzehnjährige aufzuführen. Das hier war immerhin mein Noch-Ehemann und ich keiner seiner verliebten Fans. »Nach diversen Zwischenstopps in anderen Städten bin ich hier sesshaft geworden.« In meinen Ohren klang das absolut falsch, denn ein wirkliches Zuhause hatte es für mich nur in Los Angeles gegeben.

Mit ihm.

»Du arbeitest als Chefköchin?«, fragte er mich weiter aus und wieder nickte ich. »Hast du noch Kontakt zu Agnes?«

Ich schloss kurz die Augen. Wie ich meine beste Freundin damals im Stich gelassen hatte, lastete nach wie vor schwer auf meinen Schultern.

»Nein … ich … irgendwann hatte ich den richtigen Zeitpunkt verpasst, um mich noch bei ihr zu melden«, erwiderte ich mit einem hilflosen Schulterzucken.

»Es hat mich überrascht, dass du deine Geschäftsanteile so ohne Weiteres aufgegeben hast.« Sean musterte mich so eindringlich, dass ein neuerlicher Schauer über meinen Rücken lief. »Ich meine, das Restaurant ist immer euer Traum gewesen.«

»Träume ändern sich«, entgegnete ich und verfluchte mich, weil das eindeutig schnippischer als beabsichtigt herüberkam. Es verriet ihm zu viel über das, was in mir vorging. »Und du? Wie geht es dir?« Ich wollte unser Gespräch auf ihn lenken, obwohl ich über ihn vermutlich deutlich besser im Bilde war als umgekehrt. Das Privatleben eines Schauspielers war eben in den seltensten Fällen tatsächlich privat.

Sean hatte in den letzten zwei Jahren einen Blockbuster nach dem anderen gedreht, dazwischen immer mal wieder kleinere Independent-Filme, und er war ein noch größerer Star als zum Zeitpunkt unserer Trennung. Dazu hatte es die eine oder andere kurze Liaison mit seinen jeweiligen weiblichen Co-Stars gegeben, wenn ich der Presse Glauben schenkte.

Er setzte gerade zu einer Antwort an, als die Kellnerin mit unseren Getränken kam. Sean wartete, bis sie wieder weg war, ehe er fortfuhr. »Beruflich gesehen habe ich wohl so ziemlich alles erreicht, was man erreichen kann … Harrison meint, dass ich für die nächste Hauptrolle vermutlich endlich den Oscar bekomme.« Harrison war sein Manager. Der Mann war verteufelt gut in seinem Job und hatte einen untrüglichen Riecher für Rollen, die Sean eine Menge Geld einbrachten und noch mehr aus ihm als Schauspieler herausholten. »Jace findet, dann könnte ich mich zur Ruhe setzen und den Platz für ihn freimachen«, fuhr er fort und ich musste schmunzeln.

Jace Huntington und er waren wie Brüder. Als sie noch Kinder waren, hatte Jace ein paar Monate im Haushalt der Beauforts verbracht. Er war ein Pflegekind gewesen, mit dem Seans Eltern völlig überfordert waren, und so hatten sie ihn schließlich zurück ins Heim gegeben. Sean und Jace jedoch hatten den Kontakt zueinander gehalten und für meinen Noch-Ehemann war Jace sein Bruder, daran durfte keiner rütteln. Gemeinsam hatten sie die Schauspielschule besucht und waren zu Castings gegangen, bis sie nach ihrem Abschluss von Harrison unter dessen Fittiche genommen worden waren.

Jace war mir ein guter Freund geworden und er fehlte mir, wie sehr, das merkte ich erst jetzt. Wir hatten uns sofort verbunden gefühlt. Bis zu meinem Weggang war er stets von einer gewissen Unruhe erfüllt gewesen, weil er die Dämonen seiner Kindheit und Jugend nie wirklich verarbeitet oder abgeschüttelt hatte. Er war durch so viele Familien und Pflegeheime gegangen, dass er irgendwann aufgehört hatte, sie zu zählen. Nur Sean war stets eine Konstante in seinem Leben gewesen.

»So weit ich das mitbekommen habe, muss er sich nicht beklagen. Seine Rollen sind vielleicht kleiner, aber viele seiner Kollegen würden sich ein Bein für Jace' Erfolg ausreißen«, wandte ich ein und Sean grinste. Die bisherige Karriere seines früheren Pflegebruders war beachtlich und er musste sich weiß Gott hinter niemandem verstecken.

»Du kennst doch Jace … höher, schneller, weiter.« Er lächelte und zuckte mit den Schultern, ehe er ernst wurde. Mein Herz stolperte, als sein Blick sich in meinen brannte. »Skye, ich …«, begann er, aber dann unterbrach ihn ein ziemlich aufdringliches Klingeln, das aus seiner Jacke zu kommen schien. »Sorry, das ist Harrison, da muss ich rangehen«, entschuldigte er sich und ich nickte. Er fischte das Telefon aus seiner Jackentasche und nahm das Gespräch an. »Was gibt's? … Du bist vor der Tür?! … Woher weißt du, wo ich bin? … Fuck … Kannst du sie nicht noch ein wenig vertrösten? Muss das wirklich jetzt sein?!« Sean rollte genervt mit den Augen. »Okay … ich sagte okay! Ich bin auf dem Weg!« Er beendete das Telefonat und über sein Gesicht huschte ein Ausdruck des Bedauerns.

»Du musst los, hm?«, stellte ich das Offensichtliche fest und er nickte.

»Ein nicht aufschiebbarer Termin mit einem französischen TV-Sender … denen ist die Uhrzeit scheinbar vollkommen egal und mich kostet es bei der Produktionsfirma Kopf und Kragen, wenn ich den nicht einhalte.« Er warf ein paar Dollarscheine neben seine Tasse, ehe er sich erhob. Nachdem er seine Jacke angezogen hatte, blieb er neben mir stehen und legte nach kurzem Zögern seine Hand auf meine auf dem Tisch.

Mein gesamter Körper stand binnen Sekunden unter Hochspannung und ich reagierte genauso heftig wie damals auf Sean. Das einsetzende Zittern meiner Finger unter seinen verriet ihm garantiert, was in mir vorging. Er blickte mit einem bedauernden Gesichtsausdruck auf mich hinunter und schien sich schließlich zu einem Lächeln zu zwingen.

»Ich bin leider morgen früh bereits im Flieger nach Los Angeles … Denver war die letzte Station auf der Promotiontour, aber ich … es war schön, dich zu sehen … zu erfahren, dass es dir soweit gut geht.« Sean beugte sich nach einem kurzen Zögern zu mir hinab und drückte einen Kuss auf meine Stirn, der mich vollends erstarren ließ. »Es … ich wünsche dir alles Gute, Skye«, raunte er, strich mit dem Daumen einmal über meinen Handrücken und ging anschließend.

Und zum zweiten Mal an diesem Abend fühlte ich etwas, das ich für immer verloren geglaubt hatte: Sehnsucht.

Kapitel 2

Sean

Kaum, dass ich den Flieger in Los Angeles verlassen hatte, setzte ich mir meine Sonnenbrille auf, um mich von den lästigen Reportern abzuschirmen, die garantiert schon in der Eingangshalle auf mich lauern würden. Leider war das Aufeinandertreffen mit meiner Noch-Ehefrau nicht unbemerkt geblieben. Irgendein Idiot hatte ein paar unscharfe Bilder mit seinem Smartphone geschossen und sie dann an den Meistbietenden verhökert. Harrison wurde förmlich mit Anfragen bombardiert, ob Skye und ich einen neuerlichen Versuch starteten, nachdem das Foto, wie ich sie auf die Stirn küsste, durch sämtliche Medien gegeistert war.

Kopfschüttelnd dachte ich daran, wie ich mich gestern von ihr verabschiedet hatte. *Ich wünsche dir alles Gute, Skye.* Nicht unbedingt eine meiner Sternstunden. Eigentlich hatte ich sie um ihre Adresse bitten wollen, damit ich die Scheidung in die Wege leiten konnte, aber aus irgendeinem Grund hatte ich die Worte nicht über die Lippen gebracht. Verstehen konnte ich das nicht, denn unsere Ehe bestand seit knapp zwei Jahren nur noch auf dem Papier – und auch die Monate vor ihrem Verschwinden hatte sie bereits nicht länger existiert.

Sie so unvermittelt wiederzusehen hatte mir mehr zugesetzt, als ich zugeben wollte. Schon bei der Vorspeise hatte mich der Verdacht beschlichen, dass Skye die Köchin des Restaurants war. Doch ich hatte das Ganze schnell abgetan und mir gesagt, dass meine Sinne mir einen Streich spielten. Beim Dessert konnte ich mir das dann nicht weiter einreden, denn ihr Markenzeichen, der mit einem Herz verwobene Stern, mit dem sie ihre Nachspeisen verzierte, war unverkennbar. Ich hatte den Kellner, der für unseren Tisch zuständig war, dennoch nach dem Koch gefragt und schließlich die endgültige Bestätigung bekommen. Sie arbeitete zwar unter ihrem Mädchennamen, was mir einen Stich versetzt hatte, aber verdenken konnte ich ihr das nicht.

Sobald wir das Gate verließen, brach wie erwartet die Hölle los. Unzählige Journalisten stürzten sich auf uns, schossen Bilder von mir und bombardierten mich förmlich mit Fragen. Harrison schirmte mich, so gut es ging, ab und dirigierte mich durch die Halle in Richtung des Ausgangs, wo hoffentlich schon die von der Produktionsfirma zur Verfügung gestellte Limousine auf uns warten würde.

Ich blendete die Presse-Aasgeier vollkommen aus und konzentrierte mich einzig und allein darauf, den Flughafen zu verlassen, ohne auch nur einem von ihnen irgendeine Angriffsfläche zu bieten.

In den vergangenen Jahren hatte ich mich mehr als einmal mit den Medienvertretern angelegt und mir dadurch einen ziemlich zweifelhaften Ruf erarbeitet. Doch nach dem Tod unserer Tochter hatten diese Schweine keinerlei Grenzen oder moralischen Anstand gekannt, nein, sie hatten sich bei jeder sich bietenden Gelegenheit auf uns gestürzt und versucht, so viel Kapital wie nur möglich aus unserem Leid zu schlagen. Und was brachte mehr ein, als ein ausrastender Superstar? Also hatten sie mich mit Anmerkungen, Beleidigungen, Fragen und anderen Perversionen belästigt und oft genug Erfolg gehabt. Auch wenn ich wusste, dass das Business nun einmal so war, hatte mich das nicht davor bewahrt, ab und an richtig auszurasten und besonders dreiste Paparazzi Bekanntschaft mit meinen Fäusten machen zu lassen.

Seitdem war ich wegen Körperverletzung vorbestraft und einem Klatschreporter hatte ich ein saftiges Schmerzensgeld zahlen müssen, aber meinem Erfolg hatte es nicht geschadet. Ganz im Gegenteil. Nun hatte ich mehr Profil, wie es die Agenten so schön ausdrückten, und war für die Rollen als harter Kerl oder Bösewicht plötzlich sehr angesagt. Oft hatte ich darüber gerätselt, wieso ich die Schauspielerei nicht an den Nagel hängte und ob ich die Hure dieser oberflächlichen Industrie war, aber meine Liebe dazu war es letztlich gewesen, die mich aufrecht gehalten hatte. Ich war Vollblut-Schauspieler und mich davon abzuwenden, würde bedeuten, auch das letzte zu verlieren, was mich am Leben hielt.

Draußen angekommen schaffte Harrison unser Gepäck in den Kofferraum, während ich bereits auf dem Rücksitz der geräumigen Limousine Platz nahm. Erleichtert durchatmend zerrte ich mein Handy aus der Hosentasche und checkte meine Social-Media-Accounts, um mir ein Bild über das Ausmaß der Katastrophe zu machen. Mit einem Seufzen steckte ich das Telefon wieder weg, nachdem ich mir einen Überblick verschafft hatte.

Diesen Aspekt meines Jobs hasste ich inbrünstig und das würde sich auch nie ändern.

Harrison setzte sich schnaufend neben mich und strich sich mehrmals mit den Fingern durch sein dunkelbraunes Haar. »Auf einer Skala von eins bis zehn, wie schlimm ist es?«, fragte er mich.

»Acht bis neun, würde ich sagen«, erwiderte ich mit einem Achselzucken. »Wir waren in dem Café so gut wie allein, vermutlich hat irgendeiner der Angestellten uns erkannt und die Chance gesehen, schnell einen netten Batzen Kohle zu verdienen.« Ich erinnerte mich an die Kellnerin, die uns so neugierig gemustert hatte.

»Wieso hast du mir gestern am Telefon nicht gesagt, dass du Skye triffst?« Ich warf Harrison einen Seitenblick zu, doch die Miene meines Managers war wie immer undurchdringlich. »Ich hätte etwas arrangieren können, sodass ihr nicht gleich aufgeflogen wärt. Dass du wieder Kontakt zu ihr hast, wusste ich nicht, hättest du mich eingeweiht, dann …«

»Ich hatte keine Gelegenheit, dich einzuweihen, weil ich bis gestern selbst nicht gewusst habe, dass sie in Denver ist. Es war ein Zufall, Harrison, reg dich ab«, unterbrach ich ihn. »Und es war einmalig. Eine Art … Abschluss«, setzte ich nach und er hob skeptisch eine Augenbraue.

»Du hast sie also um die Scheidung gebeten?«, erkundigte er sich. Irritiert runzelte er die Stirn, als ich verneinte.

»Es hat sich nicht ergeben. Wir sind nicht mal zum Kern des Gesprächs gekommen, bis du mit deinem Anruf dazwischen gegrätscht bist. Sie zum Abschied um ihre Adresse zu bitten, damit ich ihr die Scheidungspapiere zustellen lassen kann, kam mir schäbig vor. Die kriege ich auch so raus, ich weiß jetzt, dass sie unter ihrem Mädchennamen in Denver wohnt. Der Rest ist Formsache.«

Harrison lachte trocken. »*Das* kam dir schäbig vor?«

Ich verzog das Gesicht, aber im Grunde genommen hatte er Recht. Nach dem Tod unserer Tochter hatte ich mich Skye gegenüber ziemlich daneben benommen, was noch vorsichtig formuliert war. Deshalb musste ich mich gestern auch unbedingt bei ihr entschuldigen. Das nagte schon lange an mir, aber ich war auch zu feige gewesen, wirklich ernsthaft nach ihr zu suchen.

»Ich kann ihr die Papiere notfalls auch über das Restaurant zustellen lassen.«

Harrison stieß einen Laut aus, den ich nicht ganz einordnen konnte. »Ernsthaft? Du willst sie demütigen, indem du jeden an ihrem Arbeitsplatz an ihrem Privatleben teilhaben und ihr die Trennungspapiere dort übergeben lässt? Wow, das ist wirklich mies.«

Ich legte den Kopf leicht schief und tippte mir vielsagend an die Stirn. »Du glaubst doch nicht wirklich, dass sie nach dem Rummel online und in der Presse heute Morgen noch nicht aufgeflogen ist?« Dass Skye die letzten zwei Jahre so unterhalb des Radars hatte fliegen können, wunderte mich ohnehin. Gut, sie arbeitete in dem Restaurant unter ihrem Mädchennamen Jones, aber dennoch … scheinbar war ihr in diesem Fall ihr Nomadentum in den ersten Monaten nach ihrem Verschwinden zugutegekommen. Bis sie sich in Denver niedergelassen hatte, war der größte Wirbel um unsere Trennung vorüber gewesen.

»Vermutlich nicht … wie war es für dich, sie nach all der Zeit wiederzusehen?«, riss Harrison so abrupt den Schorf von der Wunde, dass ich einen Moment brauchte, um mich zu sammeln. Ich hatte mit aller Macht verdrängt, was ihr Weggang in mir auslöste.

»Seltsam«, gab ich schließlich einsilbig zurück, weil ich nicht in Worte fassen konnte, was in mir vorgegangen war. »Im Übrigen würde ich es begrüßen, wenn wir das Thema jetzt beenden. Ich werde meinen Anwalt bitten, die Papiere aufzusetzen, sie Skye zustellen lassen und dann wird unter dieses Kapitel meines Lebens ein endgültiger Schlussstrich gezogen.«

Meine Stimme klang völlig überzeugt, verriet nicht einen Hauch dessen, wie es in mir tatsächlich aussah. Ich spielte eine Rolle und darin war ich nun einmal verdammt gut.

Doch die Wahrheit war, dass ich Skye und später unsere Kleine mehr geliebt hatte als irgendetwas sonst auf der Welt. Glaubte ich wirklich, dass ich irgendwann dazu in der Lage war, diesen Part meiner Vergangenheit als erledigt zu betrachten?

Kapitel 3

Skye

Leise seufzend lehnte ich den Kopf gegen die Fensterscheibe und folgte mit meinen Fingerspitzen den Tropfen, die an der Außenseite hinunter liefen. Auch heute regnete es bereits seit Stunden wie aus Kübeln und Denver war quasi unter einer Wolkenschicht verschwunden.

Sean gestern wiederzusehen hatte all die alten vernarbten Wunden aufgerissen, die ich während der letzten Atemzüge unserer Ehe davongetragen hatte. Bis zum Schluss hatte ich darauf gehofft, dass wir wieder zueinanderfinden würden. Dass er uns noch eine Chance geben würde. Doch er hatte seinen Weg gewählt und irgendwann musste ich eine Entscheidung treffen, um nicht selbst zu ertrinken. Ihn zu verlassen war die einzige Möglichkeit gewesen, emotional nicht zugrunde zu gehen.

Darüber, *wie* ich gegangen war, konnte man streiten, aber Sean hatte mir keine Wahl gelassen. Ich wusste, dass er mich dafür verurteilen würde, das nahm ich jedoch in Kauf. Auf eine gewisse Art und Weise hatte ich damals sogar gehofft, dass ihn das treffen würde. In den Monaten nach dem Tod unserer Tochter hatte er mich quasi nonstop nach allen Regeln der Kunst fertiggemacht und immer wieder nachgetreten, obwohl ich schon am Boden lag. Meinen Selbsterhaltungstrieb hatte ich seinerzeit viel zu lang ignoriert und war letztlich fast an Seans Hass und Wut auf mich zerbrochen.

Das Pfeifen des Wasserkessels riss mich aus meinen Gedanken und ich stürmte in die Küche, bevor die alte Ms. Monahan von nebenan wieder mit ihrer Krücke gegen die Wand klopfen konnte. Diese Giftspritze war unerträglich und jeder noch so kleine Grund reichte ihr, um sich über mich bei der Hausverwaltung zu beklagen. Vorsichtig goss ich etwas Wasser in die Tasse und hängte den Teebeutel hinein. Ich begab mich zurück ins Wohnzimmer und setzte mich erneut auf die breite Fensterbank, um in den grauen Himmel zu starren und über unsere turbulente Ehe nachzudenken. Den letzten Sturm hatten wir nicht überstanden. Nicht überstehen können. Unser Baby hatte die Basis unserer Liebe mit sich genommen. Ohne sie waren wir nicht mehr zu retten gewesen, zum Scheitern verurteilt, aber insbesondere ich hatte das zunächst nicht einsehen wollen. Sean war rückblickend betrachtet weitsichtiger gewesen. Er hatte das Ende akzeptiert. Lange vor mir.

Ich hatte angenommen, die vergangenen zwei Jahre hätten mir geholfen, damit klar zu kommen und zu verkraften, was ich verloren hatte. Doch ihn anzuschauen, in seiner Nähe zu sein, wenn auch nur für wenige Augenblicke, hatte mich an die Startlinie zurück katapultiert. Ich war so ein Dummkopf gewesen. Hatte ich wirklich geglaubt, ich hätte abgeschlossen mit unserer Ehe, meiner Liebe zu ihm? Sean war die Liebe meines Lebens und würde es auch bleiben, egal, wie viele Meilen uns trennten, gleichgültig, was auch immer zwischen uns stand. Ich liebte ihn. Würde ihn immer lieben. Wieder verspürte ich die gleiche Sehnsucht, die mich schon gestern Abend mehrfach eiskalt erwischt hatte.

Ich seufzte, schüttelte die Erinnerungen an unsere Anfänge ab und holte mir meinen mittlerweile fertigen Tee aus der

Küche. Seit Tagen überlegte ich, ob ich Jace anrufen und ihn nach Seans Zustand fragen sollte. Unser letztes Telefonat war eine Weile her. Ich kontaktierte seinen besten Freund von Zeit zu Zeit, um zu hören, wie es Sean ging.

Es klopfte leise an meiner Wohnungstür und einen Moment später hörte ich die Stimme meiner Freundin Sidney. »Ich weiß genau, dass du da bist, Skye, also mach auf!«

»Es ist offen«, rief ich.

Sidney war mir in den Monaten, die ich nun schon in Denver war, eine Freundin geworden. Sie wohnte auf derselben Etage wie ich, war alleinerziehend und hatte eine kleine Tochter, die sich im gleichen Alter befand, wie es unser Baby jetzt gewesen wäre, wenn sie uns nicht genommen worden wäre. Ich passte ab und an auf Alice auf, wenn Sidney ausgehen wollte. Mich um sie zu kümmern, half mir und lenkte mich von meinem Verlust ab.

»Ich nehme mal an, du hast noch keinen Blick in deinen Social-Media-Account oder in eine Zeitung geworfen, hm?« Besorgt sah sie mich an und setzte sich mir gegenüber auf die Fensterbank.

»Ähm … nein, wieso sollte ich?«, hakte ich alarmiert nach, obwohl ich schon ahnte, in welche Richtung sie mit ihrer Frage wollte. Sidney war die Einzige, die in groben Zügen Bescheid wusste, was meine Vergangenheit anging.

»Ihr seid überall das Thema Nummer eins. Die Presse überschlägt sich förmlich in der Berichterstattung über eine mögliche Reunion von Hollywoods Traumpaar«, setzte sie mich ins Bild und ich erstarrte.

Die Boulevardpresse war etwas, das ich aus meinem alten Leben absolut nicht vermisste. Dass sie mich gleich nach meiner ersten, kurzen Begegnung mit Sean einholte, war bezeichnend.

»O Gott«, stammelte ich, nahm das Handy von der Fensterbank und öffnete meinen Social-Media-Account, um mich zu informieren, wie schlimm es war. Irgendjemand hatte im Restaurant Fotos von Sean und mir geschossen, ohne dass wir es überhaupt gemerkt hatten.

Sidney betrachtete mich mit einem mitfühlenden Ausdruck in ihren blauen Augen. »Wie war es, ihn nach all der Zeit wiederzusehen? Das hat bestimmt einiges wieder aufgewühlt, oder? Ihr habt sehr vertraut gewirkt.« Sie strich sich eine Strähne ihres blonden, kinnlangen Haars hinter die Ohren.

»Er hat sich bei mir entschuldigt«, erwiderte ich, ohne auf ihre Fragen oder ihre Bemerkung einzugehen.

»Hat er das? Wow.« Sidneys Gesichtsausdruck spiegelte pure Überraschung wider.

Mir ging es ähnlich wie ihr, so recht wusste ich nicht, was ich angesichts von Seans Entschuldigung fühlen und wie ich sie einordnen sollte. Ich hatte so lange darauf gewartet, diese Worte zu hören, doch nun fiel es mir schwer, damit umzugehen.

»Wir haben uns beide damals nicht mit Ruhm bekleckert und Dinge gesagt oder getan, die wir im Nachhinein bereuen. Dass ich ohne eine Erklärung gegangen bin und mich nie wieder bei ihm gemeldet habe, war auch nicht unbedingt die feine Art.«

Meine Nachbarin hob eine Augenbraue. »Korrigiere mich, aber bislang hast lediglich du deine Handlungen kritisch und reflektiert betrachtet. Sean hat das meines Wissens nach nie gemacht, sondern immer bloß um sich geschlagen und dich als seinen verbalen Punchingball missbraucht. Er hat dich nicht körperlich misshandelt, aber auf psychischer Ebene war er nicht weniger grausam als ein Mann, der seine Frau verprügelt, Skye.«

»Ich weiß … ich wollte ihn damit auch nicht in Schutz nehmen, das habe ich damals viel zu lang getan in der Hoffnung, dass er irgendwann aufwacht. Alles, worauf ich hinauswollte, ist, dass er durchaus reflektiert auf mich gewirkt hat. Was ich gesehen habe, war aufrichtige Reue.«

»Was willst du nun unternehmen? Vielleicht solltest du das als Zeichen des Schicksals betrachten und endlich einen finalen Schlussstrich ziehen?«, fragte sie dennoch. Wir hatten mehr als ein langes Gespräch darüber geführt, ob ich die Scheidung einreichen sollte oder nicht. Im Grunde genommen wäre es in Anbetracht der Umstände das Vernünftigste.

Mein Magen zog sich allerdings zusammen bei der Vorstellung, die nötigen und so endgültig wirkenden Schritte in die Wege zu leiten. Auch wenn mein Verstand mir unermüdlich sagte, dass es vorbei war, mein Herz klammerte sich an den Wunsch, vielleicht doch noch eine Chance mit Sean zu haben. Der Mann, den ich gestern wiedergesehen hatte, war nicht mehr von Wut und Hass zerfressen gewesen. Er hatte etwas in mir geweckt, von dem ich geglaubt hatte, es im Zusammenhang mit ihm nie wieder empfinden zu können.

»Skye … Süße …«, murmelte Sidney, die mir meine Gedanken an der Nasenspitze abzulesen schien. Sie zog mich an sich und wischte mir mit einer Hand über das Gesicht.

Verwundert schaute ich auf ihre nassen Fingerspitzen. Wann hatte ich angefangen zu weinen? Ich atmete mehrmals tief durch, ehe ich meiner Nachbarin und Freundin von den Einzelheiten unserer gestrigen Begegnung erzählte. »Er war nie einfach, doch gerade das habe ich an ihm geliebt. Seine Ecken und Kanten. Er war mein bester Freund, Geliebter, Ehemann, und …« Meine Stimme brach und ich schluchzte auf. »Was soll ich bloß tun?«

Sidney gab mir ein paar Augenblicke, bis ich mich halbwegs beruhigt hatte, ehe sie antwortete. »Du musst dich entscheiden. Entweder machst du einen klaren Schnitt, hörst auf, in deiner Vergangenheit zu leben, reichst die Scheidung ein und siehst endlich nach vorne, oder du nimmst den Kampf um eure Ehe auf. Was das heißt, muss ich dir nicht sagen. So, wie du mir die letzten Monate vor eurer Trennung geschildert hast, möchte ich dir dazu raten, es zu beenden, die positive Begegnung gestern hin oder her. Behalte ihn einfach so in Erinnerung. Nicht als das Monster, zu dem er für kurze Zeit geworden ist.«

»Aber …«, wandte ich ein, wurde jedoch sogleich von Sidney unterbrochen.

»Schon gut. Du solltest deinen Chef informieren, dass er sich nach einem neuen Koch umsehen muss.« Sie lächelte schief, bevor sie fortfuhr. »Du wirst mir fehlen, doch du solltest nach Hause gehen.«

»Was ist, wenn ich nicht weiß, wo mein Zuhause ist?« Sean war meine Heimat gewesen, bis unsere Welt auseinandergebrochen war, danach hatte ich mich nirgendwo wieder sicher und geborgen gefühlt.

»Ich denke, dein Herz«, sie tippte auf meine Brust, »sagt dir bereits die Antwort.«

Hatte Sidney Recht? Tat es das? Die, die ich liebte, waren in Los Angeles. Meine Eltern, mein kleiner Bruder und mein

Großvater, die ich seit beinahe zwei Jahren ebenfalls nicht mehr gesehen hatte. Agnes, meine beste Freundin und ehemalige Geschäftspartnerin, die vermutlich kein Wort mehr mit mir sprechen würde, weil ich sie damals Knall auf Fall hatte hängen lassen. Jace, der mir ein so guter Freund geworden war, ganz zu schweigen von Seans jüngerer Schwester Marissa, zu der ich auch keinerlei Kontakt mehr hatte.

Ich erhob mich und lief nervös auf und ab. Es gab immer noch tausend Gründe, die dagegen sprachen, doch die waren alle nichts gegen den einen, der auf der Pro-Seite meiner imaginären Liste stand. Dieser stach jedes Kontra aus.

Sean.

Aber ich war mir nicht sicher, ob ich tatsächlich zurückwollte, weil ich den Kampf um unsere Ehe wieder aufnehmen wollte, oder ob ich nach wie vor der geprügelte Hund war. Eine Version Frau, die ich nie hatte werden wollen.

Was würde ich tun, wenn er erneut begann, mich psychisch zu misshandeln? Konnte ich dem Frieden trauen? War das Monster, das ich seinerzeit verlassen hatte, um nicht selbst zugrunde zu gehen, tatsächlich fort? Innerlich hoffte ein Teil von mir schon fast, dass Sean erneut seine hässliche Fratze zeigen würde, damit ich ihm endlich einmal entgegenbrüllen konnte, was das in mir auslöste. Während er vor zwei Jahren unfähig gewesen war, Reue zu empfinden oder sich in mich einzufühlen, war ich nicht in der Lage gewesen, an mich zu denken und mich vor ihm zu schützen. Exakt das war uns schließlich zum Verhängnis geworden. Vorher hatte ich es stets als positiv wahrgenommen, dass wir uns so ergänzten, doch nach dem Tod unserer Tochter hatte sich das komplett ins Gegenteil verkehrt.

Wenn wir wirklich eine Chance haben sollten, mussten wir beide damit aufhören, nur zu geben oder ausschließlich zu nehmen.

Ich war dazu bereit, aber war Sean es auch?

Kapitel 4

Sean

Mittlerweile war mein Aufeinandertreffen mit Skye etwas mehr als eine Woche her. Die Presse hatte sich nach einem knappen und durch Harrison abgegebenen Statement wieder ein wenig beruhigt. Zwar geisterten hier und da nach wie vor Meldungen über Skye und mich durch diverse Online-Magazine oder Klatschblätter, doch der ganz große Wirbel lag hinter uns.

Was allerdings noch vor mir lag, war ein Gespräch mit Jace, Aaron und Ben. Letztere hatte ich hinhalten können, solange Jace sich wegen eines Drehs in Europa befand. Aber er war gestern zurückgekehrt und sobald er seinen Jetlag halbwegs ausgeschlafen hatte, würde er mit Aaron und Ben im Schlepptau hier aufschlagen, um mich einem Verhör auf Jace-Art zu unterziehen.

Jace hatte Skye wie eine Schwester geliebt und es kaum ertragen, mit anzusehen, wie wir auseinanderbrachen. Für ihn waren wir die Bilderbuch-Familie gewesen, die er selbst nie gehabt hatte. Dass ich Skye von mir fortgetrieben hatte, hatte er mir eine gefühlte Ewigkeit nicht verziehen. Erst, als ich mich allmählich gefangen und meine Alkohol- und Drogenexzesse in den Griff bekommen hatte, wurden die Dinge zwischen uns wieder einfacher.

»Sean?«, ertönte die Stimme meiner kleinen Schwester und ich stöhnte. Mit Marissa hatte ich heute nicht gerechnet, ich war davon ausgegangen, dass sie erst nächste Woche von ihrem Aufenthalt in New York zurückkehren würde.

»In der Küche«, rief ich zurück und nur Sekunden später tauchte sie im Türrahmen auf.

»Wieso muss ich von Jace erfahren, dass du Skye wiedergesehen hast?«, nahm sie mich auch gleich ohne jede Begrüßung unter Beschuss.

Empört stemmte sie eine Hand in die Hüfte und schoss mit ihren hellblauen Augen quasi Eiszapfen auf mich ab, während sie ihre dunkelbraunen Haare über die Schulter nach hinten warf. Wir beide hatten unsere Augenfarbe ebenso wie unsere Haarfarbe von unserer Mom geerbt.

»Ich wusste nicht, dass du dich in New York in einem Funkloch ohne Internet befunden hast. Die Presse war tagelang voll mit Berichten.« Schulterzuckend öffnete ich den Kühlschrank und reichte ihr eine Flasche Wasser, die sie dankend entgegennahm. »Jace und die Jungs kommen später, ich nehme mal an, du wirst nicht bleiben?«

Marissa verzog angewidert das Gesicht. »Wenn *die Jungs* auch Ben mit einschließt, dann sicher nicht.«

Ich lachte leise. »Was hast du bloß gegen Ben?« Zugegeben, seine Art war manchmal gewöhnungsbedürftig und nicht jedermanns Sache, aber die Abneigung meiner Schwester ging weit über das normale Maß hinaus, das fiel mir insbesondere die letzten Monate verstärkt auf.

»Wo fange ich da an und wo höre ich auf? So viel Zeit hast du nicht, Sean«, erwiderte sie mit einem zynischen Lachen. Ich hatte Ben mehr als einmal auf den Zahn gefühlt, doch er hatte beteuert, dass er keine Ahnung hätte, warum Marissa ihm gegenüber so negativ eingestellt war. »Außerdem gibt es

Wichtigeres … Skye und dich, also lenk ja nicht ab«, kehrte sie wieder zu unserem Eingangsthema zurück.

»Skye und ich … sorry, Schwesterchen, aber eine Neuauflage wird es da nicht geben«, entgegnete ich so ruhig wie möglich. Marissa war eine klare Pro-Skye-Verfechterin und hatte mich damals mehr als einmal in den Arsch getreten, nachdem ich unsere Ehe vor die Wand gefahren hatte.

»Die Fotos wirkten anders. Ganz besonders das, auf dem du sie auf die Stirn küsst.« Sie nahm einen großen Schluck aus ihrer Wasserflasche, ohne mich aus den Augen zu lassen.

»Was auch immer du da zu sehen geglaubt hast, es war nur eine Entschuldigung und ein Abschied. Das war ich Skye einfach schuldig und letztlich hätte ich das schon viel früher machen müssen, wenn ich bedenke, was ich ihr angetan habe.« Dass ich nicht mal dazu gekommen war, mich in der Ausführlichkeit zu entschuldigen, die Skye verdient hätte, erwähnte ich lieber nicht.

Marissa hatte mich, nachdem sie von meinem letzten, schlimmen Ausraster meiner Noch-Ehefrau gegenüber erfahren hatte, beinahe zum Frühstück verspeist. Damals hatte ich es nicht verstanden. Heute jedoch … heute konnte ich nicht erklären, wieso ich damals zu jemandem geworden war, der seine Frau verbal verletzte. Ich hatte nie die Hand gegen sie erhoben, aber ich machte mir keine Illusionen, meine Worte waren nicht minder zerstörerisch gewesen.

»Sean, ich bin's, schon vergessen? Mir kannst du nichts vormachen. Aber mir war klar, dass du dir das einreden möchtest.« Ihre Miene wurde weich, während sie näher auf mich zutrat. »Es muss heftig gewesen sein, sie nach all der Zeit wiederzusehen, oder?« Ihre Stimme war leise und so mitfühlend, dass ich ganz automatisch einknickte, obwohl ich mir geschworen hatte, mit niemandem darüber zu reden.

»War es.« Marissa legte ihre Hand auf meinen Unterarm und blieb ansonsten ruhig. »Sie ist … sie war …«, stammelte ich und verfluchte mich, weil ich nicht einen geraden Satz herausbekam. »Sie war mir so vertraut und gleichzeitig so fremd, weißt du, was ich meine? Als ich vor ihr stand, ist mir das erste Mal im vollen Umfang bewusst geworden, was ich damals getan habe. Was ich für eine Mauer zwischen uns erschaffen habe«, presste ich schließlich hervor. Marissa nickte, sagte jedoch auch jetzt kein Wort. Sie wusste genau, wie sie mich zum Reden brachte. »Eigentlich habe ich mich ausführlicher bei ihr entschuldigen und sie dann um die Scheidung bitten wollen, doch ehe es dazu kam, hat Harrison mir dazwischen gefunkt.«

Marissa seufzte geräuschvoll. »Ausnahmsweise hatte dein Manager mal das perfekte Timing. Du weißt, wie ich darüber denke. Die meisten Paare zerbrechen an dem, was ihr erlebt habt, aber eine Scheidung halte ich für überstürzt.«

Ungläubig starrte ich sie an. »Wir haben die letzten knapp vierundzwanzig Monate getrennt voneinander gelebt und schon das Jahr davor stand unsere Ehe vor dem Aus. Was ist daran bitte überstürzt? Es ist wohl eher überfällig!«, argumentierte ich dagegen. »Was Skye und mich verbunden hat, ist lange fort.« Ich schloss einen Moment die Lider. Selbst heute war ich nicht in der Lage, den Namen unserer Tochter auszusprechen, so sehr schmerzte es mich bereits, nur an sie zu denken. Den Kosenamen für sie brachte ich über meine Lippen, wenn ich bei ihr am Grab war, ansonsten konnte ich jedoch sowohl den als auch ihren Vornamen nicht laut sagen.

»Sean …«, setzte Marissa an, doch ich stoppte sie.

»Ich weiß, du meinst es gut, aber bitte … es ist vorbei. An diesen Punkt zu kommen, hat beinahe zwei Jahre gedauert. Was uns zugestoßen ist, lässt Paare auseinanderbrechen. Aber so, wie ich mich danach benommen habe, fehlt uns jede Grundlage für einen weiteren Versuch. Ich hab's versaut.« Meine Stimme klang belegt und ich räusperte mich.

Es hatte weder vor, noch nach Skye eine Frau gegeben, die nur ansatzweise die gleichen Empfindungen in mir ausgelöst hatte. Wahrscheinlich würde es auch keine je wieder so tief in mein Herz schaffen. Um weitermachen zu können, durfte ich allerdings nicht zurückblicken. Mühsam hatte ich das, was von mir übriggeblieben war, wieder zusammengeflickt. Mich jetzt erneut auf eine Reise in die Vergangenheit zu begeben, würde mich zurückwerfen. Uns beide! Skye wiederzusehen hatte die unterschiedlichsten Emotionen in mir geweckt, ihnen nachzugeben, kam jedoch nicht infrage. Ließ ich mich von der Sehnsucht nach der Frau leiten, die ich einmal über alles geliebt hatte, war ich verloren und würde sie mit in den Abgrund reißen.

Ich machte mir nichts vor, meine Noch-Frau war mein perfektes Gegenstück. Regte ich mich auf, wurde sie ruhig. Wir waren wie Ying und Yang und das war letztlich der verheerende Teil unserer Beziehung gewesen. Ich hatte ausgeteilt, Skye hatte eingesteckt. Wer konnte garantieren, dass wir nicht wieder auf so einen toxischen Pfad gerieten? Wir waren beide zu Menschen geworden, die wir nie hatten sein wollen. Manchmal war es nun einmal nicht gut, wenn man sich so perfekt ergänzte. Nicht, wenn es selbstzerstörerisch wurde. Und das war es geworden.

Wir hatten die perfekte Hölle für uns erschaffen. Das durfte nie wieder geschehen.

Statt einer Antwort umarmte mich meine Schwester. Sie nuschelte etwas an meinem Ohr, das ich nicht so recht verstand, aber ehe ich nachfragen konnte, ging die Haustür erneut. Sowohl Marissa als auch Jace sowie mein Manager Harrison besaßen Schlüssel für das Haus, in dem ich früher gemeinsam mit meiner Ehefrau und unserer Tochter gelebt hatte. Das war nicht immer der Fall gewesen, doch nach einer besonders schlimmen Nacht hatten sie darauf bestanden. Dass sie nach allem, was ich damals abgezogen hatte, noch hier waren, rechnete ich ihnen hoch an.

Obwohl ich mich mittlerweile gefangen hatte, hatte ich die Hausschlüssel nicht wieder zurückgefordert. Die Stimmen von Jace, Aaron und Ben erfüllten die Eingangshalle und Marissa verspannte sich deutlich wahrnehmbar. Einmal mehr fragte ich mich, ob zwischen Ben und ihr doch etwas vorgefallen war, das mir die beiden bloß nicht erzählen wollten.

»Mein Stichwort«, murmelte sie und löste sich von mir.

Meine Freunde betraten die Küche und Marissa lächelte Jace, der als Erster auf sie zukam, herzlich an, ehe sie ihn in eine Umarmung schloss. Danach begrüßte sie Aaron auf ähnliche Weise, während sie für Ben nur ein knappes Kopfnicken übrig hatte.

»Viel Spaß, Jungs … Sean, wir telefonieren, ja?«, verabschiedete sie sich und verließ dann den Raum, kurz darauf hörte ich die Haustür zufallen.

Verwundert starrte Ben ihr hinterher und zuckte mit den Schultern, als sich unsere Blicke trafen und ich eine Augenbraue nach oben zog. »Ich schwöre dir, ich weiß nicht, warum sie mich behandelt, als hätte ich die Krätze«, verteidigte er sich, noch ehe ich ein Wort sagen konnte.

»Das will ich für dich hoffen«, knurrte ich. Sollte ich jemals herausfinden, dass Ben ihr in irgendeiner Form wehgetan hatte, würden Jace und ich ihn umbringen. Aaron würde sich aus Solidarität beteiligen, daran hatte ich keinen Zweifel.

Für Jace hatte Marissa den gleichen Stellenwert wie für mich. Sie war seine kleine Schwester, die es zu beschützen galt. Er würde sie immer über Ben stellen, sollte zwischen den beiden tatsächlich etwas vorgefallen sein, jahrelange Freundschaft hin oder her. Obwohl er nur wenige Monate in unserer Familie gewesen war, hatte das Band zwischen uns dreien überdauert. Wenn überhaupt war es über die Jahre nur stärker geworden, keinesfalls schwächer.

»Können wir jetzt vielleicht mal über den Umstand sprechen, dass du Skye wiedergesehen hast, statt über die unerklärliche Abneigung deiner Schwester gegen mich?«, moserte Ben, während er zum Kühlschrank ging, um sich eine Flasche Bier zu holen.

Er warf einen fragenden Blick in die Runde und bis auf mich bejahten alle. Mit ihren Getränken bewaffnet folgten sie mir ins Wohnzimmer und nahmen auf der riesigen Rundecke Platz. Langsam bekam ich Übung darin, meinem Umfeld von dem Treffen mit meiner Noch-Ehefrau zu berichten. Für jeden, den ich in den letzten Tagen traf, gab es nur dieses Thema und ich wurde es allmählich leid.

»Ihr würdet mir einen Gefallen tun, wenn ihr euch jetzt nicht auch noch darauf einschießt. Ich höre seit dem Bekanntwerden unseres Wiedersehens nichts anderes mehr und würde gern endlich mal wieder etwas abschalten«, schloss ich meine

Rede ab und für einen Moment wurde es still. Angespannt griff ich nach dem Glas mit dem Whiskey, den ich mir bereits vor Marissas Eintreffen eingeschenkt hatte. Meinen Alkoholkonsum hatte ich deutlich eingeschränkt, ich gönnte mir nur noch dann und wann einen Whiskey, Scotch oder eine Flasche Bier. Von Drogen jeglicher Art ließ ich im Übrigen konsequent die Finger.

»Davon erledigt sich das Thema allerdings nicht, auch wenn du das vielleicht gern so hättest.« Jace tippte sich mit einer vielsagenden Geste an die Stirn und musterte mich mit einem spöttischen Ausdruck in den grau-grünen Augen.

Ich stieß ein tiefes Seufzen aus, offensichtlich kam ich aus dieser Nummer nicht so einfach heraus. »Eigentlich wollte ich euch das jetzt nicht sagen, aber ich werde Skye um die Scheidung bitten.«

»Und warum wolltest du das noch vor uns geheim halten? Weil dir vielleicht insgeheim klar ist, dass du dir etwas vormachst? Ich bin dein Ex-Pflegebruder und dein bester Freund, *ich* kenne dich, vergiss das nicht.«

Leicht genervt verzog ich das Gesicht, denn zu meinem Leidwesen hatte er Recht. Jace kannte mich wie kaum jemand sonst. Es hatte nur einen weiteren Menschen in meinem Leben gegeben, der ebenfalls nahezu alles von mir wusste.

Skye.

»Du bist mein Bruder. Punkt«, kümmerte ich mich erst einmal etwas, das ich leicht aus der Welt schaffen konnte.

Dass meine Eltern die Pflegschaft für Jace damals aufgegeben hatten, hatte ich ihnen nie ganz verzeihen können. Zwar konnte ich mittlerweile als Erwachsener nachvollziehen, dass sie einfach völlig überfordert waren und sich nicht anders zu helfen wussten, aber dennoch … sie hatten mir meinen Bruder genommen und ihn buchstäblich zurück in die Hölle geschickt.

»Ihr mögt euch ja deutlich länger kennen, doch auch mir ist bewusst, dass du gerade einen Haufen Bullshit verzapft hast«, mischte Aaron sich ein. »Sorry, dass ich dir das so ohne Weichzeichner an den Kopf werfe, ich habe nur wenig Zeit für Höflichkeiten, ich fliege später für Nachdrehs nach Seattle.« Er verzog das Gesicht und ich verstand ihn, wenn wir eins an unserem Job hassten, waren das zusätzliche Drehtage für eigentlich schon abgeschlossene Filmprojekte.

Ben gab ein zustimmendes Brummen von sich. »Mir ebenfalls. Also klar, dass du uns Scheiße auftischst.«

»Sean, ich will echt kein Arschgesicht sein, aber Skye ist damals gegangen, ehe ihr überhaupt ne Chance hattet, miteinander fertig zu sein. Zwischen euch liegt so viel Unausgesprochenes und zumindest *das* solltest du regeln, bevor du an eine Trennung denkst. Einen wirklichen Schlussstrich habt ihr nie gezogen. Keiner von euch … du möchtest dir das unbedingt einreden, doch wenn du mich fragst, so, wie du dir das vorstellst, funktioniert es nicht. Meiner Meinung nach ist es unerlässlich, dass ihr einen zweiten Versuch startet, um anschließend entscheiden zu können, ob es zu Ende ist. Wenn schon nicht für dich, dann wenigstens für sie. Das bist du ihr und auch eurer Beziehung schuldig. Sonst werdet ihr das beide nie verarbeiten können, glaub mir. Man kann nicht einfach etwas zerschmettern und den Scherbenhaufen danach als abgehakt bezeichnen.« Jace bedachte mich mit einem intensiven Blick und fuhr mit einer Hand durch seine dunkelblonden Haare.

Verübeln konnte ich ihm diesen Einwand nach allem, was er und auch die anderen in der Vergangenheit mit mir hatten durchmachen müssen und streckenweise immer noch durchmachten, nicht. Der Tod meiner Tochter und das Ende meiner Ehe knappe eineinhalb Jahre später hatten mich komplett aus der Bahn geworfen. Wobei das *Ende meiner Ehe* viel zu klinisch klang, wenn ich daran dachte, wie diese *Trennung* abgelaufen war.

Skye hatte mich buchstäblich von heute auf morgen ohne Vorwarnung verlassen und damals hatte mir das nur einen weiteren Grund gegeben, um sie zu hassen. Mittlerweile war mir klar, wie schrecklich das Zusammenleben mit mir für sie nach dem Tod unserer Tochter gewesen sein musste. Zu welcher Hölle ich es für sie gemacht hatte. Meine Noch-Ehefrau war nicht der Typ Mensch, der leicht aufgab, und so hatte es sich auch mit unserer Ehe verhalten. Skye hatte mein Verhalten erduldet und um uns gekämpft, doch ich hatte ihr keine Chance eingeräumt, stattdessen hatte ich all meinen Schmerz und meine Wut an ihr ausgelassen.

Ich war zu einem Monster geworden. Schon allein deshalb zog ich keine Neuauflage in Betracht, denn das wollte ich nie wieder werden. Doch niemand konnte mir eine Garantie geben, dass es nicht genau so wieder kommen würde. Ich fürchtete mich vor mir selbst. Vor dem, was ich werden könnte.

»Sean?«, drang Jace‘ Stimme in meine Gedanken und mir wurde klar, dass er und die anderen beiden viel zu lang auf eine Erwiderung meinerseits warteten.

»Manchmal ist es besser, Dinge ruhen zu lassen, statt sie noch einmal hochzuholen und sich hindurch zu quälen. Skye machte in Denver auf mich den Eindruck, als würde es ihr dort gut gehen. Sie hat sich scheinbar ein neues Leben aufgebaut«, führte ich aus und bekam sehr wohl mit, dass die drei skeptische Blicke tauschten. »Können wir jetzt bitte über was anderes reden?«, ergänzte ich und kurz darauf erzählte Ben von der schwierigen Zusammenarbeit mit dem Regisseur seines aktuellen Filmprojekts. Ich hörte ihm nur mit halbem Ohr zu, während meine Gedanken gegen meinen Willen erneut auf Reisen gingen.

Wenn ich ehrlich zu mir selbst war, hatte Skye auf mich in erster Linie traurig gewirkt. Sie hatte Einsamkeit ausgestrahlt und tief in mir wusste ich, dass ihr vermutlich ihre Familie fehlte, die in Los Angeles lebte. Skye war schon immer ein Familienmensch gewesen und es passte nicht zu ihr, dass sie so weit weg von ihren Lieben war. Aber konnte ich mit Sicherheit sagen, ob meine Mutmaßungen auch den Tatsachen entsprachen? Nicht nur ich hatte mich in den letzten Jahren verändert, bei meiner Noch-Ehefrau war das unter Garantie ebenso der Fall.

Möglicherweise gab es dort in Denver sogar einen neuen Mann in ihrem Leben und sie würde meinen Vorschlag, dass wir uns endlich scheiden ließen, begrüßen. Bei der Vorstellung, dass sie weitergemacht hatte, während ich irgendwie erstarrt war und nichts, außer ein paar kurzen und rein auf Sex ausgerichteten Affären mit Schauspielkolleginnen zugelassen hatte, zog sich mein Magen einmal zusammen. Skye war nicht der Typ für Unverbindliches, noch nie gewesen. Dieses theoretische neue Glück sollte ich ihr gönnen, doch stattdessen sorgte der bloße Gedanke bei mir für Übelkeit.

Ich schüttelte den Kopf und kniff die Lider einen Moment aufeinander, um die Bilder vor meinem inneren Auge loszuwerden. Jace' Blick traf auf meinen und der spöttische Ausdruck in seiner Miene verriet mir, dass er genau wusste, worüber ich gerade nachgedacht hatte. Warnend hob ich eine Augenbraue, denn was ich jetzt am wenigsten wollte, war, meinen völlig unangebrachten Eifersuchtsanfall mit Aaron, Ben und ihm durchzudiskutieren.

Skye war in Denver, tausende von Meilen entfernt von mir und hatte sich einen Neuanfang aufgebaut. Ich würde ihr die Scheidungspapiere zustellen lassen und schon bald würde unsere Ehe nicht mal mehr auf dem Papier existieren.

Kapitel 5

Skye

Los Angeles. Stadt der Engel. Sonnenschein und angenehme Temperaturen. Ich war lange nicht mehr hier gewesen, beinahe zwei Jahre, aber ich fühlte mich heimisch und angekommen, kaum, dass ich aus dem Flugzeug gestiegen war. Ungeachtet dessen, was mich erwartete, wusste ich, dass ich die richtige Entscheidung getroffen hatte, endlich wieder nach Hause zu gehen. Ich hatte niemanden hier von meinem Vorhaben, Denver den Rücken zu kehren, in Kenntnis gesetzt und war angespannt, weil ich mich vor ihren Reaktionen fürchtete.

Rasch verließ ich das Flughafengebäude und atmete noch einmal tief ein, bevor ich den Wagen mit meinen Koffern zu dem nächsten freien Taxi an der Spitze der Schlange schob. Der Taxifahrer lud mein Gepäck ein, während ich auf der Rückbank Platz nahm. Nachdem auch er eingestiegen war, nannte ich ihm die Adresse, zu der er mich bringen sollte. Der Fahrer war ein freundlicher Mann mittleren Alters, der sich als Sergio vorstellte und die ganze Fahrt über ununterbrochen auf mich einplapperte und mir von seiner Großfamilie erzählte.

Er entlockte mir mit seiner aufgeschlossenen Art sogar, dass ich nach längerer Abwesenheit wieder in meine frühere Heimat zurückkehrte. Normalerweise nervte mich so etwas, aber heute tat es mir gut und hielt mich davon ab, zu stark über die mir vorstehenden Begegnungen zu grübeln.

Wie sehr würden sie mich hassen?

Mich für meine feige Flucht verurteilen?

Mir Vorwürfe machen, weil ich mich bei ihnen nur selten beziehungsweise gar nicht gemeldet hatte?

Sergio stoppte sein Auto vor dem schmiedeeisernen Tor und drehte sich lächelnd zu mir um. »Sie sind zu Hause«, sagte er und hatte keine Ahnung, was dieser Satz in mir auslöste.

Zu Hause.

Wo auch immer ich in den letzten zwei Jahren meine Zelte aufgeschlagen hatte, ich hatte von diesen Orten nie als meine Heimat gesprochen. Mein Herz und meine Seele waren in Los Angeles geblieben, bei dem Mann, den ich nach wie vor über alles liebte.

»Zu Hause«, murmelte ich.

Ob Sean immer noch das gleiche Sicherheitspersonal wie vor zwei Jahren beschäftigte? In dem kleinen Häuschen neben dem Tor saß jemand, ich konnte jedoch nichts weiter erkennen, weil die Sonne mich so stark blendete.

Mein Puls überschlug sich förmlich, ein leichter Schweißfilm bildete sich auf meiner Haut und meine Atmung ging zunehmend unkontrollierter. Ich blickte noch einmal auf die zweistöckige Villa und schüttelte mit dem Kopf, erst langsam und dann immer hektischer. Auf gar keinen Fall war ich soweit, Sean erneut gegenüberzutreten. Was hatte ich mir bloß dabei gedacht, einfach ohne ein Wort wieder hier aufzutauchen?

»Können Sie mich doch woanders hinbringen?«, bat ich Sergio, der mich mit einem besorgten Gesichtsausdruck betrachtete, anschließend aber nickte. Ich nannte ihm nach einem kurzen Blick auf die Uhr die Adresse des Restaurants und Catering-Unternehmens, das ich vor meinem Weggang gemeinsam mit Agnes betrieben hatte.

Mit einem Mal machte mir die Vorstellung, meiner früheren besten Freundin gegenübertreten zu müssen, deutlich weniger Angst als die, mich Sean zu stellen. Trotz unseres überraschend positiven Aufeinandertreffens in Denver fürchtete ich seine Reaktion angesichts meiner Rückkehr.

Ich blickte über die Schulter hinweg und sah das Haus, das für mich so lange ein Heim gewesen war, immer kleiner werden. Mit einem Seufzen wandte ich mich um, holte mein Telefon aus der Handtasche und schrieb Sidney eine kurze Nachricht, dass ich wohlbehalten in Los Angeles eingetroffen war und sie in den nächsten Tagen anrufen würde.

Eine halbe Stunde später stoppte Sergio das Taxi vor dem *A Dream* und meine Finger begannen vor Aufregung zu zittern. Ich bezahlte die Fahrt und ließ den Taxifahrer meine Koffer ausladen. Wie angewurzelt stand ich am selben Platz, noch lange, nachdem er sein Fahrzeug wieder in den fließenden Verkehr eingefädelt hatte und davon gefahren war. Von außen wirkte das Lokal nahezu unverändert und die Erinnerungen, wie Agnes und ich aus dieser Bruchbude gemacht hatten, was sie heute war, überrollten mich, während ich die Menschen um mich herum auf dem Bürgersteig gar nicht wahrnahm.

Eine Passantin rempelte mich schließlich im Vorübergehen an, riss mich aus meiner Starre und brachte mich dazu, nach links zu blicken. Agnes hielt auf das Restaurant zu und hatte mich noch nicht entdeckt. Sie war offenbar in großer Eile und wie üblich zu spät dran.

Mit einem Mal sah sie auf und direkt zu mir. Fassungslosigkeit huschte über ihre Miene, machte Wut und Enttäuschung, aber auch Freude Platz, während sich ihr Tempo verlangsamte. Scham griff nach mir, als mir einmal mehr klarwurde, wie schäbig ich meine beste Freundin behandelt hatte. Sie hatte nicht verdient, dass ich ohne ein Wort der Erklärung gegangen war, aber ich hatte damals keinen anderen Ausweg mehr gesehen.

»Skye?« Ihre Stimme zitterte und sie blieb mit einem ungläubigen Gesichtsausdruck vor mir stehen. »Du bist wieder in Los Angeles?«, fragte sie nach und ich nickte nur, unfähig, ein Wort von mir zu geben.

Ich spürte, wie sich ein dicker Kloß in meiner Kehle bildete und mir die Tränen in die Augen stiegen. »Es … es … tut mir so leid«, stammelte ich erstickt und versuchte verzweifelt, nicht loszuheulen.

Agnes stand einen Moment lang ganz still da, dann trat sie noch einen Schritt auf mich zu und zog mich in ihre Arme. »Lass uns erst einmal reingehen, okay? Diese Unterhaltung sollten wir nicht mitten auf dem Bürgersteig, sondern in Ruhe führen«, schlug sie vor und ich nickte. Sie griff sich einen meiner Koffer, ich schnappte mir den anderen und folgte ihr in das Innere des Restaurants.

Nichts hatte sich hier verändert und die Erinnerungen überrollten mich förmlich. Die kleine Nische neben der Garderobe, in die Sean mich einmal gezogen und stürmisch geküsst hatte. Der antike Spiegel, den wir auf einem Flohmarkt gefunden und den Agnes in mühsamer Kleinarbeit restauriert hatte. Die durch ihren Vater leicht schief angebrachten Stangen für die Kleiderbügel und noch so vieles mehr. Ich musste schmunzeln bei dem Gedanken daran, dass niemand von uns sich getraut hatte, Agnes' Dad zu sagen, dass die Garderobenstangen nicht gerade waren. Meine beste Freundin hatte schließlich gemeint, unter anderem das mache den Charme unseres Restaurants aus.

Agnes schloss die Tür zu dem kleinen Raum mit der Aufschrift *privat* auf, damit wir mein Gepäck dort unterstellen konnten. Nachdem ich meinen Mantel ausgezogen und ihn aufgehängt hatte, betraten wir den eigentlichen Gastraum.

»Setz dich doch schon mal, ich hole uns eben zwei Kaffee«, bat Agnes mich und deutete auf die Nische, in der wir von jeher unsere Besprechungen und Pausen abgehalten hatten.

Langsam hielt ich auf den Tisch zu und ließ mich auf den Stuhl sinken, auf dem ich bereits vor meinem Weggang immer gesessen hatte. Anschließend sah ich mich um, aber soweit ich feststellen konnte, hatte sie tatsächlich keinerlei Änderungen vorgenommen. Wir hatten uns damals für ein frisches Ambiente in hellen, freundlichen Farben entschieden. Sandfarbene Wände, Tische aus edlem Holz und dazu passende Sitzmöbel, Dekoration in Erdtönen, alles war wie früher. Wie sehr mir dieses Lokal … unser gemeinsamer Lebenstraum … gefehlt hatte, merkte ich erst jetzt. In keinem Restaurant danach hatte ich mich je so heimisch gefühlt wie in dem, das wir zusammen aus dem Boden gestampft hatten. Im *A Dream* steckte mein Herzblut.

Agnes kam mit zwei Tassen dampfenden Kaffees zu mir, stellte eine vor mir ab und setzte sich dann mit ihrer in der Hand mir gegenüber. Aufmerksam betrachtete sie mich und strich sich schließlich mit einer eleganten Bewegung das lange schwarze Haar über die Schulter nach hinten.

»Ich bin so froh, dass es dir gut geht … und gleichzeitig so sauer auf dich, weil du dich nicht einmal gemeldet hast«, schimpfte sie. »Als ich die Berichte über Sean und dich gelesen habe, bin ich erleichtert gewesen, zu hören, dass du weder tot noch verletzt bist oder im Koma liegst.«

»Ich … ich …«, fing ich an, doch sie stoppte mich.

»Gab es, wo auch immer du warst, keine Telefone? Konntest du keine SMS oder E-Mails schreiben? Hast du meine Handynummer auf einmal verlegt? Wieso in drei Teufels Namen hast du dich nie bei mir gemeldet?« Ihre Stimme war völlig ruhig, doch ihr Mienenspiel verriet mir, was in ihr vorging. Sie war enttäuscht, traurig und wütend, und keine dieser Emotionen konnte ich ihr verübeln. »Als deine Freundin kann ich verstehen, was dich zu dieser Nacht-und-Nebel-Flucht getrieben hat, als deine Geschäftspartnerin jedoch … du hast mich von heute auf morgen im Regen stehen lassen. Wir waren über Wochen bis unters Dach ausgebucht, hatten dazu diverse Cateringaufträge und von einem Tag auf den anderen fehlte mir meine Chefköchin.« Sie atmete tief durch und schloss einen Moment ihre Lider. »Ich … ich war so zerrissen damals. Da war der Teil in mir, der nachvollziehen konnte, warum du das getan hast, aber eben auch der Part, der dich dafür gehasst hat, dass du mich mit allem einfach allein gelassen hast.«

Betreten wandte ich den Kopf zur Seite und schluckte hart, weil ich erst jetzt bemerkte, dass über unserem Tisch nach wie vor das Foto hing, das Agnes und mich bei der Eröffnung des *A Dream* zeigte. Wie jung und abenteuerlustig wir damals gewesen waren. Agnes hatte siegessicher in die Kamera gestrahlt, während ich damit beschäftigt gewesen war, meine Nervosität zu überspielen.

»Du weißt nicht, wie es war, mit ihm zu leben«, erwiderte ich leise. »Beinahe zwei Jahre lang habe ich gewartet und gehofft, dass er zu mir zurückkommt, Agnes. Auch wenn er in Los Angeles war, er war nie bei mir. Weder mit seinem Herzen noch mit seiner Seele.« Energisch schüttelte ich meinen Kopf.

»Ich habe mich so allein gefühlt, selbst wenn Sean zu Hause war und neben mir geschlafen hat, war er dennoch nie wirklich da. Er hat mich ständig verbal angegriffen und fertiggemacht, nie durfte ich ihren Namen sagen … sein Verhalten … ich …« , schluchzte ich auf.

Über den Tisch hinweg griff sie nach meiner Hand und drückte sie. »Warum bist du einfach geflohen? Wir waren doch alle da für dich, für euch, weshalb also …«

»Weil ich es nicht mehr ertragen habe!«, unterbrach ich sie. »Weil ich das Gefühl hatte, zu ertrinken! Weil er …«, ich stockte, rang nach Luft und versuchte verzweifelt, mich zu sammeln. »Weil er nicht bei mir sein wollte«, flüsterte ich schließlich. »Seinen Hass auf mich, ich habe ihn nicht länger ausgehalten. Mit jedem Tag ist meine Hoffnung darauf, dass er zu mir zurückkehrt, ein bisschen mehr gestorben. Jede Demütigung, jedes verletzende Wort hat mich ein wenig weiter von ihm weggetrieben und irgendwann … ich habe keine Chance mehr für uns gesehen. Ich habe so um ihn, um uns gekämpft, doch dann wurde mir klar, dass ich daran zugrunde gehe, wenn ich keinen Schlussstrich ziehe.«

Agnes‘ Miene wurde weich. »Das alles kann ich nachvollziehen, nur nicht, weshalb du diesen Schnitt ohne Rücksicht auf Verluste gemacht hast. Das kann ich bei Sean noch ein Stück weit verstehen, nicht aber bei deiner Familie und deinen Freunden. Wir alle haben versucht, dich und auch Sean, so gut es uns möglich war, aufzufangen und euch Halt zu geben. Warum hast du nicht mal uns vor deinem Verschwinden ein Wort der Erklärung zukommen lassen? Dass ich über deinen Anwalt erfahren musste, was du getan hast, hat mich schwer getroffen und mit einem Haufen Fragen zurückgelassen.« Sie machte eine Handbewegung, die das Restaurant umschloss. »Das hier war *unser* Traum, Skye. Ich habe das nie allein machen wollen.« Ihre Stimme klang sichtlich belegt und in ihren blauen Augen schwammen Tränen.

Nun war es an mir, ihre Hand zu drücken. »Es … ich … ich hatte Angst, dass ihr mich aufhalten würdet. Ich wollte einfach nur noch weg … nicht länger ich selbst sein, weißt du, was ich meine?« Beschämt senkte ich meine Lider. »Ich wollte nicht mehr die Frau sein, deren Kind gestorben und deren Ehe dabei war, daran zu zerbrechen.« Ich schüttelte mit dem Kopf. »Anfangs habe ich gedacht, ich melde mich, wenn ein paar Wochen ins Land gezogen sind und das Schlimmste vorbei ist. Doch dann … irgendwann hatte ich das Zeitfenster verpasst … und mit jedem verstreichenden Tag erschien es mir logischer, es noch weiter herauszuschieben.«

Agnes starrte mich mit einer Mischung aus Fassungslosigkeit und Melancholie an. »Deiner Familie hast du zumindest ab und an E-Mails sowie Postkarten geschickt oder mit ihnen telefoniert. Ich … ich war dir nicht mal das wert.« Ein bitterer Unterton hatte sich in ihre Stimme geschlichen.

»Ich habe dich mit unserem Geschäft sitzen lassen und hatte einfach Angst, dass du mich zum Teufel jagen würdest. Es klingt total verrückt, aber lieber war ich im Ungewissen und habe mich der Illusion hingegeben, dass die Dinge zwischen uns wieder in Ordnung kommen könnten. Ich wollte nicht wissen, dass ich es ein für alle Mal verbockt habe«, versuchte ich, ihr meine paradoxen Gedankengänge zu erklären.

»Das hört sich wirklich verrückt an«, gab Agnes trocken zurück. Das leichte Lächeln, das ihre Lippen dabei umspielte, gab mir ein wenig Hoffnung. »Wir haben die Speisekarte etwas modifizieren müssen, nachdem du fort warst«, lenkte sie unser Gespräch in eine andere Richtung.

»Wir?«, hakte ich nach und schaute sie verwirrt an. Mein schlechtes Gewissen regte sich erneut in mir. Wovor hatte ich damals solche Angst gehabt? Dass sie mich überreden würde, nach Los Angeles zurückzukehren, das *A Dream* und den dazugehörigen Catering-Service *Pieces of a Dream* weiter zu führen? Dass sie darauf bestehen würde, dass ich mich meiner Verantwortung stellte? »Wer ist wir, Agnes?«, wiederholte ich meine Frage.

»Ruben«, antwortete sie und runzelte die Stirn über mein Erstaunen.

»Ich hätte niemals erwartet, dass er sich für all das hier«, ich machte eine ausholende Geste mit meinen Händen, »begeistern könnte.«

»Ich hätte es auch nicht gedacht, doch er ist ein wirklich guter Koch.« Verschwörerisch lächelnd beugte sie sich vor. »Davon ab hat er scheinbar recht schnell begriffen, dass seine Kochkünste ihm das Herz so mancher Frau öffnen.« Ruben war Agnes' jüngerer Bruder, der unschlüssig gewesen war, was er mit seinem Leben anfangen sollte. Er hatte ab und an als Aushilfe im Service bei uns gejobbt, jedoch nie Interesse an der Küche gezeigt. »Ich bin ihm wirklich dankbar, ohne seine und Seans Hilfe wäre ich in den ersten Wochen untergegangen.« Meine Kinnlade klappte hinunter, ich konnte nicht glauben, was ich gehört hatte.

»Sean? Hier? Er hat … das … aber …«, stotterte ich, ehe mir die Stimme ganz wegbrach.

Agnes legte ihre Hand auf meine und lächelte mich mitfühlend an. »Er war so gut wie jeden Abend da, bis sein nächstes

Filmprojekt anstand. Sean hat sich im Hintergrund gehalten und Ruben in der Küche geholfen. Er hat es nie gesagt, doch ich glaube, er hat gehofft, dass du irgendwann hier auftauchen würdest.« Was Agnes mir eröffnete, zog mir den Boden unter den Füßen weg, weil es mir eine ganz andere Seite von ihm zeigte.

Ich kannte zu der Zeit nur seine Wut und seinen Hass, mehr hatte ich seit dem Tod unserer Tochter nicht von ihm bekommen. »O mein Gott«, würgte ich hervor und wollte aufspringen, aber Agnes hielt mich zurück.

Ohne meine Hand loszulassen, stand sie auf, ging um den Tisch herum, setzte sich auf den Stuhl neben mich und zog mich kurz in ihre Arme. Danach nahm Agnes mit einem liebevollen Lächeln eine unbenutzte Serviette und tupfte mir die Tränen vom Gesicht.

»Hast du sie immer noch nicht gefragt, ob sie was essen möchte?«, ertönte Rubens Stimme und ließ uns auseinanderfahren.

»An seinem Timing muss er nach wie vor arbeiten.« Agnes seufzte und rollte mit den Augen, ehe sie sich erhob und ihm einen tadelnden Blick zuwarf.

Ich zwang mich zu einem Lächeln, stand auf und schloss Agnes‘ Bruder in die Arme. Meine Hände ließ ich auf seinem Rücken ruhen und betrachtete sein Gesicht. Seine braunen Augen funkelten und er wirkte zufrieden. Scheinbar hatte er seinen Platz gefunden, also war mein Weggang vielleicht sogar zu irgendetwas gut gewesen.

»Danke«, flüsterte ich und drückte ihn erneut fest.

Ruben löste sich von mir und kratzte sich am Ohr, eine Geste, die mich unwillkürlich schmunzeln ließ, weil er sie meist benutzte, wenn er besonders verlegen war. »Hast du sie schon gefragt?«

»Ruben!« Agnes schlug die Hände über dem Kopf zusammen und lachte. »Was denn?« Er zuckte mit den Schultern und verschwand mit einem Grinsen in Richtung Küche.

»Worum ging es gerade?«, hakte ich nach.

»Willst du wieder zurück? Hierher, meine ich?« Agnes lehnte sich nach hinten und beobachtete mich ruhig. Erschrocken starrte ich sie an, der Gedanke war mir bisher nicht gekommen. Wollte ich erneut im *A Dream* arbeiten? Seite an Seite mit meiner besten Freundin? Konnten wir neu anfangen? Die Vergangenheit hinter uns lassen? Würde sie mir je verzeihen, wie ich mich damals verhalten hatte?

Ich hatte eine gewisse finanzielle Reserve, von der ich zunächst leben wollte, bis ich einen neuen Job fand. Diverse in Frage kommende Restaurants, bei denen ich anfragen wollte, hatte ich mir bereits herausgesucht. Doch mit jeder verstreichenden Sekunde wurde die Aussicht, zumindest in diesem Bereich meines Lebens exakt dort weiterzumachen, wo ich damals aufgehört hatte, verlockender. »Würdest du das denn überhaupt wollen?«, stellte ich eine Gegenfrage.

»Skye, glaubst du wirklich, dass ich dich das fragen würde, wenn ich mir das nicht vorstellen könnte?« Agnes pochte mit ihrer Faust auf den Tisch. »Du solltest mich besser kennen. Nur, weil ich nicht verstehe, warum du dich nie bei mir gemeldet hast, heißt das noch lange nicht, dass ich dich nicht mehr hierhaben wollen würde.« Agnes straffte ihre Schultern und nahm meine Hand. »Dir ist bewusst, dass ich das Angebot, dass du mir nach deinem Verschwinden hast zukommen lassen, angenommen habe? Dass das *A Dream* und alles, was dazu gehört, mein alleiniges Eigentum ist?« Wieder nickte ich und verschränkte meine Finger mit ihren. »Ich wäre bereit, dich als Köchin einzustellen, mehr kann ich dir im Augenblick nicht anbieten.«

Dass sie mir diese Brücke baute, obwohl sie keinerlei Veranlassung hierzu hatte, berührte mich tief. »Agnes, um Gottes Willen, du hast doch nicht gedacht, dass ich erwarte, dass du mich hier erneut als Partnerin einsteigen lässt?«

»Nein«, beruhigte sie mich und stand anschließend auf. »Wir schauen, wie es sich entwickelt, vorausgesetzt, du möchtest den Job haben?«

Ich sprang auf und schloss sie in meine Arme. »Sehr gerne«, erwiderte ich und konnte nicht verhindern, dass mir erneut Tränen über die Wangen liefen. Liebevoll wischte Agnes sie weg und lächelte mich an.

»Gut, dann wäre das geklärt, du kannst nächste Woche anfangen.« Sie blickte kurz auf ihre Armbanduhr und verabschiedete sich von mir, nicht, ohne mich zu fragen, ob wir uns in den kommenden Tagen treffen könnten. Wir verabredeten uns für Freitag zum Essen und ich umarmte sie ein letztes Mal, bevor ich mich zur Tür mit der Aufschrift *privat* begab. »Skye?«, rief Agnes, hielt mich so auf und warf mir etwas zu, nachdem ich mich herumgedreht hatte. »Dein Schlüssel.« Der kleine Anhänger an ihm versetzte mir einen Stich.

Sean hatte ihn mir geschenkt, als wir erfahren hatten, dass ich schwanger war. Ich hatte den Universalschlüssel in unserem Haus zurückgelassen, Sean eine Notiz geschrieben und ihn darum gebeten, dass er ihn Agnes übergab. Fest schloss ich meine Finger um den silbernen Stern, in den Sean nach ihrer Geburt den Namen unserer Tochter sowie ihr Geburtsdatum hatte eingravieren lassen. Ich winkte Agnes noch einmal zu und verließ das Restaurant, nachdem ich mein Gepäck aus dem kleinen Privatraum geholt hatte.

Nun galt es, mich dem Mann zu stellen, der mir bei unserer Begegnung in Denver einen Funken Hoffnung darauf zurückgegeben hatte, dass wir vielleicht doch noch eine Chance hatten.

Kapitel 6

Sean

Die anderen waren vor einer Weile gegangen und ich gerade dabei, mir ein Gericht vom Lieferdienst in der Mikrowelle aufzuwärmen, als ich hörte, wie die Haustür ging. Irritiert runzelte ich die Stirn, als ich zögerliche Schritte vernahm. Das Klacken der Schuhe auf dem Marmor klang eher nach einer Frau. War Marissa zurückgekehrt, um mir noch einmal den Kopf zu waschen?

»Schwesterchen, mein Abendessen reicht leider nur für eine Person, ich …«, begann ich, während ich mich auf den Flur zubewegte, stockte jedoch abrupt, als ich sah, wer mitten im Eingangsbereich stand. »Skye?!«, keuchte ich entsetzt und registrierte aus dem Augenwinkel die beiden Koffer neben ihr. »Was … was machst du hier?!«, hakte ich nach.

»Raymond hat mir nach einer kurzen Unterhaltung das Tor geöffnet, obwohl ich nicht mehr auf der Liste dir willkommener Personen stehe, der Rest war dann einfach.« Er war schon zu unserem Kennenlernen zusammen mit drei weiteren Männern bei mir angestellt gewesen und hatte sich immer gut mit ihr verstanden.

Dass ich nie daran gedacht hatte, das Schloss auszutauschen oder den Code für die Alarmanlage zu ändern, biss mich jetzt neben der Schwäche meines Security-Personals für Skye so richtig in den Arsch. Doch damit, dass meine Noch-Ehefrau die Unverfrorenheit besitzen würde, nach beinahe zwei Jahren einfach so hier aufzukreuzen, hatte ich beim besten Willen nicht gerechnet.

Ihre Miene strahlte Selbstsicherheit aus, aber ich kannte sie und nahm den nur spärlich kaschierten ängstlichen Ausdruck in ihren graublauen Augen wahr. Nach dem Tod unserer Tochter hatte ich ihre Unfähigkeit, ihre Empfindungen vor mir zu verbergen, gnadenlos ausgenutzt und gegen sie verwendet. Ich konnte nicht leugnen, dass der Impuls nach wie vor vorhanden war, denn dass sie mich hier einfach so überfiel, trieb mich in die Enge. Dennoch sperrte sich alles in mir dagegen, ihr noch einmal derart wehzutun. Ich hasste den Mann, den der Tod unseres Kindes aus mir gemacht hatte und würde ich jetzt in alte Muster verfallen, wäre meine aufrichtig gemeinte Entschuldigung nichts wert gewesen. Nun musste ich meinen Worten auch Taten folgen lassen, auch wenn das für mich so nicht geplant gewesen war.

»In Denver ist so vieles zwischen uns ungesagt geblieben und ich hatte das Gefühl, dass wir jetzt vielleicht an einem Punkt sind, an dem wir endlich anfangen können, unsere Vergangenheit aufzuarbeiten«, begann sie, doch ich unterbrach sie.

»Skye, bevor da irgendein Missverständnis entsteht, ich habe nur die unverhoffte Gelegenheit genutzt, mich für mein wirklich widerwärtiges Verhalten dir gegenüber zu entschuldigen. Nicht mehr, nicht weniger«, blockte ich sie ab, während ich das Gefühl hatte, dass eine eiskalte Faust meinen Magen umklammerte.

Ich wollte sie nicht hier. Nicht in meinem Zuhause. Dem einzigen Ort, an dem ich mich nicht verstellen musste, sofern ich allein war. Das wäre ich aber nicht mehr, wenn Skye sich hier einnistete, was ganz nach ihrem Plan aussah.

Der zweite Punkt, der mir kalten Schweiß ausbrechen ließ, war die unverhohlene Anspielung darauf, dass sie unsere Vergangenheit aufarbeiten wollte. Das würde die nur oberflächlich verschorften Wunden wieder aufreißen.

Last but not least schien sie die Hoffnung zu hegen, dass es noch irgendeine Chance auf ein Wir geben würde.

Nachdem sie gegangen, ich durch ein ziemlich tiefes Tal gewandert und dabei fast draufgegangen war, hatte ich einen Weg gefunden, das, was von mir übrig war, zusammenzuhalten. Doch auf diesem Pfad kam sie nicht vor. Sie brachte mich aus der Ruhe, jetzt schon, und ich musste dem hier so schnell wie möglich Einhalt gebieten.

»Du hättest mich so leicht aussperren können, Sean, doch das hast du nicht getan.« In einer nervösen Geste strich sie ihr rotblondes Haar, das sie ein wenig länger als früher trug und welches ihr in weichen Wellen bis über die Schultern fiel, aus dem Gesicht.

»Ich habe bisher keine Veranlassung dazu gesehen«, gab ich kühl zurück. »Dass du noch einmal nach Los Angeles zurückkehrst, damit habe ich nicht gerechnet. In Denver hast du davon abgesehen gewirkt, als hättest du dir dein Leben dort ganz gut eingerichtet.« Was redete ich bloß für einen Mist? Sie hatte auf mich einen einsamen und verlorenen Eindruck gemacht, nicht, als würde sie mit ihrem Neuanfang glücklich sein. Doch so oder so, es betraf mich nicht. Nicht mehr.

»Das hier ist nach wie vor zur Hälfte auch mein Haus, also wirst du dich wohl mit meiner Anwesenheit arrangieren müssen«, wandte sie bestimmt ein und die Eisklammer um meinen Magen wurde noch enger. »Du hast dich bei unserer letzten Begegnung bei mir entschuldigt, ja, aber bevor wir uns wirklich aussprechen konnten, ist Harrison dazwischen gegrätscht.« Skye lächelte vorsichtig und machte einen Schritt auf mich zu. »In Denver hatte ich das erste Mal seit einer Ewigkeit den Eindruck, mit meinem Ehemann zu reden.«

Mein Puls beschleunigte, während ich automatisch die Arme vor der Brust verschränkte und eine abweisende Haltung einnahm. »Deinem Ehemann? Ich bitte dich, Skye«, fuhr ich sie ein wenig schärfer als beabsichtigt an, doch ehe ich weitersprechen konnte, ertönte das Piepen der Mikrowelle.

Skye drehte ihr Gesicht in Richtung Küche und holte zweimal kurz Luft, um den Essensgeruch einordnen zu können, ehe sie amüsiert grinste. »Ein Fertiggericht? Ernsthaft?« Ohne, dass ich es wollte, musste ich ebenfalls schmunzeln.

Ich zuckte mit den Schultern, machte auf dem Absatz kehrt und ging in die Küche. Völlig überfordert mit der Situation holte ich die Schale aus dem Mikrowellenofen, entfernte die Folie und kippte den Inhalt auf einen bereitstehenden Teller. Ich nahm ihre Schritte hinter mir wahr und als mich ihr Duft umwirbelte, musste ich mich für einen Moment an der Arbeitsplatte festhalten.

Er war mir so vertraut und mittlerweile doch so fremd.

Ich kniff die Lider zusammen und atmete mehrmals tief durch, was meine Situation allerdings eher verschlechterte, denn verbesserte. Skye roch nach dieser Limetten-Bodylotion, die sie schon immer verwendet hatte, und die Erinnerung daran, wie sie sich abends nach dem Duschen und Eincremen in unserem Bett an mich geschmiegt hatte, überwältigte mich.

Entschlossen schüttelte ich mit dem Kopf, nicht gewillt, mir von meinem Verstand noch länger Streiche spielen zu lassen. »Möchtest du ebenfalls etwas essen oder trinken?«, erinnerte ich mich zumindest an die Grundformen von Höflichkeit und Anstand, die meine Mutter mir eingetrichtert hatte. Mit meinem Teller und dem Besteck in der Hand drehte ich mich zu ihr um und begegnete ihrem zweifelnden Blick. »Das ist überraschend lecker, frische Fertigküche von einem Lieferdienst«, verteidigte ich mich und stellte mein Abendessen auf den Küchentisch. »Ich kann dir auch eins warmmachen, wenn du dich selbst überzeugen möchtest.«

Skye lachte. »Lieber nicht, dann bekommen wir uns nur wieder in die Haare, was frische Küche von dieser Fertigpampe unterscheidet«, hielt sie dagegen und ich musste ebenfalls lachen. »Aber gegen ein Wasser hätte ich nichts.«

Es kratzte an ihrer Ehre als Köchin, sich von derartigen Gerichten zu ernähren, und bereits früher hatten wir uns deswegen regelmäßig gestritten. Ich hatte ab und zu nichts gegen Tiefkühlpizzen und Co., für Skye hingegen war mein Wunsch nach Junkfood jedes Mal ein persönlicher Angriff gewesen.

Ich holte zwei Flaschen Wasser aus dem Kühlschrank, stellte eine auf dem Platz mir gegenüber ab und setzte mich dann. Skye legte ihre Jacke ab, hängte sie über die Lehne und tat es mir gleich. Ich beobachtete sie verstohlen, während sie den Verschluss aufdrehte und einen großen Schluck nahm.

»Was ist mit deinem Job in Denver?«, erkundigte ich mich in der Hoffnung, dass sie vielleicht nur Urlaub genommen hatte, auch wenn mein Bauchgefühl mir bereits etwas anderes zuflüsterte.

»Den habe ich gekündigt. Ich bin heute Nachmittag bei Agnes im Restaurant gewesen und sie hat mir angeboten, mich als Köchin einzustellen.« Dass Agnes meiner Noch-Ehefrau so entgegengekommen war, wunderte mich nicht. Ihre beste

Freundin hatte ein Herz aus Gold und ihr die Flucht vermutlich schneller verziehen, als ich *A Dream* sagen konnte.

»Und du hast ihn angenommen? Was ist mit Ruben?«, fragte ich dumpf, schaufelte dann etwas von dem Nudelauflauf auf meine Gabel und schob ihn mir in den Mund.

»Scheinbar hat sie genug zu tun, um zwei Köche zu beschäftigen. Der Vorschlag kam sogar von ihm.« Skye knibbelte an dem Verschluss ihrer Flasche herum, eine weitere Geste, die ihre offensichtliche Nervosität verriet, auch wenn sie sonst eher tough wirkte. »Sean, ich weiß, dass mein Auftauchen hier reichlich unorthodox ist und dir vermutlich ziemlich gegen den Strich geht. Doch ich wäre nicht zurückgekehrt, wenn ich nicht den Eindruck gehabt hätte, dass du ebenso wenig mit uns … unserer Vergangenheit abgeschlossen hast wie ich.« Sie stockte einen Moment, straffte danach die Schultern und suchte meinen Blick. »Irre ich mich denn wirklich vollkommen?« Der flehende Ausdruck in ihren Augen setzte mir mehr zu, als ich wahrhaben wollte.

Der Sean, den sie damals verlassen hatte, hätte ihr eiskalt ins Gesicht lügen können. Ohne mit der Wimper zu zucken hätte er ihr gesagt, dass sie sich zum Teufel scheren sollte.

Aber der Mann war ich nicht mehr. Im Grunde war ich es nie gewesen und betrachtete mein damaliges Verhalten mit tiefer Abscheu. Viele sagten, Hollywood und das Geld verdarben den Charakter. Das war nie mein Problem gewesen, doch der Tod meiner Tochter hatte für eine nicht gerade kurze Zeit etwas aus mir gemacht, das ich verabscheute. Das war leicht gesagt, nur jetzt musste ich meiner Überzeugung auch Taten folgen lassen. Etwas, von dem ich gehofft hatte, drum herum zu kommen.

Wie versteinert saß ich da, stocherte mit der Gabel in meinem Essen herum und ließ sie schließlich fallen.

»Vielleicht gibt es da noch ein paar Dinge zwischen uns, die wir in Ruhe besprechen sollten«, quetschte ich nach einer Weile das einzige Zugeständnis hervor, zu dem ich fähig war. »Wie du schon gesagt hast, das hier ist auch dein Haus, es spricht also nichts dagegen, dass du fürs Erste in einem der Gästezimmer wohnst, bis wir alles geregelt haben. Ich bin in Denver nicht dazu gekommen, es dir zu sagen, aber ich möchte die Scheidung. Unsere Ehe ist kaputt. Unwiderruflich. Je eher du das einsiehst, desto besser … für uns beide.« Eindringlich sah ich sie an. »Wir müssen manches gemeinsam anpacken, um es aufarbeiten, doch unsere Beziehung an sich ist vorbei.«

Über Skyes Gesicht huschte ein verletzter Ausdruck, ehe er sich in etwas anderes wandelte, das mir augenblicklich eine Heidenangst einjagte. Ich kannte diese Miene von früher und wusste, was sie bedeutete. Ihre Entschlossenheit, wenn sie von etwas überzeugt war, war eine der ersten Eigenschaften gewesen, die mich an ihr beeindruckt hatte, und exakt das sah ich gerade. Meine Noch-Ehefrau glaubte offenbar tatsächlich, dass wir noch eine zweite Chance hatten, und dieser Gedanke erschreckte mich mehr als alles andere. Nicht nur, weil ich wusste, was auf mich zukam, sondern auch, weil mein Herz für einen Moment schneller schlug.

Wie ich es schaffen sollte, sie vom Gegenteil zu überzeugen, ohne ihr wieder so zuzusetzen, wie ich es nach dem Tod unserer Tochter getan hatte, wusste ich nicht. Aber eines stand für mich fest: Der Sean, der seine Ehefrau bewusst schlecht behandelt hatte, gehörte der Vergangenheit an.

Kapitel 7

Skye

Ich möchte die Scheidung.

Diese vier Worte hämmerten durch meinen Kopf, wiederholten sich wie ein endloses, deprimierendes Mantra und egal, was ich auch tat, ich wurde sie nicht los. Seit einer gefühlten Ewigkeit saß ich auf dem Bett in dem von mir gewählten Gästezimmer und fragte mich, ob es kompletter Irrsinn war, dennoch hierzubleiben. Sean hatte so entschlossen gewirkt, dass ich tatsächlich überlegte, ob ich in Denver etwas gesehen hatte, was gar nicht mehr existierte.

Hatte ich nur einem Wunschtraum nachgehangen und mich von meiner eigenen Sehnsucht blenden lassen?

War er wirklich fertig mit uns und wollte einen endgültigen, offiziellen Schnitt?

Es hatte eine Zeit nach meiner Flucht gegeben, in der ich glaubte, dass ich ihn nicht mehr lieben würde. Dass es besser wäre, nach vorn zu schauen und mir ein Leben ohne ihn aufzubauen. Doch jedes Mal, wenn ich ihn auf der Leinwand oder im Fernsehen gesehen hatte, war mir klar geworden, dass ich mich lediglich einer Illusion hingab.

Meine wie wild umherkreisenden Gedanken machten mich allmählich verrückt. Mit einem Seufzen erhob ich mich, um meine Koffer auszupacken. Dass Sean meine Anwesenheit hier nur zähneknirschend akzeptierte, war mir bewusst. Aber er konnte es drehen und wenden, wie er wollte, das Haus gehörte zu fünfzig Prozent mir. Er hatte damals darauf bestanden, dass ich als Eigentümerin mit eingetragen wurde, ebenso hatte er keinen Ehevertrag gewollt.

Nachdenklich räumte ich meine Habseligkeiten in die Fächer und Schubladen, hängte sie auf Bügel, bis alles verstaut war. Mit meiner Kulturtasche bewaffnet lief ich in das direkt an das Gästezimmer angrenzende Bad und verteilte den Inhalt dort auf der großzügigen Ablage. Es war seltsam, wieder in diesem Haus zu sein und sich doch nicht daheim zu fühlen. Jede Nacht hier hatte ich in unserem Ehebett verbracht, die meisten davon in Seans Armen, wenn er nicht gerade für Dreharbeiten unterwegs gewesen war.

Obwohl ich mich daran gewöhnt hatte, ohne ihn zu schlafen, war es merkwürdig, zu wissen, dass uns jetzt nur ein paar Wände trennten. So paradox es war, die Sehnsucht nach ihm fraß mich innerlich auf. Ich hatte keine Ahnung, wie ich es auf Dauer ertragen sollte, ihm so nah zu sein, wenn wir keinerlei Fortschritte machten. Kopfschüttelnd sah ich auf und in den Spiegel, der über dem Waschbecken hing. Ich ermahnte mich, geduldig zu sein und nicht zu viel zu erwarten. Eine Kluft wie die, die sich zwischen uns befand, würden wir nicht an einem Tag überwinden.

Zögerlich versuchte ich mich an einem zuversichtlichen Lächeln, bis ich von meinem Anblick die Nase voll hatte und mir selbst die Zunge herausstreckte. Um mich abzulenken, begann ich mit meiner abendlichen Routine, ehe ich ins Bett gehen würde. Der Flug und vor allem die Begegnungen mit Agnes und Sean steckten mir in den Knochen, sodass ich hoffentlich schlafen würde wie ein Baby.

Die letzten beiden Worte ließen mich abrupt innehalten.

Ein Baby – *mein* Baby.

Mein Herz durchfuhr ein Stich und für einen Augenblick hatte ich das Gefühl, keine Luft mehr zu bekommen. Fassungslos darüber, wie ich diesen Umstand bislang völlig hatte verdrängen können, ließ ich mich auf den Klodeckel sinken und stützte meinen Kopf in die Hände. Das Kinderzimmer unseres Babys befand sich den Flur entlang nur zwei Türen weiter und gegenüber unseres gemeinsamen Schlafzimmers. Ich hatte diesen Raum zuletzt in der Nacht vor meiner Flucht betreten und mich dort gedanklich von unserer Kleinen verabschiedet.

Sean hatte das Zimmer im Gegensatz zu mir konsequent nach ihrem Tod gemieden, unzählige Stunden hatte ich in den Monaten danach allein in ihm verbracht. So irrsinnig es sich anhörte, ihr Kinderzimmer hatte mich gequält und gleichzeitig beschützt. Ersteres wegen der Erinnerungen an sie, Letzteres, weil ich nur in ihm Ruhe vor Seans gnadenloser Wut auf mich gehabt hatte, wenn er zu Hause war. Meist hatte ich in dem Schaukelstuhl gesessen, in dem ich sie auch gestillt hatte.

Wie ferngesteuert erhob ich mich wieder, ging hinüber in das Gästezimmer und schlüpfte dort aus meinen Klamotten. Nachdem ich mir einen alten Hoodie sowie eine bequeme Jogginghose angezogen hatte, öffnete ich die Tür zum Flur und lauschte einen Moment. Es war vollkommen still im Haus, vielleicht war Sean tatsächlich bereits zu Bett begangen. Normalerweise konnte er so früh nicht schlafen, aber eventuell hatte auch ihm der Umstand meiner Rückkehr mehr zugesetzt, als er eingestehen hatte wollen.

Auf Zehenspitzen tapste ich den Gang entlang bis zu ihrer Tür. Mein Herz schlug mir bis zum Hals und ich spürte, wie mir die Kehle eng wurde bei dem Gedanken daran, diesen Raum gleich erstmalig seit beinahe zwei Jahren zu betreten. Langsam legte ich meine Hand auf die Klinke und drückte sie hinunter. Vorsichtig stieß ich die Tür auf und gab einen erstickten Ton von mir, als ich entdeckte, dass das Zimmer vollkommen leer war. Es befand sich nicht einmal mehr die Tapete an den Wänden, die wir gemeinsam ausgesucht hatten.

Alles wirkte, als hätte es unser Baby nie gegeben.

Haltsuchend klammerte ich mich an den Türrahmen und rang nach Atem. Mit jedem Zug hatte ich das Gefühl, dass meine Brust enger wurde. Mein Blut dröhnte mir in den Ohren und irgendwo in weiter Ferne hörte ich einen fremd klingenden Laut, wie von einem verwundeten Tier. Erst mit einigen Sekunden Verzögerung begriff ich, dass dieser von mir gekommen war. Tränen brannten in meinen Augen, weil ich nicht fassen konnte, dass Sean sie so einfach ausgelöscht hatte. Er hatte mir vor meinem Verschwinden mehrmals damit gedroht, es jedoch nie in die Tat umgesetzt. Dass er offenbar keine Skrupel gehabt hatte, diesen Schritt zu gehen, nachdem ich fortgegangen war, warf mich völlig aus der Bahn.

Ich schrak zusammen, als sich plötzlich eine Hand auf meine Schulter legte. Aufgebracht fuhr ich herum und sah mich meinem Noch-Ehemann gegenüber, der offensichtlich bereits geschlafen hatte. Er trug lediglich eine tiefsitzende Sweathose, sein Oberkörper war nackt und seine Haare zerzaust.

»Was hast du nur getan, Sean?« Meine Stimme brach bei dem letzten Wort, mit Tränen in den Augen schaute ich zu ihm auf. »Wo sind ihre Sachen? Was hast du mit ihnen gemacht?« Verzweifelt holte ich aus und schlug ihm auf die Brust. »Wieso … hast du … wie … konntest … du?!« Er packte meine Handgelenke, als ich erneut ausholte und hielt meinen Blick mit seinem fest.

»Es ist alles noch da«, antwortete er leise und deutete mit dem Kopf Richtung Dachboden.

Er legte eine Hand an meine Wange und strich sanft mit dem Daumen darüber, eine Geste, die mich vollkommen aus dem Konzept brachte. Ich erinnerte mich nicht, wann er zuletzt derart liebevoll mit mir umgegangen war. Umso mehr setzte mir sein Verhalten jetzt zu. Wie oft hatte ich mir gewünscht, dass er mich trösten oder in den Arm nehmen würde? Wie viele Male hatte ich darum gefleht, dass er diese Mauer aus Ablehnung hinunterfahren würde?

»Ich habe es nicht länger ertragen, zu wissen, was sich hinter dieser Tür befand. Ein paar Monate, nachdem du gegangen bist, habe ich alles ausgeräumt und abgebaut, um es auf den Boden zu verfrachten.«

»Für einen Moment habe ich gedacht, dass du deine Drohung wahrgemacht hast«, gestand ich und senkte meine Lider.

Sean seufzte geräuschvoll und ließ seine Hand an meiner Wange sinken. Kaum, dass der Körperkontakt vorüber war, zerriss mich die Sehnsucht. Ich widerstand dem Impuls, ihn zu bitten, seine Finger erneut an mein Gesicht zu legen.

Stattdessen schob ich ihn beiseite, ging zur Luke und reckte mich, um nach der Schnur zu greifen, mit der man sie herunterzog. Vergeblich. Wie früher schon erreichte ich sie nicht. Ohne ein Wort von sich zu geben oder mich auch nur anzuschauen, stellte sich Sean neben mich, griff nach der Kordel und zog einmal kräftig an ihr, bis sich die Dachluke öffnete. Sein Oberarm streifte dabei kurz meine Schulter und unwillkürlich erschauerte ich. Ob er meine Reaktion auf ihn bemerkt hatte oder nicht, konnte ich nicht sagen, ein Seitenblick zu ihm offenbarte mir lediglich eine undurchdringliche Miene.

Die Leiter glitt herunter und Sean testete, ob sie auch eingerastet war, ehe er beiseitetrat und mir den Weg freimachte. »Wenn du oben bist, findest du ihre Sachen in der linken Ecke. Es ist alles in Kartons verpackt und beschriftet«, erklärte er und ich blieb abrupt auf der dritten Stufe stehen.

Langsam drehte ich mich zu ihm um und sah auf ihn hinunter. Seinem Gesicht war nach wie vor keine Emotion zu entnehmen, doch der Sturm in seinen Augen verriet mir so viel mehr, als Sean zu offenbaren bereit war.

»Danke, dass du deine Drohung nicht in die Tat umgesetzt hast«, murmelte ich und plötzlich spiegelte sich Fassungslosigkeit auf seinen Zügen wider, ehe sie sich in Scham wandelte.

»Ich … es gab Zeiten, in denen ich es getan hätte, ohne auch nur eine Sekunde darüber nachzudenken«, gestand er und wich meinem Blick aus. »Wäre Jace nicht gewesen, hätte ich es vielleicht sogar gemacht. Wenn du jemandem danken möchtest, dann ihm. Ich habe es bereits getan.« Sean fuhr sich mit der Hand durch die Haare und seufzte. »Für dich klingt das vermutlich wie blanker Hohn, doch heute entsetzt es mich selbst, zu was ich fähig gewesen wäre. Zu was ich fähig gewesen bin.« Er wandte sich halb zum Gehen ab, verharrte aber einen Moment.

»Wenn du irgendetwas mitnehmen möchtest, oben befinden sich sicherlich noch leere Kartons, die du nutzen kannst. Was auch immer du haben willst, pack es ein. Ich streite nicht mit dir über ihre Sachen. Dazu habe ich kein Recht. Wenn du Hilfe beim Runtertragen brauchst, ruf mich, ich bin bestimmt noch eine Weile wach.«

Unfähig, etwas darauf zu erwidern, gab ich lediglich einen zustimmenden Laut von mir. Sean nickte, verschwand in unserem früheren Schlafzimmer und lehnte die Tür bloß an. Ein Teil von mir wollte ihm nachgehen und ihn dazu drängen, endlich mit mir zu reden, doch ich wusste, dass ich damit nur unsere Fortschritte zunichte machen würde.

Ein letztes Mal tief durchatmend machte ich mich auf den Weg nach oben, um in die Vergangenheit zu reisen.

In eine Zeit, in der Sean und ich geglaubt hatten, nicht glücklicher sein zu können. Unser Sternchen hatte unsere Liebe gekrönt und uns noch stärker zusammengeschweißt.

Ich vermisste diese Art von Nähe, die ich mit keinem Mann vor Sean verspürt hatte.

Ich vermisste, dass wir über alles reden konnten.

Ich vermisste, wie wir unsere kleinen und großen Geheimnisse geteilt hatten.

Ich vermisste, wie wir miteinander gelebt, gelacht, geliebt und gestritten hatten.

Ich vermisste *uns*.

Kapitel 8

Sean

Wann Skye vergangene Nacht vom Dachboden wieder heruntergekommen war, hatte ich nicht mehr mitbekommen. Ich hatte noch eine ganze Weile wachgelegen, darauf gewartet, dass sie vielleicht um Hilfe bitten würde, doch irgendwann war ich eingeschlafen und erst gegen Morgen aufgewacht. Kurzentschlossen hatte ich mich nur rasch frischgemacht und war in meine Sportklamotten gestiegen, um eine ausgedehnte Joggingrunde durch die Hollywood Hills zu laufen.

Körperlich vollkommen ausgepowert war ich schließlich nach Hause zurückgekehrt und auf direktem Wege in das an unser ehemaliges, gemeinsames Schlafzimmer angrenzende Bad gegangen, um zu duschen. Die Tür zu dem Gästezimmer, das Skye gewählt hatte, war nach wie vor geschlossen und kein Laut aus ihm zu hören.

Zögerlich, ob ich anklopfen sollte oder nicht, war ich einen Moment davor stehen geblieben, ehe ich mich nach unten in die Küche begeben hatte.

Ich war gerade dabei, die Pancakes zu wenden, als ich Schritte auf der Treppe vernahm. Skye erschien im Türrahmen, ein zaghaftes Lächeln auf den Lippen. »Der Geruch hat mich angelockt«, gestand sie und mir wurde gleichzeitig heiß und kalt, weil mir erst jetzt bewusst wurde, dass ich in eine unserer früheren Routinen verfallen war. Obwohl Skye die Profi-Köchin war, war stets ich derjenige gewesen, der sich um unser gemeinsames Frühstück gekümmert hatte. Kaum, dass sie wieder bei mir war, benahm ich mich, als wären wir nicht mehr nur noch auf dem Papier verheiratet.

Bei mir?!

Hier, korrigierte ich mich gedanklich und zwang mich dennoch zu einem Lächeln. »Alte Gewohnheiten lassen sich nur schwer abstellen«, erwiderte ich schließlich und zuckte mit den Schultern.

Skye strich sich die Haare, die sich aus ihrem lockeren Knoten gelöst hatten, hinter die Ohren und machte sich daran, den Tisch zu decken. Stumm beobachtete ich sie, registrierte die Ringe unter ihren Augen und schüttelte über mich selbst innerlich den Kopf, da ich mich automatisch sorgte, dass sie zu wenig Schlaf bekommen hatte. Das war seit fast zwei Jahren nicht mehr mein Problem.

»Bist du noch lang oben gewesen?«, fragte ich sie, um die unangenehme Stille zwischen uns zu durchbrechen.

Skye hielt mitten in der Bewegung inne und nickte, ehe sie die Teller abstellte und sich zur Besteckschublade begab. »Eine ganze Weile, beim Anschauen der Fotoalben habe ich die Zeit vergessen … ich habe nicht damit gerechnet, dass du sie ebenfalls weggepackt hast.« Mit jedem Wort war ihre Stimme leiser geworden und zum Schluss flüsterte sie nur noch.

Ich hatte die Alben, die unser Leben zeigten, bevor es in eine Million Scherben zersprungen war, nicht in meiner Nähe ertragen. Bis auf ein Foto von Skye mit unserem Baby auf dem Arm, das ich nach wie vor in meiner Brieftasche mit mir herumtrug, hatte ich alles nach oben auf den Dachboden verfrachtet. Im gesamten Haus gab es keine Aufnahmen von uns oder unserem Sternchen.

»Ich … es geht mir so besser«, startete ich einen hilflosen Versuch, ihr klarzumachen, warum ich das getan hatte.

Skye verteilte das Besteck auf dem Tisch und drückte sich danach seitlich an mir vorbei, um an die Kaffeemaschine zu gelangen. Sie streifte meinen Oberarm dabei mit ihrem und lächelte entschuldigend, als ich ihr einen kurzen Blick zuwarf. Wieder stieg mir dieser verdammte Limetten-Duft in die Nase. Ich schloss einen Moment die Lider, konzentrierte mich anschließend auf das Braten des letzten Pancakes und sah Skye verstohlen zu, wie sie uns Kaffee einschenkte.

Ich legte den Pancake zu den anderen auf den Teller, griff mir die Flasche mit dem Ahornsirup sowie die Schale mit den frischen gemischten Früchten, die ich vorhin bereits zurechtgeschnitten hatte. Skye kam mir entgegen, um mir die Schüssel abzunehmen und als sich unsere Fingerspitzen berührten, jagte ein Schauer über meine Wirbelsäule, was mich so in meinen Grundfesten erschütterte, dass ich den Sirup fallen ließ.

Sie murmelte eine Entschuldigung, bückte sich und hob den Ahornsirup auf, ehe sie mir an den Tisch folgte und sich mir gegenüber setzte. Skye stützte ihr Gesicht in ihre Hände und betrachtete mich mit leicht schiefgelegtem Kopf.

»Hast du heute schon etwas vor?«, durchbrach sie schließlich das Schweigen zwischen uns und ich überlegte fieberhaft, was ich ihr für eine Ausrede auftischen könnte. »Ich möchte nach dem Frühstück erst einmal zu meiner Familie … ich habe sie ewig nicht gesehen und kaum Kontakt zu ihnen gehalten«, schob sie hinterher.

»Du willst mich nicht ernsthaft fragen, ob ich dich begleite, oder?«, stellte ich leicht fassungslos eine Gegenfrage.

Skye riss ihre Augen auf und schüttelte mit dem Kopf.

»Nein, sicher nicht … aber ich dachte, wir könnten vielleicht später ein wenig Zeit miteinander verbringen … das Gespräch nachholen, das wir in Denver nicht haben führen können. Es ist Samstag und ich hatte gehofft, dass du nicht arbeiten musst.«

Mein Kopf war wie leergefegt und mir fiel ums Verrecken keine Notlüge ein, mit der ich sie abspeisen und vertrösten konnte. Außerdem trichterte mir der rationale Part in mir ein, dass das die Gelegenheit war, die Einzelheiten unserer bevorstehenden Scheidung mit ihr zu besprechen. Je eher ich das hinter mich brachte, desto besser. Sobald Skye einsah, dass unsere Ehe tatsächlich vorbei war, würde sie sich nicht länger gegen das seit einer ganzen Weile überfällige, offizielle Ende unserer Ehe sperren, davon war ich überzeugt.

»Nein, ich muss erst Montag wieder einige Interviewtermine wahrnehmen, aber der größte Teil der Promotion-Arbeit für meinen aktuellen Streifen ist vorüber. Der Dreh für das nächste Projekt beginnt erst übernächsten Monat, also …« Ich stockte mitten im Satz, als mir klar wurde, was ich gerade tat. Musste ich meiner Noch-Ehefrau tatsächlich auf dem Silbertablett servieren, dass ich in den kommenden Wochen so gut wie keine Verpflichtungen hatte?

Es war, als würde irgendein selbstzerstörerischer Part von mir übernehmen, über den ich keine Kontrolle hatte. Der, der sich vor fünf Jahren in sie verliebt und der sie schließlich zwei Jahre später zu seiner Frau gemacht hatte. Der, der sich daran erinnerte, wie es einmal zwischen uns gewesen war und genau das vermisste.

Skyes Miene hellte sich sichtlich auf, während sie sich einen der Pancakes auf ihren Teller schaufelte und sich danach den

Sirup griff. »Wunderbar, dann spricht ja nichts dagegen, wenn wir uns …«

»Was ich dir gestern gesagt habe, habe ich so gemeint«, unterbrach ich sie schroff, weil ich mir nicht anders zu helfen wusste. »Ich will keine Neuauflage unserer Beziehung, kein Schwelgen in Erinnerungen an bessere Zeiten und vor allem möchte ich nicht, dass du dich in etwas verrennst, das nicht passieren wird.«

Skye kräuselte ihre Nase und lenkte meine Aufmerksamkeit auf die Sommersprossen, die ihr Gesicht zierten. Damals bei unserem Kennenlernen war ich von ihnen nahezu besessen gewesen. Der Umstand, dass es so gut wie keinen Zentimeter ihres Körpers gab, der frei von ihnen war, hatte mich stundenlang beschäftigen können. Jede von ihnen hatte ich mit meinen Lippen und meiner Zunge erkundet, mich ihr ausführlich gewidmet und … was zur Hölle tat ich hier?!

Äußerlich die Ruhe wahrend nahm ich meine Kaffeetasse und trank einen großen Schluck. Nach dem Tod unserer Tochter war jedes Gefühl in mir getötet worden. Ich hatte Skye nicht länger begehrt und war davon ausgegangen, dass das auch jetzt nach wie vor nicht der Fall sein würde. Der Umstand, dass die Erinnerungen an früher dieses Verlangen in mir auslösten, erwischte mich eiskalt und vollkommen unvorbereitet.

»Sean, das habe ich doch gar nicht gesagt«, wandte Skye ein und holte mich so in die Gegenwart zurück. »Mir ist bewusst, wie die Dinge zwischen uns stehen, aber ich würde mich wirklich freuen, wenn wir zumindest versuchen, einiges aufzuarbeiten.« Sie schnitt ein Stück ihres Pancakes ab und schob ihn sich in den Mund. Nachdem sie aufgekaut hatte, sprach sie weiter. »Ich denke nur … wenn wir die Chance haben wollen, weiterzumachen, müssen wir uns unserer Vergangenheit stellen. Korrigiere mich, wenn ich mich irre, doch hast du, abgesehen von deiner Schauspielkarriere, tatsächlich so etwas wie ein Leben? Hast du neu angefangen, oder gibst du dich nur einer Illusion hin? Rennst du lediglich davon, weil Stillstand die Zeit und Ruhe mit sich bringt, in der die Stimmen der Vergangenheit laut werden?«

Ich holte empört Luft, wollte ihr widersprechen und an den Kopf werfen, welche Fortschritte ich in den letzten knapp vierundzwanzig Monaten gemacht hatte – aber im Grunde genommen hatte sie Recht. Meine Alkohol- und Drogenexzesse hatte ich hinter mir gelassen, verbissen meine Karriere vorangetrieben, doch ansonsten? Nichts hatte die Leere, die nach wie vor in mir vorherrschte, ausfüllen können. Keine meiner kurzen Affären hatte auch nur ansatzweise dazu beigetragen, dass ich mit dem, was ich mit Skye gehabt hatte, meinen Frieden schließen konnte.

»Siehst du«, murmelte sie, als ich mich weiter ausschwieg. »So geht es mir ebenfalls. Ich habe existiert, irgendwie einen Tag nach dem anderen überstanden und so getan, als wäre alles normal. Von den Menschen, mit denen ich in Denver zu tun gehabt habe, hat kaum jemand gewusst, wer ich war beziehungsweise welche Geschichte ich vor ihnen verborgen habe.«

Einen Augenblick lang beneidete ich sie darum, denn für mein Gefühl war sie einem Neuanfang damit näher gekommen, als das bei mir jemals der Fall gewesen war. Jeder Schritt, den ich gemacht hatte, war von der Öffentlichkeit beobachtet und ausgeschlachtet worden. Obwohl meine Schauspielkarriere das gewesen war, was mich letztlich gerettet hatte, hatte ich sie gleichzeitig exakt deswegen so manches Mal verflucht.

Ein Kind zu verlieren war schon unter normalen Bedingungen eine Katastrophe – mit dem Fokus der Medien auf einem glich sie einem wahrgewordenen Albtraum.

»Okay«, antwortete ich, obwohl mir die Worte Angst einjagten. »Stellen wir uns unserer Vergangenheit.« Vermutlich würde ich mich noch heute für diese Entscheidung verfluchen, doch wenn ich jemals wirklich frei sein wollte, war das der Preis, den ich zahlen musste. Das war mir spätestens in Denver unter dieser Laterne klargeworden. Nun musste ich auch so handeln.

Kapitel 9

Skye

Sean hatte mir die Schlüssel für seinen Sportwagen gegeben, damit ich mobil und nicht auf Taxis angewiesen war. Dass er sich letztlich darauf eingelassen hatte, den Tag nach dem Besuch bei meiner Familie mit mir zu verbringen, gab mir die Hoffnung, dass ich dieses Mal vielleicht zu ihm durchdringen konnte. Ich hatte mich bedeckt gehalten, ihm nur gesagt, dass ich unsere Vergangenheit aufarbeiten wollte – doch im Grunde wollte ich so viel mehr.

Ich wollte *uns* zurück.

Mir war jedoch klar, dass ich meinen Noch-Ehemann damit nur vertreiben würde. Also gab ich vor, dass mir in erster Linie wichtig war, den tragischen Tod unserer Tochter und das Zerbrechen unserer Ehe endlich zu bewältigen. Ich klammerte mich daran, dass die Zeit den Rest schon für mich erledigen würde.

In meine Gedanken versunken parkte ich das Fahrzeug vor dem dreistöckigen Haus, in dem meine Eltern gemeinsam mit meinem Großvater sowie meinem jüngeren Bruder lebten. Scham darüber, wie sträflich ich sie in den letzten zwei Jahren vernachlässigt hatte, ergriff Besitz von mir. Sie alle hatten mir in jedem unserer Telefonate versichert, dass sie mich verstanden und mir den nötigen Raum gaben, bis ich soweit war.

Mom und Dad hatten mich vor ein paar Monaten, nachdem klar war, dass ich länger in Denver bleiben würde, besuchen wollen. Dann jedoch war der Betrieb meines Vaters in eine wirtschaftliche Schieflage geraten und sie hatten ihren Besuch auf Eis legen müssen. Mein Großvater war gesundheitlich zu angeschlagen, um zu fliegen, und mein jüngerer Bruder Patrick hatte meinen Dad in dem Bemühen, den Familienbetrieb zu retten, unterstützt.

Ich stieg aus dem Auto, verriegelte es und machte mich über die Einfahrt auf den Weg Richtung Haustür. Einen Moment lang fragte ich mich, ob es nicht klüger gewesen wäre, sie vorher anzurufen, doch ich hatte sie überraschen wollen. Tief durchatmend drückte ich auf die Klingel und hörte kurz darauf das mir so vertraute Quietschen von Gummirädern auf dem Marmor. Die Tür ging auf und meinem Bruder klappte buchstäblich die Kinnlade hinunter, als er mich entdeckte.

»Skye?!«, platzte es aus ihm heraus, gleichzeitig öffnete er seine Arme und ich leistete seiner Aufforderung nur zu gern Folge. »Jesus, was machst du denn hier?! Und wieso zur Hölle hast du niemandem Bescheid gesagt, wir hätten dich doch vom Flughafen abgeholt?!«, nuschelte er an meinem Ohr und zog mich weiter hinab zu sich.

Patrick saß seit seinem siebzehnten Lebensjahr nach einem Surfunfall im Rollstuhl und war von der Hüfte abwärts gelähmt, davon jedoch hatte er sich nie unterkriegen lassen. Vorher war er ein absoluter Sportcrack gewesen und auch heute noch spielte er Basketball und Volleyball. Natürlich hatte es Momente gegeben, in denen er mit sich und seiner Behinderung gehadert hatte, aber er hatte niemals zugelassen, dass diese Gedanken ihn beherrschten.

»Ich bin schon seit gestern hier«, erklärte ich, nachdem ich mich von ihm gelöst hatte. Ehe ich weitersprechen konnte, hörte ich Schritte näherkommen.

Meine Mom stieß einen Freudenschrei aus, kaum, dass sie mich sah. Sie stürzte auf mich zu und schloss mich stürmisch in eine Umarmung. »Mein Mädchen«, wisperte sie mit tränenerstickter Stimme und ich musste lächeln. Egal, wie alt ich war, ich würde immer ihr Mädchen bleiben. »Chandler«, rief sie meinen Dad, der kurz darauf aus dem Wohnzimmer kam und abrupt stockte, als sein Blick auf mich fiel.

»Skye«, brachte er heiser hervor und wandte sich dann um. »Dad, deine Kleine ist wieder da«, sprach er meinen Großvater an und meine Kehle wurde eng, als dieser, auf einen Gehstock gestützt, den Flur betrat.

Meine Mom gab mich frei und ich ging auf die beiden zu, um sie zu umarmen und zu begrüßen. »Grandpa«, murmelte ich und verbarg meinen Kopf in seiner Halsbeuge. Es erschreckte mich, wie zerbrechlich er sich anfühlte.

»Das wurde aber auch Zeit, Kleine«, gab er hörbar bewegt zurück und tätschelte meine Schulter. »Ich brauche dringend deinen Rat, was Carlita angeht«, führte er weiter aus und brachte uns damit alle zum Lachen.

»Immer noch der gleiche Schwerenöter wie früher, hm?«, neckte ich ihn und hakte mich bei ihm unter, ehe wir ins Wohnzimmer gingen.

Wir nahmen Platz, ich neben meinem Grandpa, Mom und Dad auf dem Sofa gegenüber und Patrick rollte mit seinem Rollstuhl an das obere Ende des dazwischenstehenden Couchtisches.

»Schwerenöter? Papperlapapp! Gegen Carlita bin ich harmlos«, verteidigte er sich mit einem Augenzwinkern.

Wieder bei ihnen zu sein und mich mit ihnen zu unterhalten, als hätten wir uns nicht beinahe zwei Jahre lang nicht gesehen, fühlte sich so gut an. Wie sehr sie mir gefehlt hatten, merkte ich erst jetzt mit voller Wucht. Natürlich war Sean ein wichtiger Teil meines Lebens, der mir stets auf eine gewisse Weise gefehlt hatte, aber meine Familie war mein Anker. Den hatte ich einfach so zurückgelassen.

Während mein Großvater sich über seine aktuelle Flamme, die ihm scheinbar ordentlich den Kopf verdreht hatte, ausließ, spürte ich die Blicke meiner Eltern sowie meines Bruders auf mir ruhen.

»Da du schon seit gestern in Los Angeles und heute mit seiner neuesten Protzkarre hier aufgetaucht bist, nehme ich an, dass du bei Sean warst? Ist an den Presseartikeln doch mehr dran, als du uns am Telefon hast weismachen wollen?«, grätschte Patrick schließlich zwischen die Unterhaltung und knickte damit als Erster ein. Der Argwohn und das unverhohlene Missfallen in seiner Stimme ließen mich erschaudern. Patrick hasste Sean, weil er mich damals so mies behandelt hatte, was ich ihm generell nicht verübeln konnte.

»Sean hat sich bei mir entschuldigt und ist bereit dazu, unsere Vergangenheit aufzuarbeiten. Das geht letztlich nur *mit* ihm und ich möchte die Chance, endlich damit abzuschließen, nicht ungenutzt lassen.« Mir war bewusst, dass das hier nur die halbe Wahrheit war und ich mir im Grunde viel mehr als einen bloßen Abschluss erhoffte.

Die drei tauschten Bände sprechende Blicke und mein Grandpa neben mir gab einen eindeutigen Schnalzlaut von sich.

»Skye, Schätzchen, du bist damals fast daran zugrunde gegangen, wie er …«, fing meine Mutter an, doch ich unterbrach sie.

»Er ebenfalls, Mom. Egal, was du sagen willst, ich bin mir sicher, ich habe es selbst schon gedacht. Hat er sich wie ein Monster benommen? Ja. War er gnadenlos grausam und hat jede Gelegenheit genutzt, um mir wehzutun, weil er mir die Schuld am Tod unserer Tochter gegeben hat? Ja. Hat er mich von sich fortgetrieben und jeden noch so kleinen Funken Hoffnung in mir, dass wir irgendwann gemeinsam über das Geschehene hinwegkommen, erstickt? Ja.« Ich schwieg einen Moment und sah jeden von ihnen an. »Bei unserem Aufeinandertreffen in Denver habe ich etwas in ihm wahrgenommen, das ich verloren geglaubt habe. Er ist wieder in der Lage, mehr als nur seinen eigenen Schmerz zu sehen.«

Zweifel huschte über Patricks Gesicht, und auch meine Eltern wirkten eher skeptisch. Nur mein Grandpa lächelte mich aufmunternd an, als ich zu ihm sah.

»Ich bin zurückgekommen, um endlich weitermachen zu können. Natürlich werde ich auch ein letztes Mal um unsere Ehe kämpfen, was Sean nicht weiß, aber unsere Vergangenheit aufzuarbeiten ist ein genauso großer Antrieb für mich gewesen.«

Für einen Moment war es so still im Raum, dass man eine Stecknadel hätte fallen hören können.

»Das ist mein Mädchen«, brach mein Dad schließlich als Erster das Schweigen und lächelte. »Eine Jones gibt nicht auf, so lange sie noch eine Chance sieht, die Dinge zu ihren Gunsten entscheiden zu können. Und wir verstecken uns auch nicht vor dem Unvermeidlichen, selbst wenn es schmerzvoll wird. Ich bin froh, dass ihr anscheinend beide zur Vernunft gekommen seid.«

Mom rollte mit den Augen. »Du wirst das jetzt aber nicht nutzen, um das Gespräch auf den grandiosen Feldzug, mit dem du unseren Familienbetrieb gemeinsam mit Patrick vor dem Bankrott gerettet hast, zu lenken, oder?«

Mein Vater stieß ein entrüstetes Schnauben aus, während Patrick und ich einen Blick tauschten. Mein Bruder tippte sich kurz vielsagend mit dem Finger gegen die Stirn und ich musste grinsen.

»Das habe ich genau gesehen!«, empörte sich mein Dad. »Außerdem kennt Skye die Geschichte bisher nur in ihrer Kurzfassung vom Telefon.«

Mit einem Schmunzeln auf den Lippen lehnte ich mich zurück und lauschte der zunehmend hitzigeren Diskussion meiner Eltern. Grandpa neben mir beugte sich zu mir herüber. »Können wir nachher nochmal über Carlita sprechen?«, raunte er mir verschwörerisch zu und das erste Mal, seit ich wieder in Los Angeles war, lachte ich wirklich befreit auf.

Bei meiner Familie war ich nicht nur die Frau, die ihr Kind verloren hatte. Sie gingen völlig normal mit mir um und behandelten mich nicht wie ein rohes Ei. Hier war ich einfach nur die Tochter, die endlich nach Hause zurückgekehrt war.

Kapitel 10

Sean

Angespannt wartete ich auf Skyes Rückkehr. Ein Teil von mir wollte am liebsten fliehen, um den restlichen Tag nicht mit ihr verbringen zu müssen, doch ich blieb, weil ich wusste, dass ich sonst alles nur unnötig verlängern würde. Je schneller ich das Notwendige hinter mich brachte, desto eher würde ich meinen Willen bekommen.

Die Scheidung.

Mit einem müden Seufzen rieb ich mir über das Gesicht und fragte mich nicht zum ersten Mal an diesem Tag, ob das wirklich das war, was ich wollte.

Die Zeit mit Skye und später unserem Baby hatte mir so unendlich viel gegeben und mich gleichzeitig am meisten gekostet. Nichts im Vergleich zu dem, was ich für meinen Job hatte opfern müssen. Würde ich mit dem Wissen von heute einen anderen Weg wählen? Hätte ich Skye ziehen lassen? Hätte ich damals geahnt, wie verloren ich mich fühlen würde, hätte ich sie dennoch mit allen Mitteln von mir fortgetrieben? Ich hatte es darauf angelegt, doch als sie endlich gegangen war, war die Erleichterung, auf die ich gehofft hatte, letztlich nicht eingetreten. Es hatte immer Phasen gegeben, in denen ich mich so gefühlt hatte, die letzten drei Jahre standen allerdings eindeutig an der Spitze. Den öffentlichen Sean Beaufort hielt ich irgendwie zusammen, aber was war mit dem Menschen? Der funktionierte in einem gewissen Rahmen, manchmal jedoch fragte ich mich, ob ich diesen Hass und die Schuldgefühle je wieder loswerden würde.

Ehe ich noch weiter in meinen trüben Gedanken versinken konnte, griff ich mir das Telefon und rief Aaron an. Normalerweise wäre Jace meine erste Wahl gewesen, doch er war mir in diesem Fall zu nah und ich wusste, dass er auf Skyes Seite war. Ich brauchte jemanden, der die Dinge ein wenig neutraler betrachtete und der nicht sofort versuchte, mich zu bekehren. Es klingelte eine gefühlte Ewigkeit und ich wollte gerade auflegen, als er endlich abnahm.

»Ja?«, blaffte er atemlos in den Hörer und ich musste grinsen.

»Störe ich etwa?«, fragte ich zurück und er schnaufte.

Mit ziemlicher Sicherheit hatte er mal wieder irgendein Groupie bei sich. Aaron hatte einen unglaublichen inneren Radar, der ihn stets zu den Frauen an seinem jeweiligen aktuellen Set führte, die nur zu gerne das Bett mit ihm teilten. Ebenso wie Jace und Ben wollte er sich nicht fest binden, sondern lediglich seinen Spaß haben. Skye und ich hatten mehr als einmal prophezeit, dass es irgendwann eine Frau geben würde, von der er mehr wollen würde, aber er hatte jedes Mal gelacht und abgewunken. Vielleicht behielt er Recht, denn bislang hatte keine seiner Verflossenen ihn erobern können.

»Alter, wenn's nicht wichtig ist, dann …«, fing er an, doch ich unterbrach ihn.

»Ich … Skye ist zurück in L.A. … sie hat sich in einem der Gästezimmer einquartiert, möchte unsere Vergangenheit aufarbeiten und heute den Tag mit mir verbringen.«

Einen Moment herrschte Stille, anschließend lachte er leise. »Eins muss ich ihr lassen, deine Frau hat echt Eier, so eine Aktion zu bringen.«

Ich stieß ein Schnauben aus, dass er Skye nun auch noch dafür Respekt zollte, war mir in diesem Augenblick zu viel. »Sie ist nicht mehr meine Frau, nur noch auf dem Papier«, blaffte ich ihn an.

»Wir wissen beide, dass du dir in die Tasche lügst, mehr sage ich dazu nicht. Aber eine Frage habe ich: Ist die Vorstellung, Zeit mit ihr zu verbringen, ehrlich so furchtbar für dich?«, kam es schließlich von ihm.

»Ist sie, weil … weil …«, stammelte ich und überlegte, ob mein Anruf bei ihm wirklich so eine gute Idee gewesen war. Aaron war vielleicht nicht so dicht an mir dran wie Jace, einfach wegen des Umstandes, dass wir uns nicht seit unserer Kindheit kannten, aber er durchschaute mich dennoch. Das hatte er mir bei unserer letzten Unterhaltung gemeinsam mit Ben und Jace gerade erst bewiesen … wie hatte ich das nur verdrängen können?!

»… dir dein Arsch in ihrer Gegenwart auf Grundeis geht?« Im Hintergrund vernahm ich ein gedämpftes Rascheln, Schritte und dann das Klappen einer Tür. »Sean, ich weiß, warum du mich angerufen hast und nicht Jace, doch wenn du glaubst, dass ich dir nach dem Mund rede, muss ich dich leider enttäuschen. Jedem von uns ist klar, dass du mit Skye und eurer Vergangenheit noch lange nicht fertig bist, so gern du dir das auch einredest. Du möchtest deinen Willen durchboxen und die Scheidung? Ich kann dir mit neunundneunzigprozentiger Wahrscheinlichkeit versprechen, dass dir das deinen Seelenfrieden nicht zurückbringt.«

Mit einem Seufzen lehnte ich mich gegen die Anrichte in der Küche. »Es ist seltsam, sie wieder hier zu haben. Ich meine, sie war beinahe zwei Jahre fort, davor haben wir fast ein Jahr wie

Fremde in diesem Haus nebeneinander hergelebt und jetzt …« Ich ließ den Satz ins Leere laufen, weil ich nicht wusste, wie ich ausdrücken sollte, was in mir vorging.

»… fühlt es sich dennoch vertraut an?«, fasste Aaron exakt das in Worte, was ich empfand.

»Ja«, gestand ich und vernahm ein weiteres Mal, wie er scharf einatmete.

»Dann solltest du erst recht überlegen, ob der Weg, den du einschlagen möchtest, tatsächlich der Richtige ist.« Aaron schwieg einen Moment. »Ihr habt einen entsetzlichen Verlust erlitten und der hat euch für immer verändert. Aber nicht nur das macht euch aus … manche Menschen würden alles für die Gelegenheit geben, die sich dir gerade bietet.« Irgendwie wurde ich das dumpfe Gefühl nicht los, dass er bei seinem letzten Satz nicht mehr wirklich von Skye und mir sprach. Aaron machte aus seiner Vergangenheit sowohl uns als auch der Presse gegenüber ein großes Geheimnis und es gab nur wenige private Fakten über ihn, obwohl die Aasgeier wie verrückt gewühlt hatten.

»Hättest du Penner mir nicht einfach sagen können, was ich hören wollte?!«, gab ich grummelnd zurück und hörte ihn erneut leise lachen.

»Hätte ich … aber was für ein Freund wäre ich dann, hm?«

Ich vernahm das Quietschen des Tors und ein Blick aus dem Fenster bestätigte mir, das Skye von dem Besuch bei ihrer Familie zurückkehrte. »Aaron, ich muss Schluss machen, Danke fürs Zuhören«, beendete ich unser Telefonat.

Kurz darauf ging die Verbindungstür von der Garage zum Haus auf und meine Noch-Ehefrau erschien im Türrahmen zur Küche. Ihre Augen strahlten und ihre Wangen waren rosig, das Wiedersehen mit ihrer Verwandtschaft hatte ihr offensichtlich gutgetan.

»Bereit für unseren Ausflug?«, fragte sie und ich dachte an Aarons Worte.

Mit einem Nicken griff ich mir mein Telefon und folgte ihr. Im Flur schnappte ich mir schnell meine Lederjacke sowie meine Brieftasche. In der Garage angekommen nahm ich auf dem Beifahrersitz des Sportwagens Platz und schnallte mich an, während Skye auf der Fahrerseite einstieg, den Gurt anlegte und den Wagen hinausfuhr. Raymond öffnete von seinem Häuschen aus das Tor zur Straße und hob kurz die Hand zum Gruß.

»Verrätst du mir, wo es hingeht?« Ich warf ihr einen Seitenblick zu, doch sie schmunzelte nur und schüttelte mit dem Kopf. »Du weißt, wie sehr ich Überraschungen hasse«, schob ich leicht verschnupft nach, aber auch das erweichte sie nicht.

»Das ist mir bewusst, Sean, diese wird dir jedoch gefallen, denke ich.« Sie stellte das Radio an, suchte einen Rocksender und trommelte den Rhythmus des gerade laufenden Liedes mit.

Ich sah aus dem Fenster, hing meinen Gedanken nach und war froh, dass sie nicht versuchte, mir eine Unterhaltung aufzudrängen. Mir war klar, dass es höflich gewesen wäre, mich nach ihrer Familie zu erkundigen, doch ich brachte es nicht über mich. Sie nach ihnen zu fragen, bedeutete für mich, mich auch damit auseinanderzusetzen, wie grässlich ich mich ihnen gegenüber aufgeführt hatte.

Irgendwann registrierte ich, wohin Skye uns fuhr und in meinem Hals bildete sich ein Kloß, der mit jeder zurückgelegten Meile größer wurde.

Point Dume.

Von allen Plätzen, die wir früher gemeinsam besucht hatten, barg dieser mit Abstand die meisten Erinnerungen.

Hier hatte ich ihr das erste Mal gesagt, dass ich sie lieben würde.

Hier hatte ich sie gefragt, ob sie meine Frau werden würde.

Hier hatte sie mir, nachdem wir die Hoffnung schon fast aufgegeben hatten, erzählt, dass unser Sternchen unterwegs war.

An unserem Zielort angekommen parkte sie den Wagen und stellte den Motor ab. Wir stiegen aus und sie verriegelte das Fahrzeug, ehe wir uns in Bewegung setzten. Schweigend gingen wir nebeneinander her und hangelten uns schließlich eine der Treppen entlang zum Strand hinunter.

Skye zog ihre Schuhe aus und seufzte wohlig, als sie den Sand unter ihren nackten Füßen spürte. »Ich hatte beinahe vergessen, wie schön es hier ist«, murmelte sie, wackelte noch einmal mit ihren Zehen und lief dann weiter. »Kommst du?«, rief sie über ihre Schulter hinweg und mir stockte für einen Moment der Atem. Zwei simple Worte, die mich schlagartig in die Vergangenheit katapultierten und die Erinnerung an unsere erste Verabredung wieder lebendig werden ließen.

»Kommst du?« Ungeduldig sah ich Skye dabei zu, wie sie den Sand von ihren Füßen strich und in ihre High Heels schlüpfte. Der Abend war bis jetzt völlig anders verlaufen, als ich geplant hatte. Eigentlich hatte ich sie in ein edles Restaurant ausführen wollen, um sie zu beeindrucken, aber Skye hatte meine Idee mit ihrem spontanen Vorschlag durchkreuzt, uns Tacos zu holen und am Strand zu essen.

Sie schaute mich kurz tadelnd an und kletterte dann an mir vorbei in den Wagen. Der Anblick ihrer nackten Schenkel ließ mein Kopfkino Amok laufen und äußerst explizite Bilder produzieren. Jesus, reiß dich zusammen!, ermahnte ich mich innerlich, schloss die Tür und begab mich auf die Fahrerseite.

»Wohin geht es jetzt?«, fragte Skye mich, kaum dass ich eingestiegen war. Lachend schüttelte ich den Kopf, diese Frau war unglaublich neugierig. »Was denn, ich möchte wissen, worauf ich mich einstellen muss«, schob sie hinterher und grinste, während sie sich anschnallte. »Also, verrätst du mir nun, was du …« Sie stockte, als ich mich zu ihr hinüber beugte und einen Finger auf ihre Lippen legte.

Es kostete mich meine ganze Selbstbeherrschung, sie nicht auf der Stelle an mich zu ziehen und zu küssen. Wie sie wohl schmecken würde? Entschlossen straffte ich meine Schultern und brachte etwas Sicherheitsabstand zwischen Skye und mich, bevor ich mich doch noch vergaß. Ich startete gerade den Wagen, als mein Telefon klingelte. Ein Blick auf das Display verriet mir, dass es Jace war. Mit einem Stöhnen legte ich das Handy auf das Armaturenbrett.

»Willst du nicht herangehen?« Skye lehnte sich vor, sah auf das Smartphone und dann erneut zu mir. »Vielleicht ist es wichtig.«

Jace wusste, dass ich mit Skye unterwegs war und wir unser erstes, richtiges Date hatten. Verdammt, sie hatte Recht, er würde sicherlich nicht anrufen, wenn es nur um irgendeine Lappalie ging.

»Ist vermutlich besser«, brummelte ich und meldete mich mit einem wenig freundlichen »Was ist?« Ich konnte nicht fassen, was ich zu hören bekam. Augenblicklich wünschte ich mir, dass ich diesen Telefonanruf nicht entgegengenommen, sondern Jace seinem selbstverschuldeten Schicksal überlassen hätte. »Du hast was?

Und jetzt bist du … Gott, dein Timing ist echt beschissen! … Ja, wir kommen. Und sag bloß nichts ohne deinen Anwalt!« Ohne seine Antwort abzuwarten, legte ich auf und schaute Skye an. »Du wirst es nicht glauben … Jace ist bei der Polizei.«

»Ist das die vornehme Umschreibung dafür, dass er festgenommen wurde?« Skye seufzte. »Damit dürfte klar sein, wie der weitere Abend verläuft, hm?«

»Es tut mir leid«, murmelte ich, während ich den Rückwärtsgang einlegte. »Verhaftet haben sie ihn wohl nicht, nur verhört, und nun wollen sie …«

»Sean?« Ich hob meinen Kopf und einen Augenblick später spürte ich ihre Hand auf meinem Arm. »Es ist in Ordnung«, beruhigte sie mich und fing zu lachen an. »Aber du solltest dich besser beeilen, bevor sie ihn doch noch da behalten … bei Jace weiß man das nie so genau.«

»Sean?«, holte mich Skyes Stimme in die Gegenwart zurück.

Ich hielt mich eindeutig zu oft in unserer gemeinsamen Vergangenheit auf, seit sie wieder in Los Angeles war. Das musste aufhören. Auf der Stelle. Mein Verstand sagte mir, dass ich mich umdrehen und sie einfach zurücklassen sollte, aber ich blieb wie angewurzelt stehen und starrte sie an. Der Wind spielte mit ihrem Haar, wirbelte es durcheinander und zerrte an ihrem weißen, mit fliederfarbenen Blüten bedruckten Kleid. Die unterschiedlich langen Zipfel wickelten sich um ihre Beine. Mit einem Lachen versuchte sie, den Stoff wieder zu lösen und gab es schließlich auf.

»Dieser Ort hat mir so gefehlt«, gestand sie leise und drehte sich in Richtung des Meeres. Ich trat hinter sie und schaute über ihre Schulter auf das offene Wasser.

»Wie geht es deiner Familie?«, erkundigte ich mich nun doch. Ich hatte am Rande mitbekommen, dass ihr Vater sowie ihr Bruder die drohende Pleite ihres Familienbetriebes durch ein paar geschickte Schachzüge in letzter Sekunde hatten abwenden können. Ein Eingreifen meinerseits über eine Strohfirma hatte ich seinerzeit bereits in die Wege geleitet, da sie meine direkte Hilfe niemals angenommen hätten. Letztlich war es aber unnötig geworden, weil sie selbst den Karren aus dem Dreck gezogen hatten.

»Soweit ganz gut ... Grandpa hat ordentlich abgebaut, ich habe mich erschrocken, wie dünn er geworden ist«, erwiderte sie und schlang die Arme um ihren Oberkörper.

Durch die heute gehende stärkere Brise war es am Meer trotz des Sonnenscheins ziemlich frisch. Ich sah die Gänsehaut auf ihren nackten Oberarmen, mit einem Seufzen befreite ich mich von meiner Lederjacke und drapierte sie um ihre Schultern, wie ich es früher so oft getan hatte. Ich zuckte zusammen, als sie ihre Hände auf meine Arme legte und sich leicht gegen mich lehnte.

»Bitte«, flüsterte sie und hielt mich zurück. »Nur einen Moment«, flehte sie.

»Mach dir deswegen aber keine falschen Hoffnungen«, entgegnete ich, wickelte sie fester in meine Jacke ein, zog sie richtig in meine Arme und sah über sie hinweg auf das Wasser.

Sie so zu halten, so nah bei mir zu spüren, brachte mich fast um den Verstand. Doch irgendwie ich hatte das Gefühl, ihr das nach meinem Verhalten in der Vergangenheit schuldig zu sein. Es war dieser Ort. Dieser gottverdammte Strand und die damit verbundenen Erinnerungen an unsere gemeinsame Zeit vernebelten meine Sinne, schwächten mich und veranlassten mich dazu, Dinge zu tun, die ich unter normalen Umständen nie getan hätte. All das machte es mir schwerer, mich hinter meiner gewohnten Maske zu verstecken. Skye wusste das, sie kannte mich zu gut. Selbst nach den vergangenen zwei Jahren, die wir getrennt voneinander verbracht hatten, konnte sie mir immer noch gefährlich werden.

»Wie könnte ich nicht?« Skye drehte sich in meinen Armen, schaute zu mir auf und legte mir eine Hand an die Wange. »Sag mir, wie könnte ich in diesen Sekunden nicht hoffen?«

Ich sah sie stumm an, während ich fieberhaft überlegte, was ich darauf entgegnen könnte. Mein Hirn war wie leergefegt, doch Gott sei Dank rettete mich das gedämpfte Klingeln meines Smartphones. Mit einem Seufzen ließ Skye den Arm sinken, als ich das Telefon aus meiner Hosentasche fischte und das Gespräch annahm.

»Harrison, was gibt's?«, begrüßte ich den Anrufer und dankte ihm stumm für diese Unterbrechung. »Aber ich bin davon ausgegangen, dass die Promotiontour vorbei ist? … Nein, natürlich stelle ich mich nicht quer, wenn die Produktionsfirma das wünscht. … Heute noch? … Okay, kümmere dich bitte um die Flüge, ich bin pünktlich da.«

Ich legte auf und wich Skyes Blick aus, damit sie meine aufgewühlten Emotionen nicht sah. Einerseits war ich enttäuscht, doch da war auch ein nicht geringer Anteil Erleichterung, dieser Situation nun mit einer guten Ausrede entfliehen zu können.

»Du musst nochmal los?«, hakte sie nach und ich nickte.

»Eine Woche, drei Städte, diverse Pressetermine, Fernseh- und Radiointerviews, das volle Programm. Das Studio ist mit der bisherigen Resonanz nicht zufrieden und möchte die

Werbetrommel noch einmal ein wenig rühren, indem sie mich zusammen mit meinem Co-Star auf Tour schickt.«

Skye lächelte unverbindlich, aber ich konnte ihr an der Nasenspitze ansehen, was in ihr vorging. Francesca Arlington hieß die Schauspielerin, die die weibliche Hauptrolle gespielt und die am Set das Bett mit mir geteilt hatte. Das hatte man überall in der Presse lesen können, demzufolge war es sicher auch meiner Noch-Ehefrau bekannt. Eifersucht und Angst waren nur zwei der Emotionen, die über ihr Gesicht huschten, und zu meiner eigenen Erschütterung ließ mich dieser Umstand nicht kalt.

»Skye … es ist nur Arbeit«, ertönte meine Stimme und ihr entwich ein überraschter Laut. »Du vergisst, dass ich dich kenne«, setzte ich mit einem schiefen Lächeln nach, ehe ich mich mit einem Seufzen abwandte. »Wir sollten fahren, ich muss noch packen und die Zeit ist knapp.« Was zur Hölle hatte ich gerade getan? Hatte ich ihr indirekt versichert, dass ich ihr treu bleiben würde?! Verdammt, unsere Ehe bestand doch nur noch auf dem Papier, ich war ihr keine Rechenschaft schuldig! Aber dennoch verspürte ich keinen Drang, meine Aussage in irgendeiner Form zu relativieren.

»Okay«, presste sie hervor und schloss zu mir auf, während ich gleichzeitig versuchte, meine Emotionen wieder in den Griff zu bekommen.

Wieso tat ich das, wenn unsere Ehe meiner Meinung nach vorbei war? Warum sollte ich mich nun erneut an ein Versprechen gebunden fühlen, das ich nach unserer Trennung einige Male gebrochen hatte? Für mich gab es nur eine einzige logische Erklärung – sie auszusprechen oder auch nur zu denken, traute ich mich allerdings nicht.

Damit würde ich die Büchse der Pandora endgültig öffnen, und das konnte ich mir nicht leisten. Nicht, wenn ich eine Woche lang so geballt im Fokus der Öffentlichkeit stand.

Kapitel 11

Sean
Sieben Tage später

Als die Limousine das Tor passierte und die Einfahrt hinauffuhr, lag das Haus in völliger Dunkelheit. Ein Blick auf die Uhr verriet mir, dass Skye vermutlich noch im A Dream war und arbeitete. Wir hatten die vergangene Woche nahezu täglich Kurznachrichten ausgetauscht und zweimal sogar miteinander telefoniert, was irgendwie seltsam gewesen war, weil ich es einerseits nicht wollte, mich andererseits aber exakt darüber freute. Meine Noch-Ehefrau schien ihr Job als Köchin Spaß zu machen und allmählich lebte sie sich in Los Angeles wieder ein.

Sie hatte sich mit Jace und Marissa getroffen, war mit ihnen aus- und ins Kino gegangen, wie ich von meiner jüngeren Schwester erfahren hatte. Bei jeder sich bietenden Gelegenheit redete sie mit Engelszungen auf mich ein und riet mir dazu, es noch einmal mit Skye zu versuchen. Jace sang eine ähnliche Platte, wenn auch etwas subtiler als Marissa. Selbst Ben, von dem ich mir Verständnis erhofft hatte, wollte mich in diese Richtung drängen. Mit Aaron brauchte ich gar nicht erst zu reden, der hatte zum einen beschissene Laune, weil sie mit den Nachdrehs deutlich langsamer vorankamen als angedacht, und zum anderen wusste ich, was er mir sagen würde.

Ich stieg aus, nahm mein Gepäck entgegen und machte mich auf den Weg in das Innere des Hauses. In der Eingangshalle stellte ich meinen Koffer ab, zog die Schuhe aus und betrat danach die Küche. Als ich das Licht einschaltete, fiel mein Blick automatisch auf einen großen Zettel, der am Kühlschrank klebte. Ich ging auf ihn zu und musste lächeln, kaum, dass ich dicht genug war, um ihn zu lesen.

Falls du Hunger hast, im zweiten Fach von unten steht ein Teller mit Resten aus dem A Dream, die ich gestern mitgebracht habe.
Willkommen zu Hause, Skye

Noch eines unserer Rituale. Bevor alles den Bach runtergegangen war, hatte jedes Mal, wenn ich von einem Dreh oder einer Promotiontour zurückkam, etwas Leckeres aus dem Restaurant auf mich gewartet. Manchmal gab's auch noch Nachtisch in Form meiner Frau, wenn sie früher Schluss machen konnte. Dann hatten wir uns die halbe Nacht geliebt, bis wir schließlich völlig erschöpft eingeschlafen waren.

Heilige … wieso dachte ich jetzt daran?!

Die Promo-Woche mit Francesca Arlington war anstrengender gewesen, als ich vorab erwartet hatte. Mein Co-Star war davon ausgegangen, dass wir dort weitermachen würden, wo wir nach Dreh-Ende aufgehört hatten. Meine Abfuhr hatte sie nicht sonderlich gut aufgenommen und mir die restliche Zeit entsprechend zur Hölle gemacht.

Rein rational betrachtet hätte es keinen Anlass gegeben, nicht mit ihr zu schlafen. Emotional hingegen … verdammt, ich sollte endlich damit aufhören.

Nachdem ich mir das Essen aufgewärmt hatte, machte ich es mir im Wohnzimmer vor dem riesigen Flachbildfernseher bequem und schaute irgendeine Sportsendung, die mich im Grunde genommen null interessierte. Aber nach einem Flug brauchte ich zunächst eine gewisse Zeit, um herunterzukommen und schlafen zu können. Ich überlegte, ob ich warten sollte, bis Skye aus dem Restaurant heimkehrte, entschied mich jedoch dagegen, weil ich mir selbst nicht traute.

Mir gegenüber konnte ich in der Stille unseres Hauses erstmalig eingestehen, was ich eine Woche lang erfolgreich vermieden hatte.

Ich hatte Skye vermisst.

Damit war es offiziell, ich hatte den Verstand verloren.

Kopfschüttelnd schaltete ich den Fernseher aus, brachte das Geschirr in die Küche und ging mit meinem Gepäck in das Obergeschoss des Hauses, um zu duschen und mich anschließend hinzulegen. Morgen im kalten Licht des Tages war ich sicherlich wieder in der Lage, die Dinge nüchtern zu betrachten und als das zu sehen, was sie waren. Eine Illusion, ein Abklatsch unserer Vergangenheit.

Doch auch im Bett war es mir nicht möglich, Ruhe zu finden. Ganz automatisch musste ich an unseren Ausflug zum Point Dume zurückdenken. Auf ihre Frage, wie sie keine Hoffnung haben könnte, hatte ich ihr keine Antwort geben können … keine Antwort geben wollen. Gott sei Dank hatte mich Harrisons Anruf gerettet und davor bewahrt.

Ich war nach wie vor völlig durcheinander und wusste nicht, wie ich mit alldem umgehen sollte. Was ich fühlte, war angesichts der Tatsache, dass sie, wenn ich unser Aufeinandertreffen in Denver und die Promotiontour mitzählte, gerade mal zweieinhalb Wochen wieder eine Rolle in meinem Leben spielte, vollkommen aberwitzig. Wie konnte ich mich so zu ihr hingezogen fühlen? Wo waren all der Hass und die Wut hin, die ich stets mit ihr verbunden hatte?

Natürlich war meine Entschuldigung von Herzen gekommen. Ich hatte zu einhundert Prozent hinter dem gestanden, was ich ihr gesagt hatte. Darüber hinaus wollte ich definitiv nie wieder der Mann sein, der ich nach dem Tod unseres Sternchens geworden war. Aber dass meine Gefühle für Skye nun anscheinend von jetzt auf gleich wieder da waren, damit hatte ich weder gerechnet noch es gewollt.

Entnervt schaltete ich den Flatscreen ein, der gegenüber des großen Bettes an der Wand hing, und blieb bei irgendeinem Horrorstreifen hängen, in dem Ben vor drei Jahren eine kleine Nebenrolle gespielt hatte. Ich sah dabei zu, wie sein Charakter als einer der Ersten das Zeitliche segnete, weil er sich wie der letzte Idiot verhielt, den Regeln eines jeden Horrorfilms entsprechend. Endlich wurden meine Augen schwerer und ich konnte Skye und das Verlangen verdrängen, das sie in mir auslöste. Das Geschehen auf dem Bildschirm trat immer mehr in den Hintergrund und ich driftete allmählich in den Schlaf hinüber.

Ein verzweifelter Aufschrei ließ mich abrupt hochfahren. Schlaftrunken sprang ich aus dem Bett und stolperte beinahe über meine eigenen Füße, als ein erneuter Schrei ertönte und mir klar wurde, dass es Skye war, die so aufschrie. Ich hastete aus dem Schlafzimmer in ihr Zimmer und blieb schlagartig stehen. Die kleine Lampe auf dem Nachttisch brannte und spendete genügend Licht, um zu sehen, dass sie in einem Albtraum gefangen war.

Sie warf sich hin und her und schrie ein weiteres Mal, nicht ganz so laut wie zuvor. Ich lief auf das Bett zu, setzte mich auf die Kante und streckte die Hand nach ihr aus, um sie vorsichtig zu wecken. »Skye … wach auf … du hast einen bösen Traum«, redete ich auf sie ein und strich ihr mit den Fingerspitzen über die Wange.

Sie schreckte hoch, sah mich vollkommen verwirrt an und ihre Augen schimmerten verdächtig. Einem Reflex folgend nahm ich sie in den Arm und drückte sie an mich. »Sean … was machst du hier … bist du nicht noch auf Werbetour für euren Film?«, stammelte sie völlig verwundert und trotz der Situation musste ich einen Moment lang schmunzeln.

»Es ist alles okay, du hast nur einen Albtraum gehabt«, tröstete ich sie und strich in kreisenden Bewegungen über ihren Rücken. »Und ich bin seit heute Abend wieder hier … du hast mir Essen hingestellt, erinnerst du dich?«

Skye schlang ihre Arme um meinen Nacken und schmiegte sich an mich, während ihre Atmung sich nur allmählich beruhigte.

»O Gott, natürlich, ja … es … habe ich dich geweckt? Verdammt, das tut mir leid«, entschuldigte sie sich schließlich und ich lehnte mich zurück, um sie ansehen zu können.

Eine einzelne Träne rollte über ihre Wange und ganz automatisch strich ich sie mit den Fingerspitzen fort. Sie schmiegte sich in meine Handinnenfläche und als unsere Blicke sich kreuzten, brannten sie sich förmlich ineinander.

Mit einem Mal veränderte sich die Atmosphäre zwischen uns und ehe ich begriff, was ich tat, umfasste ich ihr Gesicht mit beiden Händen. All die alten Gefühle, die ich so lange unterdrückt und die mich die vergangenen Tage gequält hatten, drängten an die Oberfläche und die Sehnsucht nach ihr überwältigte mich. Skye starrte mich mit großen Augen an, während ich immer wieder auf ihren Mund sah. Ihr gerade erst ruhig gewordener Atem beschleunigte erneut und mir ging es ähnlich.

Mein Puls raste und mir wurde gleichzeitig heiß und kalt, als ich den Abstand zwischen unseren Lippen verringerte. Ein letztes Mal wollte ich sie schmecken, herausfinden, ob es wie früher sein würde. Seit ich sie in Denver wiedergetroffen hatte, sehnte ich mich danach, ihr nahe zu sein und hier und jetzt gab ich dem Drängen in mir nach.

Skye keuchte auf, als mein Mund auf ihren traf, bewegte sich ansonsten jedoch keinen Millimeter. Ich verstärkte den Druck meiner Lippen auf ihren und als sie ihren Mund für mich öffnete, vertiefte ich den Kuss augenblicklich. Ihr ersticktes Seufzen jagte einen Schauer über meine Wirbelsäule und brachte mich dazu, sie auf meinen Schoß zu heben. Ich stöhnte rau, als sie begann, den Kuss zu erwidern.

Endlich.

Dieses eine Wort hämmerte durch meinen Kopf, während wir uns zunehmend leidenschaftlicher küssten. Sie hatte mir unglaublich gefehlt, das konnte ich nicht länger leugnen. Ich glitt mit einer Hand in ihren Nacken, löste den lockeren Knoten, zu dem sie ihre Haare gebunden hatte und küsste sie noch verlangender als zuvor.

Dieser Kuss fühlte sich vollkommen anders als die an, die wir damals geteilt hatten. Er war bittersüß, ließ mich spüren, was wir verloren hatten und gleichzeitig nährte er etwas in mir, das ich in Ketten gelegt hatte.

Hoffnung.

Skye drückte sich noch enger an mich. Sie strich mit ihren Fingernägeln über meinen Rücken, während ich den Träger ihres Nachthemdes herunterzog und meinen Mund von ihren

Lippen über ihren Hals hinab zu ihrem Dekolleté gleiten ließ. Dort angekommen presste ich ihn auf die Wölbung oberhalb ihrer Brust. Ihr Stöhnen brachte eine Saite in mir zum Klingen, die ich totgeglaubt hatte.

»Sean«, wisperte sie und ich sah zu ihr auf. Das Feuer in ihren Augen zog mich unwiderstehlich zu ihr hin. Ein weiteres Mal trafen sich unsere Lippen zu einem sinnlichen, unglaublich heißen Kuss.

Skye begann damit, ihr Becken gegen meine beginnende Erektion zu kreisen, während unsere Zungen einen erotischen Tanz vollführten, der sie mich nur noch mehr begehren ließ. Doch gleichzeitig sorgte exakt dieses Gefühl für eine eiskalte Dusche.

Was zur Hölle tat ich hier?!

Mit einem Mal war ich hellwach und begriff, welches Ende das hier nehmen würde, wenn ich sie jetzt nicht aufhielt.

Wenn ich sie jetzt nicht aufhielt?!

Der Kuss war nicht von ihr ausgegangen, *ich* hatte ihn initiiert.

Schockiert darüber, dass ich die Kontrolle verloren hatte, beendete ich ihn und schob Skye von meinem Schoß. Ich erhob mich und als mein Blick auf ihren traf, fühlte ich mich wie das mieseste Schwein auf diesem Planeten. Ihre geschwollenen Lippen glänzten leicht feucht, ihre Pupillen waren so geweitet vor Lust, dass sie beinahe schwarz waren und alles in mir schrie nach ihr.

Doch das hier würde zu nichts führen, es würde die Dinge nur verkomplizieren. Ich war noch nicht so weit. Wir waren noch nicht so weit und unsere Probleme würden nur schlimmer werden, wenn wir jetzt diesen Schritt gingen. Wir hatten noch nicht einmal angefangen, unsere Vergangenheit zu verarbeiten.

Ich musste weg von ihr, so schnell wie möglich.

»Sean«, ergriff sie das Wort, ich jedoch schüttelte mit dem Kopf.

»Das hier ist nicht passiert. Du hast schlecht geträumt ... ich war noch im Jetlag-Halbschlaf ... das ist nur dem Augenblick geschuldet«, stammelte ich und machte eine abwehrende Handbewegung, als sie etwas entgegnen wollte. »Ich wiederhole: Das hier ist nicht passiert.« Danach wandte ich mich ab und floh regelrecht vor ihr aus dem Raum.

Ich hastete in unser ehemaliges, gemeinsames Schlafzimmer und schlug die Tür mit einem Krachen zu.

Was hatte ich getan?!

Sie jetzt davon zu überzeugen, dass ich die Scheidung wollte, würde noch schwerer werden als zuvor. Ich hatte gemacht, was ich die ganze Zeit gefürchtet hatte: die Büchse der Pandora geöffnet. Nun musste ich sehen, wie ich mit den Konsequenzen klarkam.

Aaron und sein Gequatsche über sich bietende Gelegenheiten, für die manche alles geben würden!

Skye und ich würden uns nur in unser Verderben stürzen, wenn wir es noch einmal miteinander versuchten. Unsere Vergangenheit hatte einen tiefen Graben hinterlassen, den wir nicht überwinden konnten. Ich würde sie ein weiteres Mal verlieren, und das würde ich nicht überleben, denn dieses Mal konnte ich es nicht auf ein erlebtes Trauma schieben. Dieses Mal wäre es allein meine Schuld.

Kapitel 12

Skye

Nachdem Sean mein Zimmer verlassen hatte, starrte ich eine gefühlte Ewigkeit auf die Tür und hoffte, dass er zurückkommen und fortsetzen würde, was er begonnen hatte. Nach wie vor fühlte ich seine Lippen auf meinen und mein Herz klopfte so heftig, als hätte ich ein ausgedehntes Workout hinter mir. Ich traute mich nicht einmal, zu blinzeln, weil ich fürchtete, dass ich wach werden und feststellen würde, dass ich alles nur geträumt hatte.

Aber mein Mund prickelte von unseren Küssen und dort, wo seine Hände mich berührt hatten, stand ich buchstäblich in Flammen. So real konnte kein Traum sein.

Ich ließ mich zurück in die Kissen sinken und starrte an die Decke, während ein Teil von mir am liebsten aufstehen und hinüber in unser … in sein Schlafzimmer gehen wollte. Doch die Angst vor einer Abfuhr hielt mich davon ab, denn Seans Worte, als er unseren Kuss beendet hatte, waren eindeutig gewesen. Ich hatte keine Ahnung, wie ich diese Nacht noch ein Auge zubekommen sollte, aber es war zu spät, um Agnes oder Sidney anzurufen und sie um Rat zu bitten.

So gern hätte ich jetzt mit jemandem über all das geredet, doch ich musste das hier irgendwie allein auf die Reihe bekommen. Zumindest so lange, bis eine normalere Uhrzeit angebrochen war, zu der ich gefahrlos andere Menschen anrufen konnte. Zwar hatten sowohl Agnes als auch meine

Freundin in Denver mir zugesichert, dass ich mich jederzeit bei ihnen melden dürfte, ich bezweifelte allerdings, ob wildes Knutschen mit dem Noch-Ehemann wirklich in die Kategorie Notfall fiel.

Frustriert drehte ich mich auf die Seite, versuchte, zu verdrängen, wie sich Seans Lippen auf meinen angefühlt hatten und fing schließlich vor lauter Verzweiflung an, Schafe zu zählen.

Eine gefühlte Ewigkeit später wurde ich endlich schläfrig und merkte, wie meine Lider schwerer wurden.

Das Klingeln meines Handyweckers riss mich aus dem Schlaf und ließ mich abrupt hochfahren. Draußen war es bereits hell, die Sonne schien und ich stand rasch auf, um das Fenster des Gästezimmers zu öffnen und frische Luft hereinzulassen. Tief durchatmend schlang ich die Arme um meinen Oberkörper und sah einen Moment auf den Garten hinunter. Sean und ich hatten ihn schon vor der Geburt unseres Sternchens kindersicher machen lassen, obwohl noch reichlich Zeit für manches gewesen wäre.

Den Pool umgab ein Zaun, der unsere Tochter davor hatte bewahren sollen, in ihn zu fallen und zu ertrinken, doch diesen Schutz hatten wir nie benötigt.

Bevor ich in allzu trübsinnige Gedanken verfiel, machte ich mich auf den Weg in das Erdgeschoss. Aus der Küche war das Klappern von Geschirr zu hören und der vertraute Geruch von Pancakes und Kaffee strömte mir entgegen. Ich betrat den Raum und entdeckte Sean mit dem Rücken zu mir, wie er sich gerade streckte, um eine Schüssel aus dem obersten Regalfach des Küchenschrankes zu holen. Sein Shirt rutschte nach oben und der Streifen nackte Haut, den ich dadurch sehen konnte, ließ mein Herz ein wenig schneller schlagen.

Sean sah über seine Schulter und erwischte mich dabei, wie ich ihn anstarrte. Verlegen räusperte ich mich, dass er mich ertappt hatte, war mir unangenehm. Wie irrational dieses Gefühl angesichts dessen war, dass wir verheiratet waren und jahrelang das Bett geteilt hatten, schob ich lieber beiseite.

»Guten Morgen«, krächzte ich und trat langsam näher.

»Guten Morgen«, entgegnete er kühl und unwillkürlich ließ ich meine Schultern ein wenig sinken. Seine Miene war undurchdringlich. Offenbar hatte er sich vorgenommen, tatsächlich so zu tun, als wäre vergangene Nacht nichts zwischen uns geschehen. »Gehe ich richtig in der Annahme, dass du heute wieder die Spätschicht im Restaurant hast?«

Ich nickte. »Ruben und ich teilen uns die Schichten, das klappt ganz gut«, erklärte ich und fragte mich, ob unser Gespräch noch viel banaler und oberflächlicher werden konnte.

»Okay … ich habe später einen Termin mit Harrison und bin nach dem Frühstück den gesamten Tag außer Haus.« Sean stellte die Teller mit den Pancakes auf den Tresen, der den Küchenbereich vom Esstisch trennte.

»Sean, können wir nicht …«, fing ich an, aber er stoppte mich mit einer abwehrenden Handbewegung.

»Was ich letzte Nacht gesagt habe, war exakt so gemeint. Es ist nicht passiert, also müssen wir auch nicht darüber reden.«

Ich hatte vergessen, was für ein sturer Hund er manchmal sein konnte.

»Das ist doch albern. Glaubst du wirklich, dass wir so tun können, als wäre dieser Kuss nicht geschehen?«, platzte es unbeherrscht aus mir heraus.

Sean, der gerade dabei war, Kaffee in zwei Tassen zu schenken, hielt mitten in der Bewegung inne. Sein Brustkorb hob und senkte sich hastig, verriet mir, dass er lange nicht so ruhig war, wie er mir weismachen wollte.

»Genau das denke ich. Anders funktioniert es nicht. Du möchtest unsere Vergangenheit aufarbeiten, okay. Dazu gehört aber nicht, dass wir uns in etwas stürzen, das von vornherein zum Scheitern verurteilt ist. Wir sollten klüger sein, Skye.« Er sah mich mit diesem tadelnden und leicht überheblichen Ausdruck im Gesicht an, der mich bereits vor unserer Trennung zur Weißglut gebracht hatte. Sean konnte ein arroganter Kotzbrocken sein, wenn er es drauf anlegte, und scheinbar tat er gerade exakt das.

»Wenn du meinst«, gab ich mich fürs Erste geschlagen, da ich keine Lust hatte, mich schon am frühen Morgen mit ihm zu streiten. Vielleicht brauchte er einfach eine Weile, um sich dem, was vergangene Nacht zwischen uns geschehen war, zu stellen. Ich hatte, wenn ich die Zeit seit dem Tod unserer Tochter mitzählte, drei Jahre auf ihn … auf diese Chance gewartet. Egal, wie abweisend er sich auch gab, ich würde mich nicht sofort wieder von ihm verjagen lassen.

Dieses Mal würde ich aktiv um unsere Liebe kämpfen, bis ich wirklich überzeugt war, dass es vorbei war. Damals war ich gegangen, weil ich Seans Kälte und die Einsamkeit nicht mehr hatte ertragen können. Doch jetzt lagen die Dinge anders und ich wollte nicht zurückblicken und mich fragen, ob ich zu früh aufgegeben hatte.

Kapitel 13

Sean

Ich war ein Feigling.

Ein gottverdammter, elender Feigling.

Doch ich konnte nicht anders.

Ich war erst nach Hause zurückgekehrt, als ich sicher war, dass Skye auf dem Weg ins *A Dream* war, um zu arbeiten. Wenn sie nachts heimkam, würde ich schon weg sein und mit Glück bemerkte sie meine Abwesenheit nicht vor dem nächsten Morgen. Bereits in der Nacht zuvor hatte ich mir einen Platz auf dem ersten Abendflug nach New York gebucht. Danach hatte ich mit Simon, einem alten Freund, telefoniert, der mir für die Dauer meines Aufenthaltes sein Loft zur Verfügung stellte. Er selbst befand sich derzeit in Italien, sodass ich dort allein sein würde und meine Ruhe hätte.

Die Stewardess wies mir den Weg zu meinem Sitzplatz in der Firstclass, auf den ich mich dankbar fallen ließ, nachdem ich mein Handgepäck verstaut hatte. Ein letztes Mal checkte ich mein Handy und überlegte, ob ich Skye zumindest eine Nachricht schreiben sollte, entschied mich jedoch dagegen. Ich schaltete das Telefon in den Flugmodus und schob es wieder in meine Hosentasche, ehe ich mich nach hinten lehnte und versuchte, mich ein wenig zu entspannen.

Simon hatte ich gesagt, dass ich etwa ein- bis anderthalb Wochen in seinem Loft bleiben würde. Diese Zeit sollte ausreichen, um mich fernab von meiner Noch-Ehefrau und all den anderen Menschen in meinem Leben, die versuchen würden, mich in ihre Richtung zu drängen, wieder in Spur zu bringen. Vielleicht würde Skye sogar einsehen, dass wir keine weitere Chance hatten und Los Angeles verlassen.

Bei diesem Gedanken fühlte ich mich noch mieser als zuvor. Sie war gerade erst zurückgekehrt zu ihrer Familie, hatte einen Platz im *A Dream* gefunden, und all das wollte ich ihr erneut nehmen? Meinetwegen konnte sie in Los Angeles bleiben, ich wollte sie nur nicht in meinem Leben. Es schmerzte einfach zu sehr und ich sah keinen Weg, wie wir das hinter uns lassen konnten. Wie sollten wir neu anfangen, und allem voran, womit hatte ich eine derartige Chance verdient?

Die Stewardess kam vorbei und bat mich, den Sicherheitsgurt anzulegen, da wir gleich starten würden. Ich leistete ihrer Bitte Folge und sah aus dem Fenster in den heute sternenklaren Nachthimmel. Nachdem unsere Tochter gestorben war, hatte ich um mich geschlagen und Skye die Schuld an allem gegeben. Aber in Wahrheit gab es nur einen Schuldigen. Mich. Ich hatte unserem Sternchen versprochen, dass ich immer auf sie aufpassen würde und sie nichts zu fürchten brauche. Doch in jener Nacht hatte ich sie im Stich gelassen.

Ich schloss die Augen und rieb mir über das Gesicht, weil mich die Erinnerungen daran, wie ich sie am anderen Morgen gefunden hatte, zu überwältigen drohten. Die Trauer schnürte mir die Kehle zu und jeder Atemzug fiel mir schwerer. Ich zwang mich zur Ruhe und dazu, gegen den Schmerz in meiner Brust anzuatmen, denn es kam nicht infrage, dass ich hier in der Firstclass meiner bevorzugten Fluggesellschaft eine Panikattacke bekam. Die Schlagzeilen, für die dieser Vorfall sorgen würde, konnte ich mir nur allzu lebhaft ausmalen. Einen weiteren Bericht dieser Art brauchte ich nicht, in der Vergangenheit hatte es genug davon gegeben.

Allmählich ließ der Druck in meinem Brustkorb nach und ich war wieder in der Lage, tiefere Atemzüge zu nehmen. Als der Flieger abhob, hatte ich mich soweit im Griff, dass ich mich auf das angebotene Bordprogramm konzentrieren konnte. Ich entschied mich für einen gerade erst im Kino gelaufenen Action-Blockbuster, bei dem ich mein Hirn nicht sonderlich anstrengen musste. Mit jeder Flugmeile, die ich zwischen meine Noch-Ehefrau und mich brachte, entspannte ich mich.

Rein privat war ich ewig nicht mehr im Big Apple gewesen und ich freute mich darauf, in der Stadt abzutauchen und etwas Zeit für mich zu haben. In New York blieb ich seltsamerweise meist unbehelligt, ganz anders als in Los Angeles, wo ich kaum einen Fuß vor die Tür setzen konnte, ohne erkannt zu werden.

Mein schlechtes Gewissen Skye und den anderen gegenüber verdrängte ich. Mit meiner wenig heldenhaften Flucht würde ich mich noch früh genug auseinandersetzen müssen.

In Simons Loft eingetroffen fragte ich mich, ob ich einen mentalen Aussetzer gehabt hatte, mich ausgerechnet hierfür zu entscheiden. Skye und ich hatten damals einige Male hier gewohnt, wenn wir Zeit in New York verbracht hatten. Die Wohnung, die Simon selbst nur sporadisch nutzte, hatten wir einem Hotel vorgezogen, einfach, weil wir hier mehr Privatsphäre hatten. Nahezu jeder Winkel erinnerte mich an Skye, wie ich hier abschalten und herunterkommen wollte, wusste ich nicht. Vermutlich war es das Beste, ich suchte mir eine Alternativunterkunft und checkte doch in einem der Hotels ein, die ich sonst buchte, wenn ich auf Promotion in New York war.

Aber einem Teil von mir widerstrebte das.

Sobald ich das tat, würde ich auch auf dem Radar der Presse erscheinen, und dann hatte ich kaum noch eine ruhige Minute. Mein letzter Film war zu frisch, als dass die Journalisten kein Interesse an mir hatten. Frustriert schritt ich durch das Loft in Richtung des Schlafzimmers, den einzigen Raum neben dem Bad, den Simon von dem Rest der Wohnung hatte trennen lassen. Den Schlüssel, den er Skye und mir vor Jahren gegeben hatte, hatte er nie zurückgefordert, sodass ich mich nicht erst umständlich an den Portier hatte wenden müssen.

Simon hatte hier nichts verändert, es sah noch genauso aus wie das letzte Mal, als ich gemeinsam mit Skye hier gewesen war. Cremefarben gestrichene Wände, die von ausgesuchten Schwarz-Weiß-Fotografien geziert wurden. Das große Doppelbett. Der Sessel am Fenster, auf dem wir bei früheren Besuchen oft dicht beieinander gesessen hatten, Skye auf meinem Schoß. Wir hatten in den Nachthimmel geschaut und über unsere Träume und Hoffnungen gesprochen.

Das alles fühlte sich wie Erinnerungen aus einem anderen Leben an.

Und im Grunde genommen waren sie genau das.

So sehr ein Teil von mir sich das vielleicht auch wünschte, ich hatte keine Ahnung, wie wir dorthin zurückfinden sollten.

Kapitel 14

Skye

Nach wie vor kochte ich vor Wut und Enttäuschung darüber, dass Sean sich tatsächlich einfach so davongestohlen hatte. Doch er hatte sich geschnitten, wenn er glaubte, dass ich so leicht aufgab. Sein Vorsprung war nicht so groß, wie er annahm. Ich war mitten in der Nacht in Los Angeles losgeflogen und am Morgen in New York gelandet. Jetzt saß ich in einem Taxi, das mich zu Simons Loft brachte. Ich schrieb Agnes eine Nachricht, dass ich gut angekommen war, meldete mich anschließend noch schnell bei meiner Familie und schickte auch Jace und Marissa eine SMS. Danach lehnte ich mich zurück und sah aus dem Fenster, während ich überlegte, wie ich Sean dazu bekam, nicht gleich wieder dichtzumachen.

Eine Stunde später stoppte der Wagen vor dem ehemaligen Fabrikgebäude, in dem sich das Loft unseres gemeinsamen Freundes befand. Ich bezahlte das Taxi, nahm meinen Koffer entgegen und sah an dem Haus hoch. Die Haustür öffnete sich und ich schlüpfte schnell an der jungen Frau vorbei, die hinaus trat, ehe sie wieder zufallen konnte. Ich traute Sean zu, dass er mich unten auf der Straße stehen ließ und war froh, dass ich es zumindest ohne Komplikationen bis zur Wohnungstür schaffen würde.

Rasch stieg ich in den Fahrstuhl und fuhr ganz nach oben. Ein letztes Mal atmete ich tief durch, bevor ich die Klingel drückte. Ich lauschte den sich nähernden Schritten und wappnete mich für den Sturm, der vermutlich losbrechen würde, sobald er mich sah. Der Türspion verdunkelte sich einen Moment und wenige Sekunden später sah ich mich einem fassungslosen Sean gegenüber.

»Woher zur Hölle weißt du, dass ich hier bin?!«, blaffte er mich an, trat jedoch beiseite, als ich mich an ihm vorbeischieben wollte.

»Was glaubst du? Simon hat mich angerufen, direkt nachdem du ihn gefragt hast, ob du das Loft für ein- bis anderthalb Wochen haben kannst.« Der Mann, der sowohl ihm als auch mir immer ein Freund gewesen war, hatte aus der Presse von unserem Aufeinandertreffen sowie meiner Rückkehr nach Los Angeles erfahren und ins Blaue geraten, dass Seans Flucht damit zusammenhing. Er wollte sich nicht instrumentalisieren lassen und hatte mir gegenüber deshalb mit offenen Karten gespielt.

»Er hat dich angerufen?«, hakte er verblüfft nach und ich nickte. Offensichtlich konnte er nicht glauben, was er hörte, und musste meine Worte wiederholen. Was hatte Sean gedacht? Warum hatte er sich ausgerechnet Simons Wohnung ausgesucht? Hatte Sean tatsächlich nicht geahnt, dass Simon mich informieren würde, oder war da ein Teil tief in ihm, der genau darauf gehofft hatte?

»Wenn du wirklich nicht hättest gefunden werden wollen, hättest du deine Spuren besser verwischen müssen.«

»Skye, das ist doch Irrsinn, was versprichst du dir davon?«, fragte er mich stattdessen mit beherrschter Stimme und ich schöpfte ein wenig Hoffnung. Nach wie vor wollte ich daran glauben, dass irgendwo unter all dem Schmerz und der Wut noch der Mann war, in den ich mich verliebt hatte. Dass er bislang nicht einmal das Monster gezeigt hatte, zu dem er damals geworden war, ließ mich immer weiter hoffen.

»Können wir nicht einfach …«, rang ich nach Worten und überlegte, ob die Idee, die mir soeben in den Kopf schoss, vollkommen verrückt war. Ich erinnerte mich, wie glücklich wir gewesen waren, als wir das letzte Mal gemeinsam in New York Zeit verbracht hatten. »Können wir nicht für ein paar Tage nur Skye und Sean sein? Ohne Vergangenheit?« Flehend schaute ich ihn an. Ich wusste selbst, wie lächerlich mein Wunsch war. Was passiert war, würde uns einholen, auch hier. Ich wollte gerade ansetzen und ihm sagen, dass mir klar war, wie albern ich mich aufführte, als er vorsichtig nickte. Dass Sean so schnell einlenkte, ließ mich wachsam werden. Es passte nicht zu ihm, dass er ohne größeren Widerstand nachgab. »Wirklich?«, wollte ich mich vergewissern und er nickte erneut.

»Ich denke, das schulde ich dir«, murmelte er in sich hinein und straffte danach die Schultern. »Aber ich verlange etwas dafür.« Aufmerksam musterte er mich, wartete auf meine Zustimmung, die ich ihm mit einem leisen »Ja« gab, und fuhr dann fort. »Wenn wir zurück in Los Angeles sind, gehen wir zu einem Anwalt und regeln die Scheidung. Das Aufarbeiten unserer Vergangenheit ist dadurch nicht betroffen, aber du wirst diese Papiere unabhängig davon unterschreiben.«

Mir gefror das Blut in den Adern. Sean gewährte mir lediglich lächerliche sieben bis neun Tage, um unsere Ehe zu retten? Ich wollte aufbegehren und widersprechen, aber etwas in seiner Miene ließ mich meinen Mund unverrichteter Dinge wieder schließen. Mehr als das hier würde ich nicht bekommen, das begriff ich in diesen Sekunden. Aber auch etwas anderes wurde mir klar. Er hatte zwar Fortschritte gemacht, nachdem ich ihn vor zwei Jahren verlassen hatte, doch er war noch lange nicht so weit wie ich. Sean war in seiner Trauer gefangen, zerfressen von seinen Schuldgefühlen und seiner Verbitterung.

»Okay.« Seine Augen weiteten sich bei meiner knappen Antwort überrascht.

»Okay?«, bohrte er argwöhnisch nach. »Du gibst dich mit der Zeit hier zufrieden?«

Ich nickte. »Allerdings nur unter der Voraussetzung, dass du nicht erneut fliehst und dass wir die Tage hier wirklich *gemeinsam* verbringen.«

Sean legte seinen Kopf leicht schief. »Einverstanden.« Einen Moment lang wirkte er, als wollte er mir seine Hand entgegenstrecken, doch dann ließ er den Arm wieder sinken.

»Wir werden hier in einem Bett schlafen müssen, dagegen ist ein Händedruck harmlos«, versuchte ich, die angespannte Stimmung zwischen uns mit einem schlechten Scherz ein wenig aufzulockern.

»Ich nehme die Couch«, entgegnete er halsstarrig und hob eine Augenbraue, als ich leise seufzte.

»Auf dem schmalen Teil bekommst du kein Auge zu und jaulst mir dann jeden Tag die Ohren über deinen steifen Nacken voll.« Auf sein Gesicht stahl sich ein Grinsen und auch ich musste schmunzeln. »Jetzt mal ernsthaft, das ist lächerlich. Wir sind beide erwachsen und haben jahrelang das Bett miteinander geteilt, da hat nach dem …« Ich stockte, weil das, was ich eigentlich hatte sagen wollen, viel zu hart klang und mich selbst erschreckte. Einen Moment lang hatte mir auf der Zunge gelegen, dass nach dem Tod unserer Tochter ein weitaus größerer Graben zwischen uns gestanden hatte. »Ich meine, da schaffen wir neun Tage doch mit links, oder?«

Seans Gesichtsausdruck war zweifelnd, er schien zu wissen, dass ich ihm auswich und nicht aussprach, was ich ursprünglich im Kopf hatte.

»Sicher, das sollten wir«, resignierte er schließlich und ich griff mir meinen Koffer, um in das Schlafzimmer im rückwärtigen Bereich zu gehen. Dort angekommen checkte ich kurz den Kleiderschrank und musste schmunzeln, weil Sean seine Sachen wie gewohnt auf der rechten Seite eingeräumt hatte.

Ich fing an, auszupacken, als ich seine Schritte hinter mir wahrnahm. Über meine Schulter hinweg warf ich ihm einen Blick zu, ehe ich weiter den Inhalt meines Reisekoffers auf die Regalfächer verteilte. Sean setzte sich auf das ungemachte Bett und lehnte sich mit dem Rücken gegen die Wand. Nachdem ich fertig war, stand ich einen Moment lang unschlüssig vor dem Schrank, schlug die Türen zu und wandte mich in seine Richtung.

»Möchtest du heute noch irgendetwas unternehmen?«, erkundigte ich mich.

Er schüttelte mit dem Kopf. »Ich bin ziemlich müde, wenn ich ehrlich sein soll. Zwei Flüge mit Zeitverschiebungen innerhalb von nicht einmal achtundvierzig Stunden, das steckt mir in den Knochen.«

Zaghaft bewegte ich mich auf ihn zu und nahm schließlich neben ihm Platz. Ich rückte mit dem Körper ebenfalls bis an die Wand, zog die Beine an und stützte mein Kinn auf meinen Knien ab.

»Okay, dann bleiben wir hier und reden? Ich kann uns später was vom Italiener unten an der Ecke holen«, schlug ich vor. Aus dem Augenwinkel registrierte ich, dass Sean sich mir zuwandte.

»In Ordnung … aber worüber möchtest du sprechen?«

Gute Frage.

Wir beide hatten ein Stück weit verlernt, wer wir waren. Als Eltern, die ihr Kind verloren hatten, trugen wir stets einen Stempel, der uns in ein Korsett zwängte. Unser Umfeld erwartete bestimmte Reaktionen von uns und die Menschen, die uns nicht so nah waren, reagierten seltsam, wenn wir anders agierten.

»Wir könnten uns zum Beispiel darüber unterhalten, dass ich dich angelogen habe, als ich dich vorhin überredet habe, mit mir in einem Bett zu schlafen«, schlug ich vor und blickte zu ihm.

Sean runzelte die Stirn und machte einen reichlich verwirrten Eindruck. »Hast du? Aber wieso?«

»Weil ein *ich schlafe besser, wenn du neben mir liegst und ich mir nicht ganz so viele Sorgen um dich machen muss* ziemlich abschreckend klingt, oder? Ich wollte nicht, dass du gleich an unserem ersten Tag erneut vor mir davonläufst.«

Sean wurde blass und dem allerersten Impuls in mir folgend wollte ich meine Worte zurücknehmen, doch ich unterdrückte ihn. Zu meiner Überraschung sprang er nicht auf, um den Raum zu verlassen, stattdessen streckte er seine Hand aus und griff nach meiner, eine Geste, die mich vollkommen unvorbereitet erwischte. Langsam schob er seine Finger zwischen meine und verflocht sie so miteinander. Mir stockte der Atem, und als unsere Blicke einander begegneten, sah ich in seinem das Gleiche, was auch ich empfand.

Reue.

Trauer.

Und ganz schwach einen Hauch von Hoffnung.

Kapitel 15

Sean

In dem Sessel am Fenster sitzend wanderte mein Blick immer wieder zur schlafenden Skye. Zum wiederholten Male fragte ich mich, ob ich komplett den Verstand verloren hatte, als ich vor wenigen Stunden dieses Arrangement mit ihr getroffen hatte. Wie sollte ich aus dieser Sache bloß heil herauskommen? Was versprach sie sich davon?

Ich lächelte in mich hinein, natürlich wusste ich, was sie sich erhoffte. Dass ich in den wenigen Tagen, die wir gemeinsam verbrachten, meine Gefühle für sie erneut entdecken würde. Mir klar werden würde, dass ich sie liebte, brauchte und nie wieder gehen lassen wollte.

Aber all das spielte keine Rolle, selbst wenn das mein Wunsch wäre, ich hatte all das damals unmöglich gemacht, als ich zu jemandem geworden war, der sich seiner Frau gegenüber wie ein Monster aufgeführt hatte.

Skye murmelte leise etwas, drehte sich um und zog die Decke halb über ihren Kopf, eine Angewohnheit, mit der ich sie immer aufgezogen hatte. Sie war nach unserem Gespräch eingenickt, der Nachtflug und die Zeitverschiebung machten ihr offensichtlich zu schaffen. Allmählich sollte ich sie jedoch wecken, damit sie in der kommenden Nacht überhaupt noch ein Auge zubekam. Vorsichtig näherte ich mich ihr und setzte mich auf die Bettkante. Wenn sie schlief, sah sie so unglaublich jung und verletzlich aus.

Ihre Haare fielen ihr wild in die Stirn und ich konnte dem Drang, sie ihr aus dem Gesicht zu streichen, nicht länger widerstehen. Ein Lächeln huschte über ihre Miene, obwohl sie meinem Eindruck nach tief und fest schlief. Ich beugte mich ein bisschen näher zu ihr hinunter und zuckte wenig männlich zusammen, als sie plötzlich die Lider öffnete und mich direkt ansah.

»Wie lange bist du schon wach?«, fragte ich sie vorwurfsvoll, ehe sie sich aufrichtete und streckte.

»Nicht lang, deine Berührung hat mich geweckt«, gab sie zu. »Hast du Hunger? Soll ich uns was zu essen holen?« Ich wollte verneinen, aber mein Magen knurrte so laut, dass Skye lachen musste. »Ich werte das als ein Ja.« Sie schlug die Decke zurück und sprang aus dem Bett. »Während ich zum Italiener gehe, kannst du ja mal in Simons Weinvorrat wühlen und schauen, ob du einen guten Rotwein findest, okay?« Sie hielt inne und sah mit einem Mal peinlich berührt aus. »Das war eine blöde Idee, ich habe nicht dran gedacht, dass du …«

»Ich bin kein Alkoholiker, Skye, so weit ist es damals nicht gekommen. Also kann ich durchaus Wein trinken, ohne gleich wieder in einen Exzess zu verfallen«, unterbrach ich sie leicht unwirsch. Nach Sternchens Tod hatte ich unglaublich viel getrunken, um mich zu betäuben, was mich heute vorsichtiger agieren ließ. Weitaus problematischer waren allerdings die Drogen gewesen, die ich in dieser Zeit konsumiert hatte. »Hol du uns wie geplant was vom Italiener, ich plündere Simons Weinschrank.«

Eine halbe Stunde später saßen wir in Simons Küchenecke, die klein und chaotisch, aber dennoch gemütlich war. Die knallroten

Schränke waren übersät mit Fotografien. Einige von ihnen zeigten auch Skye und mich bei früheren Besuchen. Sie folgte meinem Blick und fing zu lächeln an.

»Erinnerst du dich noch an diesen winzigen, verräucherten Indie-Club, in den er uns einmal geschleppt hat?«

»Wie könnte ich das vergessen?«, antwortete ich und musste schmunzeln. Irgendeine lokal bekannte Band, deren Namen ich mittlerweile nicht mehr wusste, hatte ein Konzert gegeben. Skye und Simon waren völlig ausgeflippt. Sie hatten ausgelassen gefeiert, während ich mich im Hintergrund gehalten und sie amüsiert beobachtet hatte. Simon hatte uns danach verlassen, er war noch mit irgendwem verabredet gewesen und hatte gemeint, dass wir nicht auf ihn warten sollten, vermutlich würde er woanders schlafen. Wir hatten uns zu Fuß auf den Heimweg machen wollen und uns heillos verlaufen. Unsere Blicke trafen sich und ich wusste, dass sie an den gleichen Moment dachte wie ich.

»Niemand sieht uns«, wisperte sie, zerrte mich noch etwas weiter in die Seitengasse und küsste mich erneut wild. Sie schmeckte nach einer Mischung aus zu viel Rotwein sowie der Schokolade, die sie in den Tiefen ihrer Umhängetasche gefunden und die vergangenen Minuten in sich hineingestopft hatte.

»Du bist betrunken«, wehrte ich sie halbherzig ab und versuchte, das aufflackernde Begehren in mir zu ignorieren. »Skye!«, fluchte ich, als sie sich an meiner Hose zu schaffen machte.

Mit einem Lachen löste sie sich von mir, drehte sich mit ausgestreckten Armen im Kreis, kam ins Straucheln und fing sich in letzter Sekunde. Herausfordernd schaute sie mich an, rollte schließlich kokett lächelnd mit den Augen und wandte sich ab.

»Feigling«, rief sie mir über die Schulter hinweg zu. Sie war schon fast wieder auf die Hauptstraße abgebogen, als ich sie abrupt zurück zerrte und herumwirbelte.

Ich presste sie mit meinem Körper gegen die Wand und drückte meinen Mund auf ihren. Gerade, als ich sie anheben wollte, ging direkt über uns das Außenlicht des schäbigen Hauses an, ein Fenster wurde geöffnet und ein wütender Mieter begann, uns anzubrüllen. Auflachend packte Skye meine Hand, zog mich hinter sich her und rief nach einem Taxi, kaum dass wir die Hauptstraße wieder erreicht hatten.

Ich schloss meine Augen, atmete tief durch und verdrängte die Erinnerung daran, wie wir uns die restliche Nacht hemmungslos und leidenschaftlich geliebt hatten. Das Echo jener längst vergangenen Stunden warf mich völlig aus der Bahn und ließ mich hart schlucken. Der Geruch ihrer Haut, ihr Geschmack, ihr verführerischer Körper unter meinem, die Laute, die ihrer Kehle entrannen, wenn wir miteinander schliefen … all das überrannte mich förmlich.

Irritiert öffnete ich die Lider, als ich eine kaum wahrnehmbare Veränderung spürte. Skye hatte den Küchenbereich verlassen. Ich fand sie im Wohnzimmer auf dem Sofa, das Glas Rotwein in der Hand. Langsam setzte ich mich neben sie und unterdrückte den Schauer, der durch meinen Körper jagen wollte, als sich unsere Beine dabei berührten.

»Ich weiß, ich habe dich gefragt, ob wir hier nicht einfach Skye und Sean ohne Vergangenheit sein können«, presste sie hervor. Ihre Stimme klang so erstickt, als würde sie jeden Moment zu weinen anfangen. »Aber ich habe keine Ahnung, wie das funktionieren soll. Selbst hier ist alles so voller Erinnerungen an uns …

dann sehe ich dich an und muss daran denken, dass wir unser Sternchen verloren haben … dass wir uns verloren haben … ich vermisse sie so, Sean … ich vermisse uns.«

Mir fiel auf, dass sie es nach wie vor vermied, ihren Namen zu sagen. Ich hatte ihr damals verboten, ihn auszusprechen. An das letzte Mal, dass ich ihn in den Mund genommen hatte, konnte ich mich nicht einmal mehr erinnern. War es auf der Trauerfeier gewesen? Bei der Rede, die ich dort gehalten hatte?

»Ich vermisse Mia ebenfalls«, flüsterte ich und hörte, wie Skye scharf einatmete. »Und uns … uns vermisse ich genauso«, fasste ich das erste Mal in Worte, was in mir vorging. »Ich habe dir die Schuld an ihrem Tod gegeben, weil du mich in jener Nacht davon abgehalten hast, nach ihr zu sehen. Dafür, dass du mich dazu gebracht hast, mein Versprechen ihr gegenüber nicht einzuhalten, habe ich dich so gehasst.«

Skye schluchzte auf und wollte sich erheben, doch ich griff nach ihrem Handgelenk, um sie aufzuhalten.

»Bleib … das war nicht als Vorwurf gemeint. Bitte lass mich jetzt nicht allein«, bat ich sie und zog sie wieder zu mir auf die Couch. »Ich … ich habe ihr versprochen, dass ich sie beschütze. Jeden Abend habe ich ihr gesagt, dass sie ruhig schlafen kann, weil ich da sei und auf sie aufpasse …« Meine Stimme brach weg und ich musste mich mehrmals räuspern, ehe ich weitersprechen konnte. »Auch in der Nacht ihres Todes habe ich ihr versichert, dass sie nichts fürchten muss und ich später noch einmal nach ihr sehen würde.«

Ein Zittern ging durch meinen Körper und ich erschauerte, als Skye ihre Hand an meine Wange legte. »O Sean«, quetschte sie schniefend hervor und streichelte mit dem Daumen über meine Haut. »Sie hatte mittags nicht geschlafen und ich wollte doch nur, dass du sie dabei nicht versehentlich weckst … Mia hat den ganzen Tag gequengelt und ich war froh, dass sie endlich die Augen zugemacht hatte. Ich wollte unserem Baby nur den dringend benötigten Schlaf zukommen lassen.« Skye weinte, das hörte ich an ihrer Stimme, auch ohne dass ich sie dafür ansehen musste.

»Ich habe sie nicht beschützt … ich bin Schuld, verstehst du?«, brach aus mir hervor, was ich seit Sternchens Tod mit mir herumtrug. »Wenn ich nach ihr gesehen hätte, dann wäre sie vielleicht …« Skye legte ihre andere Hand ebenfalls an meine Wange und zwang mich dazu, sie anzusehen. Ihr Gesicht war tränenüberströmt und der Kloß in meiner Kehle wurde noch größer.

»Du musst endlich damit aufhören, Sean. Niemand ist Schuld daran … selbst wenn du nach ihr geschaut hättest, hätte das nichts geändert. Du hättest ein friedlich schlafendes Baby in ihrem Bettchen vorgefunden, wärst zu mir zurückgekehrt und sie wäre dennoch später in der Nacht gestorben.«

»Das weißt du nicht!«, begehrte ich auf.

Skyes Griff wurde fester. »Doch, das weiß ich … und du im Grunde deines Herzens auch. Wir haben nichts falsch gemacht. Niemand hätte das verhindern können. Du musst endlich damit aufhören, dich so zu quälen … uns so zu quälen.«

Ich langte nach ihren Handgelenken und zog ihre Finger von meinen Wangen, weil ich ihre körperliche Nähe mit einem Mal nicht mehr ertragen konnte. Gerade eben hatte ich sie noch gebeten, bei mir zu bleiben, in diesen Sekunden jedoch wollte ich Abstand zwischen uns bringen. Wir hatten in jener Nacht miteinander geschlafen und diese Tatsache fraß sich wie ätzende Säure durch meine Eingeweide. Während unsere Tochter starb, hatten wir uns im Raum gegenüber geliebt, ein Umstand, der mir bis heute zusetzte.

»Selbst wenn wir keinen Sex gehabt hätten und gleich schlafen gegangen wären, hätte das nichts geändert«, redete Skye weiter, als würde sie meine Gedanken lesen. »Sean, bitte, du kannst so nicht weitermachen. Wir können es nicht. Du und ich … wir haben das Furchtbarste erlebt, was Eltern widerfahren kann, aber wir sind nicht nur das. Ich kann nicht nur das sein.«

Mein Kopf ruckte hoch und ich starrte sie mit einer Mischung aus Fassungslosigkeit und Verwirrung an.

»Der Schmerz wird immer da sein und mich für den Rest meines Lebens begleiten, doch ich bin nicht nur eine Mutter, die ihr Kind verloren hat. Ich bin auch eine Ehefrau, die um ihren Mann kämpft. Eine Geliebte, die sich nach ihrem Partner sehnt, und ich weigere mich, zu glauben, dass ich darauf kein Anrecht mehr habe. Ich bin nach wie vor eine Frau, die Verlangen, Leidenschaft und Liebe empfindet. Nicht nur Schuld, Trauer und Schmerz.« Sie hielt einen Moment inne und ein trauriges Lächeln umspielte ihren Mund. »Vielleicht finden wir in den verbleibenden acht Tagen ja heraus, ob es dir ebenso geht. Ob du mehr sein möchtest als der verbitterte und von seinen Schuldgefühlen zerfressene Vater.« Skye beugte sich zu mir und strich kurz mit den Fingerspitzen über meine Wange. »Mia hätte garantiert nicht gewollt, dass wir einander so viel Schmerz und Leid zufügen, wie wir es in der Vergangenheit getan haben. Ich bin mir sicher, unser Sternchen hätte sich gewünscht, dass wir einen Weg zurück zu uns finden. Dass wir leben, lieben, lachen und nicht in unserer Trauer um sie erstarren. Sie war so ein fröhliches und zufriedenes Baby, weil wir uns geliebt haben und sie sich behütet gefühlt hat, davon bin ich überzeugt.«

Sie erhob sich und trat an die große Fensterfront, um auf die Straße hinabzusehen.

»Ich bin da und reiche dir meine Hand, aber den ersten Schritt musst du machen, Sean. Und solltest du mich loswerden wollen, musst du nur ein einziges Mal deine hässliche Fratze von damals zeigen. Dann bin ich weg. Für immer.«

Anschließend ließ sie mich allein und verschwand in der Küchenecke. Ich hörte, wie sie das Geschirr in die Spülmaschine räumte und dann ins Bad ging, um zu duschen. Danach lief sie ins Schlafzimmer, die Tür blieb jedoch einen Spalt offen, wie mir ein kurzer Blick über meine Schulter zeigte.

Sie war da.

Und nach allem, was ich ihr damals vorgeworfen hatte, hasste sie mich nicht.

Ich hatte ihr entgegengebrüllt, dass sie unsere Tochter auf dem Gewissen hatte und ich sie dafür bis an das Ende meiner Tage verabscheuen würde. Dass sie mir aus den Augen gehen und nie wieder zurückkehren sollte.

Nach dieser Nacht hatte sie mich verlassen und mir damit in meiner damaligen, blinden Raserei in die Hände gespielt. Es war nie darum gegangen, *sie* zu bestrafen, das war mir erst viel später klargeworden.

Nein, ich hatte mich bestraft, indem ich mich systematisch um alles gebracht hatte, was mir etwas bedeutet hatte. Ich hatte sie von mir fortgetrieben, weil ich das Gefühl hatte, ihre Liebe nicht zu verdienen.

Müde erhob ich mich und steuerte zunächst das Bad an.

Nachdem ich fertig war, schlich ich auf Zehenspitzen zum Schlafzimmer und blieb im Türrahmen stehen. Skye lag auf der Seite, eingekuschelt in die Bettdecke. Die kleine Lampe auf dem Nachttisch brannte und spendete genügend Licht, um zu sehen, dass sie wach war und mich anschaute.

Ich hatte keine Ahnung, wie lange ich einfach nur im Rahmen stand, unfähig, einen Schritt vor- oder rückwärts zu machen. Als Skye die Decke anhob und ihre Hand nach mir ausstreckte, kam endlich Bewegung in mich. Ich ging auf den Sessel zu, befreite mich bis auf die Pants von meiner Kleidung und kroch zu ihr unter die Bettdecke. Stumm schloss ich sie in die Arme und spürte, wie sie an meinem Körper erschauerte.

Zögerlich umarmte ich sie noch fester, vergrub den Kopf in ihrer Halsbeuge und dann geschah das, wovor ich seit Sternchens Tod Angst gehabt und was ich mir strikt verboten hatte.

Ich ließ los und die Trauer, die ich bislang unter einer dicken Schicht aus Wut und Hass begraben hatte, bahnte sich ihren Weg an die Oberfläche.

In dieser Nacht weinten wir das erste Mal gemeinsam um das, was wir verloren hatten.

Kapitel 16

Skye

Irgendetwas kitzelte mich in der Nase und ließ mich allmählich wach werden. Dazu lag ein schweres Gewicht quer über meinen Oberkörper, das mich quasi zur Bewegungsunfähigkeit verdammte. Ich blinzelte gegen das direkt in mein Gesicht fallende Sonnenlicht an und brauchte einen Moment, bis ich die Lider offenhalten konnte, ohne völlig geblendet zu werden. Zuallererst sah ich Seans Haarschopf und binnen Sekunden holten mich die Erinnerungen an die vergangene Nacht ein.

Mein Mann lag halb auf mir, hatte einen Arm um meine Taille geschlungen und atmete tief und gleichmäßig. Unsere Beine waren ineinander verhakt und ich musste unwillkürlich lächeln. Es war, als hätte Sean im Schlaf sämtliche Mauern herunter- und mich hineingelassen. Nein, ganz richtig war das nicht, im Grunde hatte er es ein gutes Stück weit schon vorher getan. Ich überlegte, ob wir uns seit Mias Tod jemals so nah gewesen waren, wie es vergangene Nacht der Fall gewesen war. Damals waren wir beide in unserer Trauer erstarrt und hatten uns mit jedem Tag weiter voneinander entfernt. Jetzt hatte ich erstmals das Gefühl, als würden wir endlich wieder Schritte aufeinander zu machen.

Ich gab dem Drängen in mir nach und fuhr mit den Fingerspitzen durch seine vom Schlaf völlig zerzausten Haare. In Sean kam Bewegung, gleichzeitig atmete er tief durch und ich zog den Arm zurück. Obwohl wir für mein Empfinden eine

Art Durchbruch gehabt hatten, war ich mir nicht sicher, wie er auf meine Berührung reagieren würde. Er hob den Kopf und unwillkürlich verspannte ich mich, weil ich Angst davor hatte, was ich in seinem Gesicht finden würde.

Seans Augen waren klein und er wirkte ziemlich müde, auf seine Lippen stahl sich allerdings ein vorsichtiges Lächeln, das meine Hoffnung weiter nährte. »Guten Morgen«, nuschelte er und musterte mich eindringlich, ehe er wirklich zu registrieren schien, dass er mich fest im Arm hielt. Statt sich von mir zu lösen, verstärkte er seinen Griff noch ein bisschen und stützte sein Kinn auf meinem Brustkorb ab. »Ich habe geschlafen wie ein Stein«, ergänzte er mit einem ungläubigen Unterton.

»Ich auch«, wisperte ich und entspannte mich ein wenig. »Das letzte Mal ist eine gefühlte Ewigkeit her.« Ich gab mich schwammig, obwohl ich genau wusste, wann ich zuletzt eine komplette Nacht durchgeschlafen hatte.

Vor Mias Tod, in Seans Armen.

Er gab ein zustimmendes Brummen von sich, ehe er sich etwas von mir löste. Ich drehte mich ihm zugewandt auf die Seite und unsere Blicke brannten sich ineinander. Es war so schön, ihm auf diese Art und Weise nahe zu sein, dass ich den Moment am liebsten auf ewig eingefroren hätte.

»Erst war ich stinksauer, dass Simon mich verraten hat und du mir hinterhergeflogen bist«, ergriff er erneut das Wort und hob parallel seine Hand, um mir ein paar Haarsträhnen hinter das Ohr zu streichen. »Jetzt bin ich das nicht mehr.« Er fuhr mit den Fingerspitzen die Konturen meines Wangenknochens nach, von dort aus zu meinem Mundwinkel und mit dem Daumen über meine Unterlippe. Die Zärtlichkeit dieser Geste ließ mich erschauern und brachte mein Herz dazu, schneller zu schlagen. »Was möchtest du heute unternehmen?«, fragte er und zog seine Finger zu meinem Bedauern zurück.

»Unternehmen?«, hakte ich ein wenig perplex nach und Sean grinste.

»Na ja, wir wollten doch Sean und Skye ohne Vergangenheit sein … die Zwei von früher würden irgendwas Wildes planen und sich nicht den ganzen Tag in der Wohnung vergraben.« Er wackelte mit den Augenbrauen und ich musste lachen.

»Irgendwas Wildes, hm? Mal überlegen …« Ich tat so, als würde ich angestrengt nachdenken. »Wir können es ja für den Anfang ruhig angehen lassen, schließlich sind wir beide älter geworden. Wie wäre es, wenn wir zum Rockefeller Center fahren und dort die Top-of-the-Rock-Aussichtsplattform entern, um uns den Big Apple von oben anzusehen? Mit Sonnenbrille und Cap sollte dich niemand erkennen«, schlug ich vor. »Danach könnten wir ein wenig durch die Stadt streifen und abends vielleicht nett irgendwo was essen?«

Sean runzelte die Stirn. »Ich hätte jetzt fest damit gerechnet, dass du tanzen gehen möchtest.«

Früher hatten wir uns mehr als eine Nacht in Clubs um die Ohren geschlagen. Meist hatte ich bis zum Morgengrauen getanzt, während er mir zugesehen oder sich mit Freunden, die wir dort trafen, unterhalten hatte. Manchmal hatte er mich auch auf die Tanzfläche begleitet, für meinen Geschmack allerdings viel zu selten. Sean besaß Rhythmusgefühl und war in meinen Augen ein großartiger Tänzer. So manches Mal hatte er mich mit seinen Bewegungen in den Wahnsinn getrieben und damit mehr als eine leidenschaftliche Nacht eingeläutet.

»Wer sagt, dass ich das nicht machen möchte?«, stellte ich eine Gegenfrage, die Sean ein belustigtes Schnauben ausstoßen ließ. »Bloß, weil ich es nicht gleich für Tag eins vorschlage, heißt das nicht, dass es vom Tisch ist.«

Er griff sich an die Brust und gab einen verzweifelten Laut von sich. »Irgendwie habe ich geahnt, dass ich aus dieser Nummer nicht herauskomme.«

Mit einem Kichern schlug ich ihm auf den Oberarm und brachte mich anschließend aus der Gefahrenzone, indem ich schnell aufstand. »Ich gehe jetzt duschen, du kannst dich in der Zwischenzeit schon einmal ums Frühstück kümmern«, ordnete ich an.

»Verstehe, das ist also auch hier mein Job?«

Ich hob eine Augenbraue. »Natürlich, das war, ist und bleibt immer dein …«, konterte ich und stockte, als mir klar wurde, was ich gerade im Begriff war zu sagen. Es würde klingen, als setzte ich voraus, dass wir eine gemeinsame Zukunft hatten.

Sean erhob sich und kam auf mich zu. Er griff in meinen Nacken und drückte mir einen sanften, unschuldigen Kuss auf die Lippen. »In New York kann grundsätzlich alles passieren«, murmelte er und mein Pulsschlag stieg in neue, schwindelerregende Höhen.

Es war lediglich ein Strohhalm, doch ich klammerte mich mit aller Macht an ihn.

Ich wollte meinen Mann zurück und ich würde alles nur Mögliche dafür tun.

Kapitel 17

Sean

Nachdem ich unser Frühstück soweit vorbereitet hatte, war Skye mit ihrer Dusche fertig, sodass ich in das Bad konnte. Nur in ein Handtuch gewickelt schob sie sich an mir vorbei und für einen verrückten Moment lang war ich versucht, sie an mich zu ziehen. Ich widerstand diesem Drang, beschwor mich, es nicht aus meiner aktuellen Stimmung heraus zu überstürzen, lächelte sie lediglich kurz an und sah ihr hinterher, als sie in das Schlafzimmer ging.

Die vergangene Nacht hatte die Dinge zwischen uns verändert und die Weichen neu gestellt. Zu meiner Verwunderung fühlte sich das gut an. Ich hatte zum ersten Mal seit dem Verlust unserer Tochter nicht mehr das Gefühl, als würde ein tonnenschweres Gewicht auf meinen Schultern lasten. Loszulassen und gemeinsam mit Skye um Mia zu weinen, hatte etwas in mir ausgelöst. Dieser brennende Hass, den ich stets verspürt hatte, war verschwunden. Ein Teil von mir würde sich vermutlich immer schuldig fühlen, aber rational gesehen konnte ich erstmalig sagen, dass sie Recht hatte und ich nichts hätte ändern können.

Mia wäre uns so oder so in jener Nacht genommen worden, das hatte mir zwar bereits mehr als ein Mediziner versichert, aber ich konnte es zum ersten Mal auch tatsächlich verinnerlichen. Diese Erkenntnis schmerzte zwar einerseits, andererseits nahm sie mir jedoch auch ein Stück weit den Druck der

Schuldgefühle und die Verbitterung, die seitdem stets meine Begleiter waren.

Ich trat in die Duschkabine, stellte das Wasser an und hielt meinen Kopf in den warmen Strahl.

Dass ich Skye mit meinen letzten Worten und dem Kuss quasi ein Versprechen auf einen möglichen Neuanfang gegeben hatte, geisterte nonstop durch meine Gedanken. Es machte mich unruhig, sorgte für ein Prickeln in meinem Nacken und dennoch – zurücknehmen wollte ich es nicht.

Nachdem ich zu Ende geduscht und mir die Zähne geputzt hatte, ging ich mit einem Handtuch um die Hüften in das Schlafzimmer, um mich anzuziehen. Anschließend lief ich hinüber in die Küchenecke, wo Skye gerade damit beschäftigt war, den durchgelaufenen Kaffee in unsere Tassen zu füllen. Ich trat hinter sie und langte seitlich an ihr vorbei, um mir einen der Becher zu schnappen.

Sie schrak zusammen und drehte sich zu mir um. »Himmel, du kannst dich doch nicht so an mich heranschleichen!«, schimpfte sie und griff sich an die Kehle.

Wie nah sie mir war, registrierte ich erst mit einiger Verzögerung. Mit einem Mal veränderte sich die Stimmung zwischen uns und die Spannung war förmlich zu greifen. Vergangene Nacht hatten wir einander in den Armen gehalten, über Mia gesprochen und uns Trost gespendet.

Doch jetzt wollte ich etwas ganz anderes.

Ich stellte die Kaffeetasse ab, neigte meinen Kopf und näherte mich ihrem Mund bis auf wenige Zentimeter. Das Verlangen, sie zu küssen, nahm überhand, so sehr ich mich auch ermahnte, es langsam angehen zu lassen. Wir hatten eine Vorgeschichte, die ich nicht einfach wegwischen konnte. Skye war die Liebe meines Lebens und wir fingen nicht bei Null an, wie andere Paare es taten. Daran änderten weder New York noch die zwischen uns abgesprochenen Bedingungen etwas.

Skyes Lippen öffneten sich und als ich meinen Mund auf ihren drückte, seufzte sie erstickt. Sie schlang die Arme um meinen Hals und schmiegte sich an mich. Dieses Mal erwiderte sie den Kuss augenblicklich. Ihre Zunge stupste meine an, umspielte sie und das gab unserem Kuss eine sinnliche Note, die das Prickeln in meinem Nacken verstärkte. Mit einem Stöhnen hob ich sie an und setzte sie auf die Küchenzeile.

Skye drängte sich eng an mich, wickelte ein Bein um meine Hüfte und küsste mich so stürmisch zurück, dass ich hart wurde.

Langsam, ermahnte ich mich, tat jedoch nichts, um den Kuss zu beenden.

Im Gegenteil, ich vertiefte ihn und presste sie mit einer Hand auf ihrem Hintern noch dichter an mich. Ich konnte einfach nicht genug bekommen von ihrem Geschmack, den Lauten, die sie von sich gab und vor allem den Gefühlen, die sie in mir weckte.

Irgendwann war es Skye, die sich atemlos ein wenig zurückzog und mit einem Strahlen in den Augen zu mir aufsah. Ich legte meine Hand an ihre Wange, lehnte meine Stirn gegen ihre und atmete mehrmals tief durch.

»Wir sollten frühstücken«, versuchte ich, vernünftig zu sein, doch sie schüttelte mit dem Kopf.

»Gleich … aber erst küss‘ mich noch einmal, Sean«, flüsterte sie und brachte mich mit der Sehnsucht, die sich in ihrer Miene und ihrem Tonfall abzeichnete, dazu, meinen Verstand auszuschalten. Erneut versiegelte ich ihren Mund mit meinem. Dieser Kuss war anders als die vorhergehenden, nicht so drängend. Er fühlte sich an, als würden wir allmählich realisieren, dass das hier tatsächlich passierte. Als würden wir begreifen, dass es sich hier nicht nur um ein paar gestohlene Tage handeln musste. Als würden wir verstehen, dass wir die Chance auf einen echten Neuanfang hatten.

Kapitel 18

Skye

Mittlerweile waren wir fünf Tage in New York und ein Teil von mir wünschte sich, dass wir für immer bleiben könnten. Ich genoss die Zeit, die Sean und ich miteinander verbrachten und die Vorstellung, bald nach Los Angeles zurückkehren zu müssen, gefiel mir nicht. Die Angst, dass zurück in der Realität, in unserem alten Leben, alles wieder anders werden und wir uns erneut voneinander entfernen würden, konnte ich nicht ganz abschütteln.

Hinzu kam, dass die unterschwellige Spannung zwischen uns inzwischen unerträglich war. Wir hatten uns einige Male geküsst und abends im Bett dazu miteinander gekuschelt, aber Sean beendete das jedes Mal, wenn ich versuchte, den nächsten Schritt einzuläuten. Der Umstand, dass unser letztes Mal in der Nacht von Sternchens Tod gewesen war, schien ihn nach wie vor zu blockieren. Sean nahe zu sein, ohne bis zum Äußersten zu gehen, war zwar an sich schön und ich verstand, was in ihm vorging. Doch ich konnte nicht leugnen, dass ich mich nach ihm sehnte.

Meinem Eindruck nach ging es ihm grundsätzlich ähnlich, bedrängen wollte ich ihn dennoch nicht, da ich fürchtete, dass wir dann vielleicht wieder in alte Verhaltensmuster fielen und uns stritten.

Ich hatte all das, was er gerade durchmachte, ebenfalls hinter mir, ich war ihm nur ein wenig voraus, weil ich mich eher dafür entschieden hatte, trotz des Schmerzes weiterzuleben und nicht in meiner Trauer zu erstarren.

»Und du möchtest heute Abend wirklich ausgehen?«, drang seine Stimme in meine Gedankengänge.

Ich sah zu ihm und lächelte. »Exakt.« Sean zog ein Gesicht wie sieben Tage Regenwetter. »Stell dich nicht so an, gestern haben wir gemacht, was du wolltest, heute bin ich dran. Und ich will tanzen gehen. Mit dir.«

Er seufzte ergeben. »Schon gut, ich habe ja nicht gesagt, dass ich nicht mitkomme. Ich hatte nur gehofft, dass wir vielleicht einfach auf Couchpotatos machen, uns was beim Italiener holen und fern sehen oder reden könnten.«

Entschlossen schüttelte ich mit dem Kopf. »Ich bin ewig nicht mehr aus gewesen und ich freue mich darauf, zusammen mit dir New Yorks Nachtclubs unsicher zu machen.« Zwar verstand ich Seans Unlust grundsätzlich, weil eben immer auch die Gefahr drohte, dass er erkannt werden würde, aber von diesem Umstand wollte ich mir unseren Ausflug ins Nachtleben nicht verderben lassen. »Du kannst ja jetzt noch ein wenig auf dem Sofa herumhängen und dir den Fernseher einschalten, während ich mich ausgehtauglich herrichte«, schlug ich ihm einen Kompromiss vor.

Sean nickte und ich huschte ins Bad davon, um mich für den Abend mit meinem Mann hübsch zu machen. Nachdem ich geduscht, mich geschminkt und mir die Haare geföhnt hatte, ging ich in ein Handtuch gehüllt hinüber in das Schlafzimmer. Bei meinem hastigen Aufbruch nach Seans Flucht hatte ich nur das Allernötigste einpacken wollen, doch sowohl Agnes als auch seine Schwester Marissa hatten mir zu ein paar Ausgeh-Outfits und sexy Unterwäsche geraten. Ich fischte das elfenbeinfarbene Dessous-Set aus dem Schrankfach, löste das Badetuch und zog es an.

Mein Herz klopfte aufgeregt bei der Vorstellung, dass Sean es mir später vielleicht ausziehen würde, gleichzeitig ermahnte mein Verstand mich, nicht allzu große Hoffnungen in diesen Abend zu setzen. Vermutlich endete er wie die anderen zuvor auch mit ein paar heißen Küssen und seinem Rückzug, wenn ich versuchte, ihn zu berühren. Leicht geknickt nahm ich das leuchtendrote, locker fallende Cocktailkleid vom Bügel, öffnete den Reißverschluss und stieg hinein. Früher hätte ich mich niemals getraut, ein solches Kleid zu tragen, weil ich das Gefühl gehabt hätte, es beiße sich mit meinen rotblonden Haaren.

Ich bückte mich und holte die farblich dazu passenden High Heels aus dem untersten Fach und schlüpfte in sie. Auf eine Strumpfhose verzichtete ich, denn es war höllisch warm draußen. Zufrieden mit meinem äußeren Erscheinungsbild begab ich mich zu Sean in das Wohnzimmer, der meine Zeit im Bad genutzt zu haben schien und sich bereits umgezogen hatte. Das enganliegende dunkle Hemd, die tiefsitzende Blue Jeans und die schweren Boots ließen ihn ziemlich sexy auf mich wirken. Neben ihm lag seine heißgeliebte Lederjacke. Er sah auf und in seinen Augen blitzte etwas auf, das ich in den vergangenen Tagen mehr als einmal gesehen hatte.

Verlangen.

Doch gleichzeitig war da auch wieder dieser Hauch von Schuld, der mich ein wenig in mich zusammensinken ließ.

Ich wollte geduldig sein, aber allmählich bekam ich Angst, dass wir das vielleicht nie überwinden würden. Mit Sean für den Rest meines Lebens eine Beziehung zu führen, in der der körperliche Aspekt unterhalb der Gürtellinie nahezu komplett ausgeblendet wurde, konnte ich mir nicht vorstellen. Dafür begehrte ich ihn viel zu sehr.

Er griff nach seiner Jacke, erhob sich und kam mit einem schiefen Lächeln auf den Lippen auf mich zu. Bei mir angekommen ließ er seinen Blick einmal an meinem Körper hinab und wieder hinauf gleiten. Aufgrund seiner eindeutigen Musterung schien ich förmlich von innen heraus zu verbrennen und konnte ein Erschauern nicht verhindern. Der wissende Ausdruck in seinen Augen zusammen mit dem mit jeder Sekunde schmutziger werdenden Grinsen brachte mich um den Verstand.

Wieso nahm er sich nicht endlich, was er tief in sich offensichtlich ebenso sehr wollte wie ich?

Er musste doch sehen, dass er bei mir offene Türen einrennen würde.

»Wollen wir?«, fragte er mich und einen Moment lang glaubte ich mich schon am Ziel, bis ich begriff, dass er sich auf unseren Clubausflug bezog.

Ich nickte, tadelte mich stumm und schluckte meine Enttäuschung hinunter. Wir hatten eine Trennung und beinahe zwei Jahre gebraucht, um uns einander überhaupt wieder langsam anzunähern. Da konnte ich jetzt nicht erwarten, dass alles Weitere in Schallgeschwindigkeit passierte.

Außerdem wollte ich nicht, dass wir eines jener Paare waren, die Probleme mit Sex zu lösen versuchten. So etwas funktionierte nicht und genau das war mir wichtiger. Der Sex war nie das Problem bei uns gewesen. *Wir* waren es.

Kapitel 19

Sean

Zweieinhalb Stunden später stand ich mit einem Drink in der Hand am Rand der Tanzfläche und sah Skye zu, wie sie gemeinsam mit Holly tanzte. Wir waren am Eingang zufällig auf Colin und sie getroffen und hatten uns entschlossen, den Abend zusammen zu verbringen.

Colin und ich hatten vor einigen Jahren ein paar Filme miteinander gedreht und uns währenddessen ein wenig angefreundet. Doch wie die meisten Kontakte war auch dieser mit dem Tod unserer Tochter eingeschlafen. Nicht, dass er und seine Frau es nicht versucht hatten. Die Schuld lag in diesem Fall ganz klar bei mir, weil ich nahezu jeden Menschen aus meinem Leben verbannt hatte.

»Dann kann man den Gerüchten in der Presse also Glauben schenken?«, brüllte mein Schauspielkollege an meinem Ohr. Die Neugierde in seiner Stimme war kaum zu überhören. »Holly und ich sind erschüttert gewesen, als wir damals von eurer Trennung erfuhren.«

Ich neigte meinen Kopf leicht zu ihm. »Wenn ich ehrlich sein soll, ich habe keine Ahnung, wo das hier hinführt«, erklärte ich ihm.

Eins konnte ich jedoch nicht abstreiten.

Ich *wollte*, dass es irgendwohin führte.

Im Grunde hatte ich schon an Tag eins gewusst, dass das mit der Scheidung bloßer Selbstschutz war. Ich hatte Skye auf

Abstand halten wollen und deshalb mit allen mir zur Verfügung stehenden Waffen gekämpft.

»Das müsst ihr ja auch nicht hier und heute festlegen«, gab Colin zurück und lächelte aufmunternd. »Fürs Erste freue ich mich einfach, euch zwei wieder zusammen zu sehen.« Danach stellte er sein Glas auf dem runden Stehtisch hinter uns ab und ging zu seiner Frau auf die Tanzfläche.

Holly umarmte ihn mit einem glücklichen Lächeln auf den Lippen und schmiegte sich eng an ihn, während Skye meinen Blick suchte.

Sie hob ihren Arm und versuchte, mich mit einer Bewegung ihres Zeigefingers zu sich zu locken. Als ich mit dem Kopf schüttelte, zog sie eine Schnute und setzte eine bettelnde Miene auf, der ich bereits früher nicht hatte widerstehen können. Doch hier und jetzt würde ich sie noch etwas schmoren lassen. Erneut verneinte ich mit einer entsprechenden Kopfbewegung, was Skye mit den Schultern zucken ließ und sie dazu brachte, mir den Rücken zuzudrehen.

Der Song wechselte und es ertönten die ersten Klänge eines Midtempo-Liedes.

Colin und Holly hatten sich mittlerweile ein wenig von Skye entfernt. Meine Frau wiegte ihre Hüften im Takt der Musik und wurde gerade von einem Kerl ins Visier genommen, der sie bereits früher am Abend für meinen Geschmack ein bisschen zu auffällig gemustert hatte. Als der Typ sich in ihre Richtung bewegte, kam Leben in mich. Ehe er überhaupt die Chance hatte, sich ihr noch weiter zu nähern, befand ich mich direkt hinter Skye.

Entschlossen schlang ich einen Arm um ihre Taille und zog sie mit dem Rücken zu mir eng an mich. Mein Konkurrent verzog entnervt das Gesicht und machte sich anschließend vom Acker. Skye hingegen schmiegte sich unverhohlen an mich und legte einen Arm um meinen Hals. Sie hob ihren Kopf und brachte ihre Lippen dicht an mein Ohr.

»Sean … endlich.« Nur zwei vollkommen harmlose Worte, doch zusammen mit ihrem Subtext setzten sie mich unter Strom. Skye drehte sich in meinem Griff zu mir um und verschränkte ihre Hände in meinem Nacken. »Tanz mit mir«, bat sie mich und seufzte hingerissen, als ich sie noch enger an mich presste und mein Knie zwischen ihre Oberschenkel schob. Der Takt des aktuell laufenden Songs war perfekt, um auf Tuchfühlung zu gehen, und ich konnte dem Drängen in mir nicht länger widerstehen.

Skye vergrub ihren Kopf in meiner Halsbeuge und legte ihren Mund auf meinen rasenden Puls, während sie sich an meinem Bein rieb. Ihre festen Brüste drückten gegen meinen Oberkörper und ich musste kurz die Lider schließen, weil meine Gier auf sie mich für einen Moment zu überwältigen drohte. Ihre warmen, weichen Lippen auf meinem Hals, ihr anschmiegsamer Körper an meinem, all das fachte meine Begierde stetig weiter an.

Als sie sich von mir löste und sich ein wenig nach hinten lehnte, um meinen Blick zu suchen, hatte ich mit einem Mal das Gefühl, als würde es nur noch sie und mich geben. Alles um uns herum trat in den Hintergrund, nichts davon nahm ich länger richtig wahr.

Weder die Musik, die tanzende Menschenmenge, oder das flackernde Stroboskoplicht. Skye griff in meinen Nacken und zog meinen Kopf zu sich hinunter. In dem Moment, in dem unsere Lippen sich berührten, wechselte das Lied erneut und das Intro eines aktuellen Rocksongs ertönte. Die Menschen um uns schrien begeistert und wir wurden mehr als einmal angerempelt, doch auch das riss uns nicht aus unserem Kuss. Skye zwickte mich sanft in die Unterlippe und glitt mit ihrer Zunge in meine Mundhöhle. Ich stöhnte rau und verstärkte den Griff um ihre Taille, während ich ihren Kuss erwiderte. Ihre sinnlichen Zungenschläge brachten mein Blut zum Kochen und sorgten dafür, dass der Platz in meiner Hose allmählich eng wurde.

Alles, was ich wollte, war, sie irgendwohin zu schaffen, wo wir allein und ungestört waren.

Jeden verdammten einzelnen Tag hatte ich mir versagt, auch nur einen Schritt weiter zu gehen, doch in diesen Sekunden kapitulierte ich. Ich löste mich von ihr, gerade lange genug, um nach ihrer Hand zu greifen. Entschlossen zog ich sie hinter mir her, von der Tanzfläche hinunter und in Richtung Ausgang. Dass wir uns nicht einmal von Colin und Holly verabschiedet hatten, war mir egal.

Wir verließen den Club und ich sah mich suchend nach einem Taxi um. Kaum, dass ich eines entdeckt hatte, setzte ich mich erneut in Bewegung. Das Klacken von Skyes High Heels war deutlich zu hören, während ich sie weg von dem Nachtclub über die Straße zu dem Wagen führte.

Ich öffnete die die Hintertür und ließ meine Frau einsteigen, ehe ich selbst folgte und dem Fahrer die Adresse des Lofts nannte.

Als ich mich ihr gerade wieder zuwenden wollte, ergriff der Taxifahrer das Wort. »Entschuldigen Sie, aber sind Sie nicht Sean Beaufort?«

Verdammt.

Die ganze Zeit hatte mich hier niemand erkannt, doch war ja klar, dass mir Murphy jetzt dazwischenfunkte.

»Das bekommt er andauernd zu hören«, mischte sich Skye ein. »Er sieht diesem Hollywood-Star so unglaublich ähnlich, dass er ständig mit ihm verwechselt wird. Sie glauben gar nicht, wie anstrengend das manchmal ist. Es gibt Tage, da passiert ihm das drei- oder viermal.«

Der Taxifahrer stoppte an einer roten Ampel und wandte sich halb zu uns um. »Damit könnten Sie richtig Kohle machen, die Ähnlichkeit ist wirklich verblüffend«, erwiderte er und musterte mich noch einmal, soweit es die Dunkelheit im Inneren des Wagens zuließ. Die Straßenlaternen spendeten gerade so viel Helligkeit, dass er Skye die Notlüge scheinbar abnahm. »Ich hätte schwören können, dass Sie Sean Beaufort sind.« Er schüttelte mit dem Kopf. »Ich habe jeden seiner Filme gesehen und verfolge seine Karriere von Anfang an … tragisch, wie das Schicksal ihm mitgespielt hat … Kind tot, Frau weg«, schwafelte er weiter und goss damit wortwörtlich einen Kübel Eiswasser über mir aus.

Mit einem Nicken lehnte ich mich vollkommen ernüchtert zurück und sah aus dem Fenster. Ich fühlte mich entsetzlich, weil ich für ein paar Augenblicke tatsächlich frei von allem gewesen war. Wie hatte ich unsere Tochter derart verdrängen können? Die altbekannte, eiskalte Faust legte sich um meinen Magen und vertrieb das Verlangen, das ich die vergangene halbe Stunde empfunden hatte.

Skye neben mir wollte nach meiner Hand greifen, doch ich konnte jetzt keinerlei körperliche Nähe ertragen und so entzog ich mich ihr. Ich hörte sie leise seufzen und verwünschte mich dafür, dass ich ihr mit meinem Verhalten schon wieder wehtat, aber ich war wie gelähmt. In meinem Kopf herrschte einzig und allein ein Gedanke vor, der alles andere übertönte.

Ich hatte Mia vergessen.

Kapitel 20

Skye

Nachdem Sean das Taxi bezahlt hatte, machten wir uns auf den Weg in das Innere des Gebäudes, in dem sich Simons Loft befand. Schweigend fuhren wir mit dem Fahrstuhl in unsere Etage und betraten unser Zuhause auf Zeit. In meinem Kopf rasten die Gedanken, fieberhaft überlegte ich, wie ich zu meinem Mann durchdringen und ihn aus dem Teufelskreis reißen konnte, mit dem er sich gerade ganz offensichtlich selbst quälte. Ich hatte das Entsetzen auf seinem Gesicht wahrgenommen, als der Taxifahrer sein Schicksal erwähnte. Die Erkenntnis, dass er tatsächlich für eine Weile losgelassen hatte.

Sean legte seine Lederjacke ab und verschwand in der Küchenecke. Ich hörte das Klappen der Kühlschranktür, kurz darauf erschien er mit einer Flasche Wasser in der Hand und begab sich in Richtung des Schlafzimmers. Unschlüssig haderte ich mit mir, ob ich ihn in Ruhe lassen sollte oder Angriff jetzt die beste Strategie war. Schließlich entschied ich mich für Letzteres, denn in seiner Komfortzone hatte ich ihn lange genug gelassen.

»Was ist los?«, sprach ich ihn an und er blieb ruckartig stehen. »Ich verstehe das nicht … ich meine, der Auslöser ist mir klar, aber dennoch … willst du ewig so weitermachen?«

Langsam drehte er sich zu mir um, stellte die Wasserflasche auf die nächstgelegene Kommode, sagte allerdings nach wie vor kein Wort.

»Ich wiederhole mich gern, wir sind nicht nur Eltern, Sean. Willst du dich wirklich den Rest deines Lebens von deinen zwar verständlichen, jedoch irrationalen Schuldgefühlen bestimmen lassen? Möchtest du dir jegliche Chance auf Glück versagen, weil du glaubst, sie nicht zu verdienen? Meinst du, unser Sternchen hätte sich das für dich gewünscht? Sie loszulassen heißt nicht, sie zu vergessen. Nicht in jedem Augenblick des Tages an sie zu denken, bedeutet nicht, sie weniger zu lieben.« Während meiner Ansprache hatte ich mich ihm genähert und stand inzwischen unmittelbar vor ihm.

Sean atmete scharf ein, sein Blick brannte sich in meinen, doch er blieb stumm. Mit jeder verstreichenden Sekunde zerbrach meine Hoffnung, dass wir tatsächlich eine zweite Chance bekommen würden, ein bisschen mehr. Unsere letzten Tage in New York hatten mich vorsichtig-optimistisch in die Zukunft schauen lassen, umso härter war nun der Aufprall auf dem Boden der Realität. Resigniert wandte ich mich ab, um ins Bad zu gehen, als Sean plötzlich mein Handgelenk packte.

»Ich weiß nicht, wie«, flüsterte er so leise, dass ich ihn kaum verstehen konnte.

Langsam drehte ich mich erneut zu ihm und die Emotionen, die über sein Gesicht huschten, überwältigten mich. So ungefiltert wie in diesem Augenblick hatte ich eine gefühlte Ewigkeit nicht mehr gesehen, was in ihm vorging. Trauer, Verbitterung, Sehnsucht, Verlangen … mir stockte der Atem und ich traute mich nicht, etwas zu sagen, aus Angst, diesen Moment damit zu zerstören und dafür zu sorgen, dass er sich wieder zurückzog und mich ausschloss.

»Ich … ich brauche dich«, setzte er nach und sah mich so flehentlich an, dass ich zu zittern anfing. »Ich will nicht länger so weitermachen«, gestand er, überbrückte den Abstand zwischen uns und lehnte seine Stirn gegen meine. »Rette mich«, wisperte er. Diese zwei Worte zusammen mit der körperlichen Nähe, die er aktiv suchte, gaben mir den nötigen Mut, um mich aus meiner Starre zu lösen und die Hand an sein Gesicht zu legen.

»Sean«, hauchte ich und erschauerte, als sein heißer Atem meine Wange streifte.

Vorsichtig strich ich mit den Fingerspitzen die Konturen seines Wangenknochens nach, fuhr hinab zu seinem Hals und von dort aus zu seinem Nacken. Er schloss für einen Moment die Lider und als er sie wieder öffnete, war in seinen Augen nur noch eins zu sehen.

Pure Begierde.

Mit einem animalisch klingenden Laut griff er an meine Taille, hob mich auf seine Hüften und drückte mich mit dem Rücken gegen die Wand neben der Tür zum Schlafzimmer. Sein Mund krachte auf meinen und erstickte das heisere Keuchen, das sich den Weg aus den Tiefen meiner Kehle bahnen wollte. Sean küsste mich mit einer Intensität und Leidenschaft, die meine Welt aus den Angeln hob. Die Empfindungen, die mich durchströmten, ließen mich innerlich taumeln, während ich seine Küsse erwiderte, all das, was ich nach wie vor für ihn fühlte, in sie hineinlegte.

Unsere Zungen tanzten einen unglaublich erotischen Tanz und das Pochen in meinem Schoß wurde nahezu unerträglich. Der letzte Mann, mit dem ich geschlafen hatte, war Sean gewesen und die Sehnsucht, die ich nach ihm verspürte, machte jeden Kuss zu etwas Einzigartigem. Ich verlor mich in ihnen und hatte dennoch gleichzeitig das Gefühl, endlich nach

Hause zu kommen. Wie eine Ertrinkende klammerte ich mich an ihn und stieß ein verzweifeltes Wimmern aus, als er sich schweratmend von mir löste und mich hinunterließ. Ohne dass ich es wollte, griff die Furcht, dass er nun doch wieder einen Rückzieher machen würde, nach mir.

Aber als ich zu ihm aufsah, war in seinem Gesicht nach wie vor ausschließlich die Begierde wahrzunehmen, die ich vorhin schon gesehen hatte. Sean packte mich an den Schultern und wirbelte mich herum, sodass ich mit dem Rücken zu ihm stand. Er drückte sich mit seiner vollen Körperlänge an mich und ich stöhnte auf, als ich seine Erektion an meinem Hintern spürte. Die Küsse, die er auf meinen Nacken hauchte, während er den Reißverschluss meines Kleides öffnete, ließen mich immer wieder seinen Namen seufzen.

Sean streifte die Träger über meine Arme hinunter und das luftige Cocktailkleid fiel mit einem leisen Rascheln zu Boden, kurz darauf folgte mein BH. Er legte die Hände auf meine Schultern und strich von dort aus langsam über meine Arme hinab zu den Handgelenken und umfasste sie. Ein Beben ging durch mich hindurch und das Prickeln in meinem Unterleib wurde stärker, als er meine Hände über meinem Kopf gegen die Wand drückte und sich noch enger an mich drängte.

»Egal, was ich jetzt mache, du bleibst so stehen«, befahl er mir, den Mund dicht an meinem Ohr und meine Kehle wurde trocken, als eine Flut von Erinnerungen über mich hereinbrach.

Seans raue Seite beim Sex hatte mich schon früher unglaublich angetörnt und nach den vergangenen Jahren in absoluter Abstinenz reagierte ich bereits auf die bloße Vorstellung äußerst empfindlich. Ich nickte hektisch und hörte ihn leise lachen. Gott, wie ich dieses dunkle, unverschämt heiß klingende Lachen vermisst hatte. Unwillkürlich ging ich ein wenig ins Hohlkreuz und rieb meinen Hintern an seinem Schritt, was er mit einem Grollen und einem zärtlich-groben Biss in meine Schulter quittierte.

»Sean«, keuchte ich, als er sich mit Lippen, Zunge und Zähnen einen Weg über meinen Rücken bahnte. Immer wieder hielt er inne, malte mit der Zunge oder den Fingerspitzen Kreise auf meine Haut und setzte mich so zunehmend unter Strom. Jede seiner Berührungen machte mich wahnsinnig, kaum war eine vergangen, sehnte ich die nächste herbei.

Als Sean die Finger unter das Bündchen meines Strings hakte, ging ein weiteres, kräftiges Zittern durch meinen Körper. Quälend langsam zog er den zarten Stoff über meine Hüften hinab. Ich nahm an, dass er sich nun wieder aufrichten würde, doch ein neuerlicher Biss, dieses Mal in meine rechte Pobacke, ließ mich erschrocken und gleichzeitig lustvoll aufstöhnen. Seans Hände an meiner Taille zogen mich ins Hohlkreuz und als er mich dazu brachte, meine Beine weiter auseinanderzustellen, ahnte ich, was er vorhatte.

Meine Knie zitterten, noch ehe ich das erste Mal seine Zunge auf meiner Klit spürte. Seine Finger an meinen Hüften gaben mir den nötigen Halt, ohne den ich vermutlich wenig elegant zu Boden gegangen wäre. Seans Zunge kreiste auf meiner Perle, er steigerte und senkte den Druck, mit dem er mich verwöhnte, machte mich so zu Wachs in seinen Händen, wie er es schon früher getan hatte. In diesen Minuten war es zwischen uns, als hätte es die vergangenen zwei Jahre, unsere Trennung und den riesigen Graben, der uns voneinander entfernt hatte, nicht gegeben.

Mit jedem Zungenschlag brachte er mich dem Höhepunkt näher. Ich hatte keine Ahnung, wie oft ich mittlerweile seinen Namen gestöhnt, gewimmert oder geseufzt hatte. Alles in mir war fokussiert auf den Mann, den ich nach wie vor wie verrückt liebte und der mir gerade den Himmel auf Erden bescherte. All die aufgestauten und unterdrückten Gefühle in mir entluden sich in diesen Augenblicken, ohne dass ich etwas dagegen tun konnte oder wollte.

Ein letztes hartes Kreisen seiner Zunge auf meinem Kitzler und ich zerfiel in tausend Scherben. Mein Orgasmus überrollte mich mit der Kraft einer Naturgewalt und jagte ein heftiges Zittern nach dem anderen durch mich hindurch. Gleichzeitig zogen sich meine inneren Wände so stark zusammen, dass ich das Gefühl hatte, vor meinem inneren Auge ein Feuerwerk zu sehen. Seans Griff an meinen Hüften wurde fester, währenddessen ließ er seine Zunge weiterhin stetig auf meiner Klit tanzen.

»Das … zu viel … Sean … bitte«, wimmerte ich, doch er lachte nur. Die Vibrationen an meiner Scham brachten mich vollends um den Verstand und ich kam nahezu übergangslos ein zweites Mal, kaum weniger intensiv als zuvor. »O Gott«, jammerte ich, wand mich und versuchte, ihm zu entkommen, während ich gleichzeitig nicht wollte, dass dieser Moment endete.

Irgendwann zog er sich etwas zurück, löste die Finger allerdings erst von meiner Taille, nachdem er sichergestellt hatte, dass ich festen Stand hatte. Nach Atem ringend drehte ich mich um. Als unsere Blicke aufeinandertrafen, war da neben dem Feuer in seinem, das mir verriet, wie sehr er mich begehrte, noch eine andere Emotion, die mir den Boden unter den Füßen wegzog. Zu meinem eigenen Entsetzen merkte ich, wie sich meine Augen mit Tränen füllten, was so ungefähr das Letzte war, was ich in diesem Moment wollte. Hastig schaute ich zur Seite und wich ihm aus, doch ich hatte meine Rechnung ohne Sean gemacht.

»Skye«, raunte er, während er sich aufrichtete, zu mir trat und seine Finger unter mein Kinn legte. »Bleib bei mir … versteck dich nicht«, bat er mich. »Ich brauche dich«, wiederholte er, was er vorhin gesagt hatte. Er brachte mich dazu, zu ihm aufzusehen und kaum, dass sich unsere Blicke ineinander verhakten, senkte er den Kopf und küsste mich.

Ich konnte mich selbst auf seinen Lippen schmecken und zu wissen, wo sein Mund noch wenige Augenblicke zuvor gewesen war, fachte meine Lust auf ihn von neuem an. Sean langte an meine Oberschenkel und hob mich erneut auf seine Hüften. Seine Erektion lag genau auf meinem Geschlecht und er stöhnte heiser, als ich mich an ihm rieb und mein Becken kreisen ließ.

»Fuck … Skye … ich werde wahnsinnig, wenn ich nicht gleich in dir bin«, knurrte er an meinem Ohr und ein weiterer, scharfer Lustschauer jagte durch meinen Körper, direkt in meinen Unterleib.

Hastig korrigierte ich meinen Sitz auf ihm, machte mich an seiner Hose zu schaffen, kämpfte jedoch mit der Gürtelschnalle. Sean schob meine Hände beiseite, öffnete die Schnalle sowie seine Jeans und zerrte sie zusammen mit der Pants achtlos über seine Hüften hinab. Er stöhnte vor Lust, als ich seinen bereits vollständig harten Schaft umfasste und mehrmals an ihm auf- und abfuhr. »Skye«, warnte er mich mit einem unmissverständlichen Tonfall und umschloss mit einer

Hand grob mein Kinn. »Jetzt«, befahl er mir und der Ausdruck in seinen Augen sorgte bei mir für einen neuerlichen Schwindelanfall.

Ohne unseren Blickkontakt zu lösen, dirigierte ich ihn und ließ mich Zentimeter für Zentimeter auf seinen Penis sinken. Das Gefühl, wie er mich dehnte und ausfüllte, war unbeschreiblich schön. So vertraut und gleichzeitig doch so neu. Atemlos hielt ich inne, als er mit seiner vollen Länge in mir war. Meine Muskeln pulsierten um ihn herum und jedes Mal stieß Sean ein unglaublich sexy klingendes Stöhnen, gefolgt von einem Fluch aus.

In diesen Sekunden geschah etwas zwischen uns, das ich nicht in Worte fassen konnte. Es war, als würden sich die Bruchstücke, die das Ende unserer Liebe vor zwei Jahren hinterlassen hatte, wieder zusammenfügen. Die Narben, die wir davongetragen hatten, waren nach wie vor da und würden vermutlich immer fühlbar sein, doch ebenso hatte ich den Eindruck, als schwächten sie uns nicht länger. Als wären wir endlich in der Lage, *gemeinsam* einen Weg zu finden.

»Sean … bitte«, flehte ich, da er nach wie vor keine Anstalten machte, sich zu bewegen. »Ich brauche dich«, wiederholte ich die Worte, die er vorhin gesagt hatte.

Aufkeuchend klammerte ich mich an seine Schulter, als er anfing, mich mit harten Stößen zu nehmen. Jedes tiefe Eindringen seinerseits hieß ich mit einem atemlosen Seufzen willkommen, gleichzeitig zerrte ich an den Knöpfen seines Hemdes, weil ich seine nackte Haut auf meiner spüren wollte. Sean hielt inne und half mir, schleuderte das Kleidungsstück schließlich achtlos beiseite, ehe er erneut begann, mich mit kräftigen Bewegungen gegen die Wand in meinem Rücken zu lieben. Ich drängte mich so dicht, wie es unsere Position zuließ, an ihn, genoss das Gefühl seiner erhitzten Haut unter meinen Fingern, an meinen Brüsten und ließ das Becken immer wieder kreisen.

Sean stützte sich mit einer Hand an der Mauer hinter mir ab, sein rasch gehender Atem kitzelte mich an der Schulter, während er sich unerbittlich wieder und wieder tief in mich trieb. Die Wucht seiner Stöße war an der Grenze des Erträglichen, aber der Lustschmerz, den ich dabei empfand, war exakt das, was ich brauchte, um mich wieder lebendig zu fühlen. Um *uns* zu fühlen. Das hier waren *wir*, anders als früher, und doch war es wie ein nach Hause kommen.

»So eng … so verflucht eng und feucht«, stöhnte Sean an meinem Ohr und ich musste lächeln, weil er genau das damals bei unserem allerersten Mal gesagt hatte.

Er zog das Tempo sowie die Kraft seiner Stöße ein letztes Mal an und glitt mit der freien Hand zwischen unsere Körper. Kaum, dass er seine Finger auf meine Klit drückte, explodierte ich das dritte Mal unter ihm. Dieser Höhepunkt war nicht so intensiv wie die beiden zuvor, aber dafür auf einer anderen Ebene umso befriedigender.

Sean stieß noch ein paar Mal in mich, ehe er selbst seine Erlösung fand und sich mit einem rauen Stöhnen meines Namens tief in mir verströmte. Er verbarg den Kopf in meiner Halsbeuge, hauchte immer wieder Küsse auf meine Haut und jagte mit jedem von ihnen ein weiteres Beben durch mich hindurch.

Irgendwann hob er den Kopf und suchte meinen Blick. In seinem Gesicht lag etwas, das dafür sorgte, dass mein Herz ihm vollends zuflog.

Ruhe.

Ihm fehlte dieser gehetzte Ausdruck, der sonst stets unter der Oberfläche gelauert hatte.

Es war, als hätte er eine längst überfällige Entscheidung getroffen.

Es war, als wäre mein Mann endlich zu mir zurückgekehrt.

So stark wie nie zuvor hoffte ich, dass ich mich dieses Mal nicht irrte.

Kapitel 21

Sean

Noch im Halbschlaf fuhr ich tastend mit der Hand über den Platz neben mir, fand ihn zu meiner Enttäuschung allerdings kalt und leer vor. Ich öffnete ein Lid und der Blick auf den Wecker auf dem Nachttisch verriet mir, dass es halb fünf Uhr in der Früh war. Mit einem Gähnen setzte ich mich auf und entdeckte meine Frau in dem Sessel am Fenster. Sie hatte ihre Beine an den Oberkörper gezogen, ihren Kopf auf die Knie gestützt und sah in den klaren Sternenhimmel.

Nach unserem ersten, leidenschaftlichen Sex hatten wir uns ein weiteres Mal im Bett geliebt, ehe wir eng aneinandergeschmiegt eingeschlafen waren. Ich hatte auf Anzeichen von Reue gewartet, doch entgegen meiner Befürchtung waren sie ausgeblieben. Skye nahe zu sein, mich wieder auf sie einzulassen, hatte sich in jenen Augenblicken nach Betreten des Lofts richtig angefühlt – und tat es auch jetzt noch.

»Hey, habe ich dich geweckt?«, holte ihre Stimme mich aus meinen Grübeleien. Statt einer Antwort gab ich lediglich ein Brummen von mir, erhob mich und zog meine Pants an. Bei ihr angekommen bedeutete ich ihr, aufzustehen, setzte mich in den Sessel und zog sie danach auf meinen Schoß. Das Kinn auf ihre Schulter aufgestützt schloss ich sie eng in die Arme und betrachtete den Nachthimmel über dem Big Apple.

»Der Gedanke, mit dir einfach irgendwohin zu verschwinden, ist ziemlich verlockend«, gestand ich, während sie ihre

Hände auf meinen Unterarmen ablegte und sich an mich kuschelte. Sie trug eines meiner Shirts, eine Sache, die mir schon früher gefallen hatte. Ich mochte es, sie in meinen Oberteilen zu sehen, es gab mir das Gefühl, dass sie mir gehörte.

»Verstehe ich, das geht mir ähnlich, aber irgendwann müssen wir zurück in die Realität«, flüsterte sie, neigte ihren Kopf zur Seite und drückte mir einen Kuss auf das Kinn.

Ich nickte mit einem Seufzen, legte eine Hand an ihre Wange und küsste sie. Sanft, ohne Hast und Eile, bewegte ich meine Lippen auf ihren und erschauerte, als sie mit einer Hand in meinen Nacken fuhr und ihre Finger in meinen Haaren vergrub. Keiner von uns hatte das Verlangen, mehr aus diesem Kuss zu machen. Dieser Moment fühlte sich genau so, wie er war, richtig und gut an.

»Doch wenn es so weit ist, haben wir einander. Keiner von uns muss sich unserem alten Leben allein stellen«, nuschelte Skye an meinem Mund und lehnte ihre Stirn an meine. »Und der Wirbel um uns wird schnell abflauen … ein Paar, das wieder zusammengefunden hat, ist in Hollywood sicher keine Sensation, selbst mit einem Schicksal wie unserem nicht. Affären und Skandale verkaufen sich viel besser.«

So traurig es war, aber sie hatte Recht.

Die Presse würde sich nur so lange auf uns stürzen, bis die nächste, deutlich interessantere Meldung unseren Neuanfang ablöste.

Neuanfang.

Ich drehte und wendete das Wort in meinem Kopf, doch obwohl sich die Ereignisse in den vergangenen Tagen förmlich überschlagen hatten, machte der Gedanke auf mich seltsamerweise keinen überstürzten Eindruck. Vielleicht war es der

Umstand, dass wir im Grunde genommen zwei Jahre aufeinander gewartet hatten, der jetzt dafür sorgte, dass ich nicht noch mehr Zeit damit verschwenden wollte, was nach außen hin richtig oder falsch war.

»Ich bin froh, dass wir uns in Denver über den Weg gelaufen sind«, raunte ich an ihrem Ohr und fühlte, wie sie in meinen Armen zitterte. »Und ich bin froh, dass du nach Hause gekommen bist«, setzte ich nach.

Ich lehnte mich nach hinten und Skye drehte sich auf meinem Schoß zu mir herum. Sie schmiegte sich an meine Brust und rollte sich wie ein Igel zusammen.

»Ich bin ebenfalls froh«, wisperte sie, griff nach meiner Hand und verschränkte ihre Finger mit meinen. »Wenn wir wieder in Los Angeles sind, würdest du …«, begann sie und stockte dann. »Würdest du …«, startete sie einen neuerlichen Versuch, verstummte jedoch auch dieses Mal.

»Was möchtest du?«, fragte ich sie und drückte einen Kuss auf ihren Scheitel.

»Ich würde gern gemeinsam mit dir Mias Grab besuchen«, erwiderte sie nach einer gefühlten Ewigkeit. »Wenn du das nicht möchtest, kann ich das verstehen, es ist nur … ich bin so lange nicht dort gewesen, selbst nach meiner Rückkehr nicht, weil alles so schnell ging … und jetzt habe ich das Gefühl, es wird Zeit.«

Sie schwieg einen Moment. »Ich habe ein wenig Angst davor, allein dorthin zu gehen, doch wenn du das nicht kannst oder willst, sage mir das bitte. Auf gar keinen Fall möchte ich, dass du …«

»Ich komme mit«, unterbrach ich sie. »Es erstaunt dich vielleicht, aber ich bin in den vergangenen zwei Jahren regelmäßig dort gewesen. Ich kann dir das rational gesehen nicht erklären, nur, dass ich mich ihr an ihrer letzten Ruhestätte immer nah gefühlt habe. Manchmal habe ich Stunden bei ihr verbracht und mich in Gedanken mit ihr unterhalten.«

Skye gab einen fassungslos klingenden Ton von sich. »Das … das überrascht mich jetzt, damals konntest du nicht einmal …«

»… ertragen, wenn jemand ihren Namen aussprach, geschweige denn, an dem Ort zu sein, an dem wir sie begraben haben«, setzte ich ihren Satz fort. »Ein paar Wochen nach deinem Verschwinden habe ich damit angefangen. Vielleicht hatte ich dort den Eindruck, nicht nur unserem Kind nah zu sein, sondern auch dir. Ich … ich weiß es nicht. Alles, was ich dir versichern kann, ist, dass ich dir mit meiner Weigerung, zusammen ihr Grab zu besuchen, nicht habe wehtun wollen.« Skye hatte mich kurz nach ihrer Beerdigung darum gebeten. Die Erinnerung daran, wie ich sie angefahren und gefragt hatte, ob sie tatsächlich glaubte, dass ich gemeinsam mit ihr zu unserem Sternchen gehen würde, fraß sich wie Säure durch meine Eingeweide. »Dass ich damals so widerlich zu dir gewesen bin, tut mir leid. Ich habe einfach keinen Ausweg aus meiner Trauer, meinem Hass und meiner Wut gesehen und wie ein verletztes Tier um mich geschlagen. Du hast alles abbekommen.«

Skye löste sich von mir, platzierte ihre Hände auf meinen Wangen und sah mich bestimmend an. »Das weiß ich, Sean. Ich habe seinerzeit die Konsequenzen gezogen, weil ich es nicht länger ertragen konnte. Doch ich möchte nicht, dass du dich weiterhin mit Schuldgefühlen quälst oder dieser Teil unserer Vergangenheit unsere mögliche Zukunft bestimmt. Wir haben diese zweite Chance bekommen und ich will, dass wir sie bestmöglich nutzen. Dass wir aufarbeiten müssen, was damals geschehen ist, keine Frage.«

»Ich ... ich ...«, stotterte ich und atmete tief durch. »Ich habe Angst vor dem Part in mir, der mich vor unserer Trennung all diese widerlichen Dinge hat sagen lassen. Vor diesem inneren Monster, das seit Sternchens Tod in mir haust und mich dazu bringt, alles Gute früher oder später zu zerstören. Ich möchte dir nicht wehtun, doch ich fürchte, dass ich in schlimmen Zeiten wieder in mein altes Muster verfalle«, gestand ich.

Sie schwieg einen Moment.

»Wir könnten eine Therapie machen, um Mias Tod und das, was danach geschehen ist, ein für alle Mal aufzuarbeiten. Eigentlich bleibt uns gar keine andere Wahl, fürchte ich.« Als ich ansetzte, mit dem Kopf zu schütteln, stoppte mich ihr bittender Blick. »Wir haben es zwei Jahre lang allein versucht und sind mehr oder weniger emotionale Wracks. Spricht ganz rational betrachtet tatsächlich etwas dagegen, auf diese Weise möglicherweise unsere Ehe zu retten? Kämpfe für uns. Mit mir. Wenn wir beide nach einigen Sitzungen beschließen, dass es uns eher schadet als nützt, können wir jederzeit aufhören. Niemand zwingt uns. Die Hauptsache ist doch, dass wir es gemeinsam entscheiden.«

Ich schloss die Lider und nickte nach einer Weile. »Okay ...«, stimmte ich mit einem leicht mulmigen Gefühl zu. »Ich will uns ebenso zurück wie du, das glaubst du mir, oder?«

Sie sah mich mit einem liebevollen Ausdruck im Gesicht an. »Natürlich.« Nur ein Wort, doch sie hatte es mit so einer Überzeugung in der Stimme ausgesprochen, dass meine Angst davor, sie könnte meine Frage nur für ein Lippenbekenntnis halten, verschwand.

»Ich werde wohl eine Weile brauchen, bis die Geschehnisse der letzten Tage tatsächlich zu mir durchgesickert sind«, gab ich mit einem schiefen Grinsen zu.

»Das ist völlig okay.« Skye lächelte und verwuschelte mir die Haare, was mich ein leises Grollen ausstoßen ließ. Sie schrie erschrocken auf, als ich mich erhob, sie wie einen Mehlsack über meine Schulter warf und ihr einen forschen Klaps auf den Hintern gab.

»Du weißt genau, wie sehr ich das hasse«, schimpfte ich, während ich sie zum Bett hinüber trug und sie unsanft darauf fallen ließ.

Ehe sie ausweichen konnte, war ich über ihr und drückte sie mit meinem Körpergewicht in die Matratze. In Skyes Blick stahl sich ein lustvoller Ausdruck, der binnen weniger Momente das Feuer in mir anfachte. Ich überbrückte den Abstand zwischen uns, um sie zu küssen.

Während der Morgen allmählich dämmerte und New York in ein mildes Sonnenlicht getaucht wurde, liebten wir uns ein weiteres Mal und gaben uns ein stummes Versprechen, dass wir unsere zweite Chance bestmöglich nutzen würden.

Kapitel 22

Skye

Unsere Zeit in New York war mittlerweile drei Wochen her und mit jedem verstreichenden Tag waren wir enger zusammengewachsen. Die Presse hatte uns zunächst nicht aus den Klauen lassen wollen, schließlich war unsere Story jedoch von einem Drogenskandal um einen aufstrebenden Jungschauspieler abgelöst worden und wir hatten endlich Ruhe. Seans Produktionsfirma hatte den Rummel nutzen wollen und ihn noch einmal auf eine einwöchige Promotiontour geschickt, was er nur zähneknirschend akzeptiert und hinter sich gebracht hatte. Er hatte ihnen dafür eins ausgewischt und war allein zu den Terminen und Events entschieden, denn seine Bosse hatten ihn gedrängt, mit mir dort aufzutauchen. Dazu wäre er nicht vertraglich verpflichtet, hatte er ihnen nur geantwortet.

Für die nächste Woche hatten wir ein Termin für ein Erstgespräch bei einem renommierten Therapeuten vereinbart, den Marissa uns empfohlen hatte. Ich war froh, dass Sean sich letztlich darauf eingelassen hatte, Mias Tod und das Scheitern unserer Ehe mit einem Profi aufzuarbeiten.

Im *A Dream* war nach der Pressemitteilung ebenfalls die Hölle losgewesen und ich hatte einige Extra-Schichten geschoben, um Agnes und Ruben nicht hängenzulassen. Ich war ihr dankbar, da sie mir zum einen quasi meinen alten Job angeboten und zum anderen ohne zu zögern kurzfristig freigegeben hatte, damit ich Sean nach New York folgen konnte.

Das alles hatte dazu geführt, dass Sean und ich bislang nicht bei Mia gewesen waren, aber ich war zuversichtlich, dass wir das in den nächsten Tagen nachholen würden. Ich freute mich auf gewisse Weise sogar darauf, unser Sternchen zu besuchen und ihr zu erzählen, dass ihre Mom und ihr Dad wieder zusammengefunden hatten und es noch einmal miteinander versuchten.

Summend checkte ich die Vorräte in unserer Kühlkammer und schrieb eine Liste mit Dingen, die Ruben morgen auf dem Wochenmarkt einkaufen sollte. Bei dem Gedanken an Agnes' Bruder stahl sich ein Lächeln auf meine Lippen. Wir waren in der Küche zu einem tollen Team zusammen gewachsen und ergänzten uns ohne jeglichen Konkurrenzdruck ganz wunderbar. Regelmäßig probierten wir neue, exotische Gerichte aus und nahmen sie bei Gefallen als *Spezialität der Woche* in die Speisekarte auf.

»Hier steckst du«, ertönte Agnes' Stimme und ich erschrak, weil ich sie nicht hatte kommen hören. »Hast du gleich noch Zeit für einen Kaffee, oder musst du sofort los?«, erkundigte sie sich.

Ich warf einen Blick auf meine Uhr. »Für eine kleine Dosis Koffein reicht es.« Sean und ich hatten Jace, Marissa und Ben zu einem Abendessen zu uns eingeladen. Aaron hatte seine Nachdrehs in Seattle mittlerweile beendet, musste von dort aus aber direkt ans Set seines nächsten Filmprojekts. Er drehte aktuell in Marokko und würde voraussichtlich erst in vier bis sechs Wochen nach Los Angeles zurückkehren.

Ich komplettierte die Einkaufsliste und legte sie in Rubens Fach, ehe ich Agnes in den Gastraum folgte und an unserem Tisch Platz nahm. Meine beste Freundin machte uns mit dem

Vollautomaten zwei Becher fertig und setzte sich anschließend zu mir.

»Willst du heute Abend nicht doch kommen?«, fragte ich nach, Agnes schüttelte jedoch mit dem Kopf.

»Würde ich gern, aber wie du weißt, habe ich bereits ein Date«, erwiderte sie. Sie hatte vorige Woche bei einem Clubbesuch einen Mann kennengelernt, der sich von ihrem kratzbürstigen Schutzpanzer tatsächlich nicht hatte abschrecken lassen. Tyson hieß er und offenbar gehörte ihm der Nachtclub, in dem Agnes gefeiert hatte. »Ty bringt es fertig und kreuzt bei euch auf, wenn ich die Verabredung zu verschieben versuche.«

Ich musste lachen, als sie dazu die Augen verdrehte. »Ach komm schon, seine Hartnäckigkeit gefällt dir«, neckte ich sie. »Du hast dir immer einen Kerl gewünscht, der sich um dich bemüht.«

Agnes seufzte. »Das stimmt, aber ich weiß nicht … ein Typ, der einen Nachtclub führt? Eigentlich sollte mein Traumprinz irgendetwas *Sicheres* machen, ich meine … stell dir mal vor, sowohl das Restaurant als auch sein Club gehen pleite.«

Einen Moment lang starrte ich sie völlig perplex an, ehe ich erneut lachte. »Seit wann bin ich denn die Risikofreudigere von uns beiden, hm? Erinnerst du dich bitte daran, wie mir damals zur Restauranteröffnung der Arsch auf Grundeis gegangen ist, während du optimistisch für zwei gewesen bist?«

Ein Schmunzeln stahl sich auf Agnes' Gesicht. »Okay, du hast ja recht … ich höre mich schon an wie meine Großmutter, die mir immer gepredigt hat, dass ich mir ja einen Mann mit einem gutbezahlten Job suchen soll.« Sie trank einen Schluck ihres Kaffees, ehe sie mich mit ihrem Blick fixierte. »Eigentlich wollte ich mit dir über etwas Anderes reden«, wechselte sie dann das Thema. »Vielleicht ist es noch ein wenig zu früh, aber angesichts der Tatsache, dass Sean und du einen Neuanfang macht, wage ich einen Vorstoß.«

Verwirrt runzelte ich die Stirn, weil ich keine Ahnung hatte, worauf Agnes hinauswollte.

»Das ist nur ein Angebot und du sollst dich zu nichts verpflichtet fühlen. Wir würden das auch nicht sofort umsetzen, sondern erst zum Jahresende in fünf Monaten, wenn du einverstanden bist. Bis dahin würde alles beim Alten bleiben und ich dir ohnehin eine entsprechende Rücktrittsklausel einräumen.«

»Agnes, du sprichst in Rätseln«, erwiderte ich, obwohl mich eine vage Ahnung beschlich, in welche Richtung sie wollte.

»Ich möchte dir anbieten, ab dem kommenden Jahr wieder als meine Partnerin einzusteigen. Bis zum Jahreswechsel würdest du wie bisher meine Angestellte sein, ab ersten Januar wärst du mir dann wie früher gleichgestellt. Ich denke, das gibt uns beiden genügend Zeit, und mit der Rücktrittsklausel gehen weder du noch ich ein Risiko ein.« Sie lehnte sich vor und legte ihre Hand auf meine auf dem Tisch. »Ich wünsche mir von ganzem Herzen, dass euer zweiter Versuch funktioniert, verstehe meine nächsten Worte also bitte nicht falsch. Alles, was ich will, ist, dass du dir sicher bist, wenn du dich erneut an das A Dream bindest. Deswegen sollst du bei Vertragsabschluss die Möglichkeit haben, kurzfristig auszusteigen, falls das mit Sean und dir wider Erwarten nicht klappt. Bis Januar könntest du fristlos aussteigen, danach mit einer Frist von zwei Monaten.«

Tränen traten in meine Augen, ohne dass ich es verhindern konnte. »Agnes … bist du dir sicher?«, brach es aus mir heraus, so gerührt war ich über die Gelegenheit, die sie mir bot. »Du musst das nicht, ich bin durchaus zufrieden damit, auch weiterhin als deine Angestellte für dich zu arbeiten.«

Agnes schüttelte entschlossen den Kopf. »Das hier«, sie machte eine ausholende Bewegung, die das gesamte Lokal umfasste, »war immer *unser* Traum. Es ist nicht dasselbe, wenn du nur für mich arbeitest. Ich möchte dich als meine Partnerin, wie früher.« Sie lächelte mir aufmunternd zu. »Denk in Ruhe darüber nach, sprich meinetwegen auch mit Sean und lasse mich in den nächsten zwei, drei Wochen wissen, wie du dich entschieden hast. Und jetzt …« Sie legte eine bedeutsame Pause ein. »… trink deinen Kaffee, ehe er kalt wird«, fuhr sie mit einem Lachen fort.

»Das werde ich … also mit Sean reden … für mich ist die Antwort im Grunde genommen schon klar, aber ich möchte sie dir nicht geben, ohne dass ich mit ihm gesprochen habe.« Mit einem glücklichen Lächeln auf den Lippen griff ich nach meinem Becher und nahm einen großzügigen Schluck.

»Und nun noch was ganz anderes … habe ich das richtig verstanden? Ben und Marissa kommen heute Abend zu euch? Ich dachte, die beiden hassen sich?«, hakte Agnes nach.

»Tun sie auch … Sean hat ihnen die Daumenschrauben angesetzt und gefordert, dass sie sich wie Erwachsene verhalten sollen. Er hat dabei die zugegebenermaßen ziemlich unfaire wenn *wir das können, dann ihr doch wohl ebenfalls* Karte gespielt«, antwortete ich.

Weder mein Mann noch ich wussten, warum die Zwei sich so verabscheuten, aber vielleicht gab es heute Abend eine Gelegenheit, Marissa auf den Zahn zu fühlen. Ben würde sich mir nicht anvertrauen, den musste Sean bearbeiten.

So oder so, ich freute mich auf ein gemütliches Essen mit unserer Familie und unseren Freunden. Unser Leben fühlte sich zunehmend wie das eines ganz normalen Paares an, und das genoss ich in vollen Zügen. Auch Sean schien mit jedem vergangenen Tag besser mit den ihn nach wie vor ab und an quälenden Schuldgefühlen umgehen zu können. Stück für Stück ließ er sie los und sich auf uns ein, was mich glücklich machte. Die von uns angestrebte Therapie würde im Übrigen ihren Beitrag dazu leisten, dass unser Neuanfang funktionierte, davon war ich überzeugt.

Kapitel 23

Sean

Dieser Abend glich zunehmend einer Katastrophe. Ben und Marissa schwiegen sich an und taten, als wäre der jeweils Andere nicht anwesend, und auch Jace war irgendwie mies drauf.

Skye hatte Stunden in der Küche zugebracht, doch das Essen stand nahezu unberührt auf dem Tisch. Wir tauschten einen Blick und verdrehten beide die Augen, als Marissa Jace bat, ihr die Kartoffeln zu reichen, obwohl sich die Schüssel direkt vor Bens Platz befand.

»Wie lange wollt ihr euch noch wie Fünfjährige benehmen?«, fragte ich und begegnete dem empörten Blick meiner jüngeren Schwester, während mein Schauspielkollege und Freund lediglich ein entnervtes Schnauben ausstieß.

»Frag *ihn* das!«, fauchte Marissa und sah anklagend in die Richtung meines Freundes.

»Mich?! Du führst dich doch wie ne verwöhnte Prinzessin auf, die ihren Willen nicht bekommen hat«, zischte Ben und machte eine vielsagende Geste neben seiner Stirn.

Marissa klappte die Kinnlade hinunter. »Das ist nicht dein Ernst, oder?! Wer hat sich denn wie ein unreifer Teenager benommen, der nicht weiß, was er m…«, schoss sie zurück, wurde jedoch von Jace unterbrochen.

»Vielleicht solltet ihr beide es endlich hinter euch bringen und miteinander vögeln. Damit würdet ihr eurem gesamten

Umfeld vermutlich einen riesigen Gefallen tun«, blaffte er sie an, ehe er einen großen Schluck des Rotweins nahm.

Marissa verzog das Gesicht. »Manchmal bist du echt ekelhaft, Jace.« Danach sah sie Ben mit einem Ausdruck an, der sämtliche Alarmglocken in meinem Inneren schrillen ließ. »Selbst wenn Ben der letzte Mann auf Erden wäre, würde ich nicht mit ihm *vögeln.*« Sie lächelte zuckersüß und hatte ihren Worten einen verachtenden Tonfall verliehen, doch ich kannte sie besser.

Marissa wollte Ben.

Und ich hatte keine Ahnung, wie ich das finden sollte.

»Das Kompliment kann ich nur zurückgeben. Dich würde ich nicht mal mit der Kneifzange anfassen, Prinzessin«, schoss er mit einem ätzenden Unterton zurück, der meiner kleinen Schwester sämtliche Farbe aus dem Gesicht trieb. »Dein Anblick sorgt für alles Mögliche, aber sicher nicht dafür, dass ich einen hochbekomme!«

»Ben!«, schnauzten Skye, Jace und ich ihn gleichzeitig an.

Marissa schien einen Moment mit sich zu ringen, doch dann warf sie ihre Serviette auf den Tisch, sprang auf und verließ den Raum. Skye und ich tauschten erneut einen kurzen Blick, ehe sie sich erhob und meiner Schwester folgte, während ich meinen Kumpel ins Visier nahm. »Musste das sein?« Ben zuckte mit den Schultern und ich hob eine Augenbraue.

»Was? Wer austeilt, muss auch einstecken können. Marissa hat angefangen, verbale Tiefschläge zu verteilen, nicht ich.« Sichtlich angefressen griff Ben nach dem Glas mit Wasser vor sich und stürzte es in einem Zug herunter.

»Aber du hättest nicht darauf anspringen müssen. Der Klügere gibt nach, schon mal gehört? Außerdem bist du um einiges älter als sie, da kann ich durchaus erwarten, dass du dich vernünftiger benimmst als sie.«

Ben fixierte mich mit einem tödlichen Gesichtsausdruck. »Du tust gerade so, als wäre ich ein Tattergreis. Marissa und mich trennen acht Jahre, keine achtzig.«

»Wann hast du sie abblitzen lassen?«, mischte sich Jace ein und für einen Moment wurde es totenstill im Raum. Lediglich aus der Küche nahm ich gedämpftes Stimmengewirr wahr, das mir verriet, dass Skye und Marissa sich dort unterhielten.

Ben wurde ein wenig blass um die Nase, schüttelte dann jedoch entschieden den Kopf. »Ich habe keine Ahnung, worauf du hinauswillst.«

Jace schnaubte. »Versuchst du gerade ernsthaft, Sean und mich für blöd zu verkaufen?! Die sexuelle Spannung zwischen euch ist greifbar.«

»Ich würde ihm gern widersprechen, aber ich habe in eine ähnliche Richtung gedacht. Im Gegensatz zu Jace habe ich mich nur gefragt, ob du mit ihr geschlafen und sie dann fallen gelassen hast.« Mit einem Seufzen fuhr ich mir durch die Haare, während Ben sich auf seinem Stuhl wie ein Aal wand. »Sag mir bitte, dass du das nicht getan hast. Ich würde dir wirklich nur ungern ein paar aufs Maul geben.«

»Verdammt, ich habe nicht mit ihr gevögelt. Wir sind uns vor einiger Zeit mal auf einer Party über den Weg gelaufen. Marissa hatte einen im Tee und einen ziemlich unangenehmen Begleiter, der grob geworden ist. Ich bin dazwischen gegangen, habe sie nach Hause gebracht und das war's.«

Jace und ich wechselten einen skeptischen Blick.

»Komm schon, das ist doch nicht alles«, wandte mein Bruder ein.

»Sorry, ich glaube dir diese verharmloste Version ebenfalls nicht. Sie passt nicht zu den Vorwürfen, die ihr euch eben gegenseitig an den Kopf geknallt habt.«

Ben stöhnte. »Fuck, ja, es gab einen schwachen Moment, in dem ich sie geküsst und ein wenig mit ihr rumgemacht habe. Aber dann wurde mir bewusst, mit wem ich da gerade zugange bin und ich habe einen Rückzieher gemacht, den Marissa mir anscheinend ziemlich übel genommen hat«, knickte er ein. »Sie ist deine Schwester und damit tabu für mich«, ergänzte er. »Mal ganz abgesehen davon sucht sie sowas wie den edlen Ritter in glänzender Rüstung, und der bin ich nun weiß Gott nicht. Ich bin nicht einmal ansatzweise scharf darauf, mich fest zu binden, schon gar nicht an eine Frau, der förmlich auf die Stirn geschrieben steht, dass sie auf der Suche nach Mr. Right ist.« Er zuckte entschuldigend mit den Schultern. »Es war ein einziges Mal, wir sind nicht bis zum Äußersten gegangen, es wird nie wieder vorkommen und es tut mir leid.«

Einen Moment lang fragte ich mich, wen Ben hier überzeugen wollte, Jace und mich oder vielmehr sich selbst. Vielleicht täuschte ich mich, doch ich hatte den Eindruck, dass sein Interesse an meiner Schwester tiefergehender war, als er zugeben mochte. Ich wollte gerade den Mund öffnen und ihm das auf den Kopf zusagen, als mich Jace' warnender Blick innehalten ließ.

Weder er noch ich wussten sehr viel aus Bens Vergangenheit, obwohl wir ihn schon einige Jahre kannten. Er hielt nichts von Beziehungen, sondern hangelte sich von One-Night-Stand zu One-Night-Stand. Mit keiner Frau schlief er mehr als ein-, zweimal und bis jetzt hatte sich jede die Zähne an ihm ausgebissen. Vermutlich war es das Beste, er ließ Marissa in Ruhe.

Ich war mir bloß nicht sicher, ob umgekehrt ein Schuh draus wurde. Meiner kleinen Schwester war das Verlangen nach ihm nur zu deutlich anzusehen gewesen, da konnte sie noch so sehr tun, als würde sie ihn verabscheuen.

»Das Problem erledigt sich über kurz oder lang von selbst«, drang Bens Stimme in meine Gedankengänge. »Sie wird irgendeinen Typen kennenlernen, der ihr all das geben wird, was ich ihr nicht geben kann.« Der seltsame Unterton in seinen Worten irritierte mich, doch ein weiterer warnender Blick meines Bruders stoppte mich auch dieses Mal.

Außerdem betrat Skye mit Marissa im Schlepptau in diesem Augenblick das Esszimmer. Die Augen meiner kleinen Schwester waren gerötet und dass sie wegen Ben geweint hatte, machte mich wütend auf meinen Freund. Dass er sie auf dieser Party gerettet und nach Hause gebracht hatte, hielt ich ihm zugute. Dass er seine Finger nicht von ihr hatte lassen können, ärgerte mich allerdings. Für ihn hoffte ich, dass er Recht behielt, Marissa bald einen anderen Kerl traf und vergaß, was zwischen Ben und ihr vorgefallen war.

Ben erhob sich und warf seine Serviette auf den Teller. »Ich denke, es ist besser, wenn ich verschwinde.« Er wandte sich mit einem Lächeln auf den Lippen an Skye. »Danke für das fantastische Essen.« Danach schwenkte sein Blick zu Marissa, die ihn ihrerseits mit verschränkten Armen vor der Brust musterte. »Es tut mir leid, ich hätte mich vorhin nicht so im Ton vergreifen sollen.«

In den Augen meiner Schwester blitzte Überraschung auf. »Mir ebenfalls, was ich gesagt habe, war auch nicht gerade nett«, presste sie schließlich hervor. »Meinetwegen musst du nicht gehen«, setzte sie mit einem vorsichtigen Lächeln nach.

Ben legte den Kopf leicht schief. »Ich bin eh noch anderweitig verabredet.«

Er log.

Ich hatte keine Ahnung, ob Marissa ihn ebenso durchschaute, aber ich wusste genau, wann er einem eine Ausrede auftischte, und jetzt war so ein Moment. Er war zwar ein begnadeter Schauspieler, aber im privaten Umfeld scheiterte er immer kläglich. Nur wieso er uns eine Notlüge auftischte, verstand ich nicht, denn grundsätzlich hatten meine Schwester und er doch eine Art Waffenstillstand geschlossen. Was veranlasste ihn dazu, dennoch die Flucht zu ergreifen?

Ben verabschiedete sich mit einem männlichen Handschlag von mir und Jace, ehe er das Esszimmer und anschließend das Haus verließ.

Das Vibrieren eines Handys riss mich aus meinen Überlegungen. Jace nahm sein Smartphone vom Tisch und verzog das Gesicht, als er auf das Display sah.

»Dieses kleine Aas«, fluchte er.

»Wer?«, bohrten sowohl Skye als auch ich nach, doch er machte nur eine abwehrende Handbewegung.

»Niemand … zumindest werde ich dafür sorgen«, gab er kryptisch und derart geladen zurück, dass ich mir jede weitere Nachfrage schenkte. Wenn Jace so drauf war, war es am besten, man ließ ihn in Ruhe, bis er von selbst auf einen zukam, um zu reden. Skye trat an meine Seite, hakte sich bei mir unter und schlug vor, dass wir noch ein wenig in das Wohnzimmer hinübergingen, um uns dort zu unterhalten. Marissa und Jace nickten, griffen sich ihre Gläser und liefen voran.

»Spinne ich, oder verhalten sich heute alle irgendwie seltsam?«, wisperte sie an meinem Ohr.

Ich musste auflachen. »Tust du nicht … dass wir jemals wieder die normalsten Personen am Tisch sein würden, wer hätte das gedacht, hm?«, erwiderte ich leicht ungläubig und drückte meiner Frau einen Kuss auf die Wange.

Danach setzten wir uns in Bewegung und folgten den anderen in das Wohnzimmer, wo wir den Abend bei mehreren Gläsern Wein gemütlich ausklingen ließen.

Kapitel 24

Skye

Mit einem leicht mulmigen Gefühl im Bauch klammerte ich mich an Seans Hand, kaum, dass er mir aus dem Auto geholfen hatte. Heute war es soweit, das erste Mal seit Mias Tod besuchten wir gemeinsam ihr Grab. Die Sonne brannte vom Himmel und es war herrlich warm, doch nichts konnte die Kälte vertreiben, die sich in diesen Augenblicken in meinem Brustkorb ausbreitete.

Wir gingen auf das schmiedeeiserne Tor zu, welches Sean öffnete, um mich an sich vorbei eintreten zu lassen. Danach folgten wir dem Hauptweg, der wie auch die kleineren Nebenwege mit Kies versehen war, bis in den hinteren Teil des Friedhofs, der wie ein Stadtpark angelegt war. Gerade deswegen hatte ich ihn damals als Ruhestätte für unsere Tochter ausgewählt. Es hatte mir gefallen, dass er sich durch seine Gestaltung von den üblichen amerikanischen Friedhöfen abhob und einem das Gefühl gab, man wäre in einem ganz normalen Park.

Wir bogen auf einen der schmaleren Wege ab und ich schluckte einmal schwer, weil das Grab unseres Sternchens bereits in Sichtweite war. Sie hatte ihre letzte Ruhe unter dem Schatten eines großen Baums gefunden. Die einzelnen Grabreihen wurden durch unregelmäßig angelegte Blumenbeete zusätzlich aufgelockert. Sean verflocht seine Finger mit meinen und drückte meine Hand kurz, eine Geste, die mir so viel mehr gab, als er vermutlich ahnte. Dass er heute mit mir hier war, bedeutete mir eine Menge. Ich warf ihm einen verstohlenen Seitenblick zu und studierte seine Gesichtszüge. Seine Kiefer mahlten aufeinander und die Muskeln unter seiner Haut zuckten, verrieten mir, wie es in ihm aussah und was dieser Gang in ihm auslöste.

»Danke«, murmelte ich und erntete einen verwunderten Blick. »Dafür, dass du heute mit mir hier bist. Ich weiß, wie schwer das für dich sein muss.«

Sean stoppte und legte seine Hand an meine Wange. »Ich … ich bin wirklich froh, dass wir das gemeinsam machen können. Hätte Jace mir vor Denver erzählt, dass du und ich noch dieses Jahr zusammen an ihrem Grab stehen würden, hätte ich ihn gefragt, ob er nicht mehr ganz dicht sei.«

Ich lächelte. »Vermutlich hätte ich Sidney etwas Ähnliches an den Kopf geworfen.« Bei dem Gedanken an meine Nachbarin und Freundin beschlich mich ein wehmütiges Gefühl. Mir fehlte im Grunde genommen nicht viel aus meiner Zeit in Denver, aber sie gehörte dazu.

Wir gingen weiter und stoppten erst wieder vor der Ruhestätte unserer Tochter. Mir lief ein Schauer über den Rücken, als ich einen Blick auf den schlichten Marmor-Grabstein warf, den in der oberen, rechten Ecke ein eingravierter stilisierter Stern, umgeben von mehreren kleineren, zierte. In der Mitte des Steins stand lediglich Mias Name, über ihm nur ein einziger Satz. Hier ruht unsere geliebte Tochter. Darunter, etwas feiner, befanden sich ihr Geburts- sowie ihr Todesdatum.

Wie jedes Mal, wenn ich darüber nachdachte, dass ihr nur wenige Monate auf dieser Welt vergönnt gewesen waren, bildete sich ein dicker Kloß in meiner Kehle. Dass Mias Leben so kurz gewesen war, machte mich auch heute noch wütend.

Die Zeit mit ihr gehörte ganz klar zu der schönsten meines Lebens. Mutter zu werden, war eines der größten Geschenke gewesen, die ich hatte erfahren dürfen.

Sean neben mir drückte meine Hand noch fester und zog mich schließlich in eine halbe Umarmung. Er stützte sein Kinn auf meinen Kopf und legte den anderen Arm ebenfalls um mich.

»Ich habe dir das nie gesagt … damals nicht sagen können … aber der Platz, den du ihr ausgesucht hast, ist wunderschön«, flüsterte er und ich schluckte hart, um die aufsteigenden Tränen wieder hinunterzuzwingen. »Ich bin manchmal stundenlang hier gewesen und habe unter dem Baum gesessen, um ihr nahe zu sein. Ab und zu habe ich mir Arbeit mitgenommen, meine Texte auswendig gelernt, weil ich hier seltsamerweise etwas Ruhe fand. Das klingt total paradox, oder? Ich meine, in unserem Haus habe ich nicht ein Erinnerungsstück an sie ertragen können, aber an ihrem Grab … das war lange Zeit der einzige Ort, an dem mich meine Dämonen ein wenig aus ihren Klauen gelassen haben.«

Ich schluchzte auf und konnte die Tränen nicht länger zurückhalten. Weinend verbarg ich mein Gesicht an Seans Brust und klammerte mich fest an ihn. In jener Nacht in New York hatten wir einander Halt gegeben, hier und jetzt war es jedoch mein Mann, der mir Kraft spendete. Er fing mich auf, während ich um unser Sternchen weinte. Damals hatte ich mir so verzweifelt gewünscht, dass wir füreinander da sein könnten, doch es hatte nicht funktioniert, egal, wie sehr ich es auch versucht hatte.

Irgendwann, ich hatte keine Ahnung, wie viel Zeit vergangen war, beruhigte ich mich allmählich. Ich löste mich von Sean, der mit einem melancholisch-liebevollen Gesichtsausdruck auf mich hinunterblickte und mir mit dem Daumen die Tränen von den Wangen strich. Seine Augen waren gerötet und die Spuren auf seinem Gesicht verrieten mir, dass er ebenfalls leise um Mia geweint hatte. Er zog meine Hand an seine Lippen, drückte mir einen zärtlichen Kuss auf den Handrücken und führte mich anschließend zu dem Baum hinter dem Grab unseres Sternchens.

Wir setzten uns gemeinsam ins Gras, Sean nahm mich in seinen Arm und wir lehnten uns gegen den Stamm.

In diesen Augenblicken bedurfte es keiner weiteren Worte. Wir waren unserer Tochter nah, hielten stumm Zwiesprache mit ihr und gaben uns dabei gegenseitig Halt.

Die meisten Paare fanden nach einem Verlust wie dem unseren nicht wieder zusammen, sondern gingen für den Rest ihres Lebens getrennte Wege. Für Sean und mich hatte es lange Zeit ebenso ausgesehen. Ich hatte keine Ahnung, was mein Mann Mia mitteilte, ich für meinen Teil erzählte ihr, dass ich Hoffnung hatte.

Hoffnung auf eine Zukunft für uns.

Kapitel 25

Skye

Sean und ich waren inzwischen seit einem knappen Vierteljahr wieder ein Paar, er steckte mitten in seinem aktuellen Filmprojekt und war nur sehr unregelmäßig daheim. Doch damit kam ich klar, das hatte mich schon früher nicht übermäßig gestört. Sicher, ich vermisste meinen Mann, aber ich wusste auch, dass auf diese Phasen jeweils eine Zeit folgte, in der er bei mir war, ehe es an sein nächstes Projekt ging. Sollte mich die Sehnsucht einmal in den Wahnsinn treiben, gab es Flüge. Es wäre nicht der erste Besuch, der nur für ein paar Stunden war. Jedes Paar musste seinen Weg finden, das war unserer.

Die Paartherapie, die wir gemeinsam machten, um Mias Tod und dessen Folgen aufzuarbeiten, half uns. Es hatte hässliche Momente gegeben, als wir über die absoluten Tiefpunkte gesprochen hatten, dennoch waren wir laut Aussage unseres Therapeuten auf einem sehr guten Weg. Sean begriff allmählich, dass ich ihm die furchtbaren Dinge, die er mir an den Kopf geworfen hatte, nicht nachtrug. Ich hingegen verstand nun noch besser als zuvor, was in meinem Mann vorgegangen war und wieso er sich so unglaublich schuldig gefühlt und mich buchstäblich vertrieben hatte.

Müde und geschafft betrat ich unser Haus und hielt verwundert inne, als ich zum einen Seans Stimme vernahm und zum anderen die meines Bruders. Obwohl wir uns bereits vor Monaten versöhnt und einen Neuanfang gestartet hatten, hatte Patrick sich bislang geweigert, mit ihm zu sprechen. Er war ein sturer Bock, doch das konnte ich ihm nicht verübeln, denn er hatte damals aus erster Hand miterleben müssen, wie brutal Sean mit mir umgegangen war.

Ich betrat die Küche und fand meinen Mann gegen den Tresen gelehnt vor, während mein Bruder mit seinem Rollstuhl am oberen Ende unseres Küchentischs stand. »Hey«, begrüßte ich die beiden, ging zu Sean und drückte ihm einen Kuss auf den Mund. »Was machst du denn hier, ich dachte, du kommst erst morgen?«, hakte ich nach und er zuckte mit den Schultern.

»Meine Szenen waren heute schon abgedreht und der Regisseur hatte Erbarmen mit mir. Auf dem Weg vom Flughafen hierher habe ich spontan bei deiner Familie reingeschaut und ein längst überfälliges, klärendes Gespräch mit ihnen geführt.«

Patrick gab ein Schnauben von sich. »Betonung auf überfällig. Dass du Penner dir echt noch ein knappes Vierteljahr Zeit lässt, um dich mal bei uns blicken zu lassen, unglaublich«, schimpfte er, hatte dabei allerdings einen scherzenden Unterton.

Sean hob ergeben die Hände und zwinkerte mir zu. »Patrick war erst nach einer Partie Basketball bereit, mit mir zu reden.«

Mein Bruder grinste. »Ich habe ihn nach allen Regeln der Kunst fertig gemacht. Dass du noch schlechter werden könntest, hätte ich zwar für unmöglich gehalten, aber du hast den lebenden Gegenbeweis angetreten«, frotzelte er und lachte, als Sean ihm den ausgestreckten Mittelfinger zeigte.

Kopfschüttelnd und mit einem Schmunzeln auf den Lippen löste ich mich von meinem Mann und holte mir eine Flasche Wasser aus dem Kühlschrank. Innerlich freute ich mich höllisch, dass die beiden sich endlich ausgesprochen hatten. Mein Bruder und Sean waren früher gute Freunde gewesen. und es hatte Patrick tief getroffen, dass diese Freundschaft schließlich zerbrochen war. Auch wenn er generell mit seinem Leben im Rollstuhl gut klar kam und einen festen Freundeskreis hatte, tat er sich mit dem Einlassen auf Menschen zunächst einmal schwer. Die Negativerfahrungen, die er nach seinem Unfall gemacht hatte, hatten ihn in dieser Hinsicht vorsichtig werden lassen.

»Patrick hat mir von der Kleinen erzählt, die jedes Spiel seiner Basketballmannschaft besucht.« Sean wackelte mit den Augenbrauen, während mein Bruder genervt stöhnte.

»Ach ja? Wieso weiß ich nichts von ihr?«, fragte ich erstaunt nach.

»Weil es da überhaupt nichts zu wissen gibt. Sie kommt sicher nicht meinetwegen«, wiegelte Patrick ab, wurde dabei allerdings tatsächlich rot.

»Alter, sie hat dich quasi verhört und dich schließlich nach deiner Telefonnummer gefragt. Was daran wirkt wie *sie kommt sicher nicht meinetwegen*?«, warf Sean ein.

Meine Augen wurden groß, gleichzeitig freute ich mich für meinen Bruder, dass es eine Frau gab, die Interesse an ihm zeigte. Es war traurig, aber die meisten ließen sich von seinem Rollstuhl abschrecken und gaben ihm keine Chance, obwohl er so charmant, witzig und süß sein konnte.

»Mal ehrlich, was soll sie denn mit einem Krüppel wie mir, der dazu noch bei seinen Eltern lebt? Spätestens, wenn wir das erste Mal miteinander ausgehen, wird Kylie feststellen, wie eingeschränkt ich bin. Das fängt beim Restaurant an und hört im Bett auf«, blaffte er Sean an, der kurz zusammenzuckte, sich ansonsten jedoch unter Kontrolle hatte. »Ich meine, zeig mir das Mädchen, das auf diese Komponente in ihrer Beziehung verzichten möchte?!«

»Du lebst nicht bei unseren Eltern, du hast eine eigene Wohnung in ihrem Haus«, mischte ich mich ein.

»Haarspalterei«, schnauzte Patrick mich an, der scheinbar gerade auf irgendeiner Art Kriegspfad war.

»Eine Partnerschaft besteht nicht bloß aus Sex. Und es geht doch nicht nur um den eigentlichen Akt, ich meine, es gibt einen Haufen anderer Dinge, die ihr miteinander tun könnt«, argumentierte ich weiter. Auch wenn ich das, was in ihm vorging, grundsätzlich verstand, schließlich hatte ich vor nicht allzu langer Zeit Sean betreffend eine ähnliche Sorge gehabt, wollte ich nicht, dass er aufgab.

»Skye, ich liebe dich, aber ich möchte echt nicht mit meiner Schwester über mein nicht vorhandenes Sexleben sprechen«, wehrte er mich aufgebracht ab, griff an die Räder seines Rollstuhls und rollte vom Tisch zurück. »Genauer gesagt möchte ich weder mit dir, noch mit Sean darüber reden. Ehrlich, für sowas habe ich Dr. Palmer, da brauche ich euch nicht!«, schoss er um sich. »Und jetzt wäre ich dir dankbar, wenn du mich nach Hause fahren würdest«, wandte er sich an Sean, der einen hilflosen Blick mit mir tauschte.

»Was dagegen, wenn ich mitkomme? Wir könnten uns auf dem Rückweg was vom Chinesen mitnehmen«, schlug ich das Erstbeste vor, das mir einfiel, weil ich meinen Mann in dieser Situation nicht mit meinem Bruder allein lassen wollte.

Dass Patrick derart heftig reagierte, zeigte mir, wie sehr ihm diese Sache unter die Haut ging. Nicht zum ersten Mal wünschte ich mir, dass ich den Unfall ungeschehen machen könnte. Er haderte nicht oft mit sich und seinem Schicksal, doch dieser Aspekt setzte ihm verständlicherweise zu. Manchmal neigte ich dazu, zu vergessen, wie jung er noch war und vor allem, welche weitreichenden Konsequenzen sein Unfall hatte.

»Wenn du tatsächlich glaubst, dass Sean einen Babysitter im Umgang mit mir braucht, tu dir keinen Zwang an«, ätzte Patrick und verdrehte dabei die Augen.

»So habe ich das doch gar nicht gemeint!«, verteidigte ich mich.

Mein Mann lächelte mich beschwichtigend an. »Ich denke, das bekomme ich auch allein hin … und uns was zu Futtern beim Chinesen zu holen, ebenfalls.« Er zwinkerte mir zu und folgte Patrick, der sich mit seinem Rollstuhl bereits in Bewegung gesetzt hatte, ohne sich überhaupt von mir zu verabschieden.

Resigniert ließ ich die beiden ziehen und beschloss, meinem Bruder nachher eine Nachricht zu schreiben oder ihn anzurufen, wenn ich sicher sein konnte, dass er sich etwas beruhigt hatte.

Kapitel 26

Sean

Später am Abend lagen wir gemeinsam auf der Couch und schauten irgendein Liebesdrama, das Skye ausgesucht hatte. Gut, ich hatte schon vor einer Weile abgeschaltet und war nur noch halbherzig dabei, während ich nachdachte. Zunächst über Patrick und seine Situation, dann über meine Frau und mich. Wir waren jetzt seit einem Vierteljahr wieder zusammen, zählte man die Zeit vor unserer Trennung mit, verbanden uns mehrere Jahre. Über vieles hatten wir in den vergangenen drei Monaten gesprochen, doch ein Thema hatten wir stets ausgeklammert.

Weitere Kinder.

Ich hatte Skye damals nach Mias Tod im Rahmen einer Unterhaltung, die zu einem waschechten Streit ausgeufert war, an den Kopf geworfen, dass ich nie wieder eines würde haben wollen, schon gar nicht mit ihr. Nicht zum ersten Mal fragte ich mich, ob das der Grund war, dass sie bisher keinen Vorstoß in diese Richtung gewagt hatte, oder ob sie es generell als zu früh empfand. Skye hatte am Anfang unserer Ehe immer davon gesprochen, dass sie mehrere Kinder haben wollte und ich war damit einverstanden gewesen.

Sie war diesbezüglich ruhiger geworden, nachdem wir bereits eine Weile probiert hatten, schwanger zu werden und sich herausgestellt hatte, dass einer ihrer Eierstöcke nur sehr eingeschränkt arbeitete.

Nach dem Tod unserer Tochter war ich tatsächlich überzeugt gewesen, nie wieder den Wunsch nach einem weiteren Baby zu verspüren. Auch jetzt hatte ich höllische Angst davor, dass sich unser Schicksal wiederholen würde – doch gleichzeitig konnte ich nicht leugnen, dass die Vorstellung neben meiner Furcht noch etwas anderes auslöste. Das erste Mal, seitdem Mia von uns gegangen war, malte ich mir aus, wie es wäre, erneut Vater zu werden.

»Ist alles in Ordnung?«, vernahm ich Skyes besorgt klingende Stimme.

»Natürlich«, versicherte ich ihr schnell und suchte ihren Blick.

Mit einem misstrauischen Ausdruck betrachtete sie mich. »Ich sage dir das nur ungern, aber manchmal bist du wirklich ein mieser Schauspieler, Sean. Ist es wegen Patrick?«

Ich nickte, um sodann gleich mit dem Kopf zu schütteln, was sie amüsiert auflachen ließ. »Ja und Nein. Zunächst habe ich mir Gedanken um ihn gemacht, das stimmt, doch mittlerweile …« Ich geriet ins Stocken, weil ich mir nach wie vor unklar darüber war, ob ich das Kinderthema tatsächlich jetzt anschneiden wollte.

»Was ist los?«, hakte sie sanft nach. »Wir haben damals den Fehler begangen, nicht miteinander zu reden, den sollten wir nicht wiederholen, meinst du nicht auch?«

Ich atmete tief durch und schloss für einen Moment die Lider. Im Grunde genommen hatte sie Recht, dennoch konnte ich das mulmige Gefühl, das mich in diesen Sekunden beschlich, nicht beiseite schieben. Mir war bewusst, dass diese Unterhaltung uns ein Stück der Leichtigkeit der vergangenen Monate nehmen würde, aber machte es tatsächlich Sinn, sie weiter hinauszuschieben? Wir waren kein Paar, das erst kurz zusammen war, nein, wir hatten eine Geschichte. Diese Thematik erstmalig im Rahmen einer Therapiesitzung anzusprechen, kam mir darüber hinaus falsch vor. Ich wollte nicht, dass Skye sich in die Enge getrieben fühlte.

»Ich habe mich gefragt, ob du … ob wir … hast du …«, stotterte ich und benahm mich wie ein verunsicherter Teenager, der das allererste Mal mit seiner Freundin über Sex sprach. Fuck, so schwer konnte es doch nicht sein, ihr zu sagen, dass ich darüber nachdachte, ob wir noch ein Baby haben wollten. »Erinnerst du dich daran, was ich dir nach Mias Tod gesagt habe? Über weitere Kinder?«, schob ich nach und spürte, wie Skye sich in meinem Arm einen Augenblick verspannte.

»Dass du keine mehr möchtest? Natürlich habe ich das nicht vergessen, Sean. Machst du dir deswegen Sorgen?« Ihre Stimme zitterte leicht. »Falls du befürchtest, dass ich …«, fing sie an, ich unterbrach sie jedoch hastig.

»Ich habe meine Meinung geändert«, platzte es förmlich aus mir heraus.

Skye löste sich abrupt von mir, schaltete das Liebesdrama im TV auf Pause und starrte mich mit weit aufgerissenen Augen an. »Aber für dich war doch immer klar, dass du dich einem derartigen, möglichen Verlust nicht noch einmal aussetzen möchtest? Und du weißt … plötzlicher Kindstod … wenn ein Geschwisterchen gestorben ist, liegt das statistische Risiko höher. Und jetzt willst du das eingehen? Ich … das verstehe ich ehrlich gesagt nicht.«

Ich richtete mich ebenfalls auf und griff nach ihren Händen, um sie davon abzuhalten, ihre Finger noch länger so nervös zu kneten, wie sie es gerade tat. »Mir ist bewusst, dass ich damals ziemlich endgültig geklungen habe. Du darfst allerdings nicht vergessen, dass da vor allem die Trauer und die Wut aus mir gesprochen haben. Und die Angst. Mias Tod hat mich innerlich zerrissen und ich konnte mir nicht vorstellen, etwas Derartiges ein zweites Mal durchzustehen. Ich will dich nicht anlügen, natürlich ist diese Furcht jetzt nicht mit einem Mal weg. Aber der Gedanke, dass wir zwei noch einmal Eltern werden … der weckt in mir nicht ausschließlich diese Empfindung. Dich als Mutter zu erleben, zu …« Ich stockte, weil Skye mit jedem Wort, das ich gesprochen hatte, blasser geworden war.

»Ich … o Gott … ich bin davon ausgegangen, dass du nach wie vor keine Kinder mehr haben möchtest«, stammelte sie und fuhr sich hektisch mit einer Hand durch die Haare. »Sean, ich … ich … es tut mir so leid, aber … ich will das nicht.«

Kapitel 27

Skye

Mein Herz hämmerte in gefühlter Schallgeschwindigkeit in meiner Brust, während mein Mann mich ungläubig ansah. Mit so ziemlich allem hatte ich gerechnet, nicht aber damit, dass *er* sich noch ein Baby wünschen würde.

»Du willst das nicht?«, echote er und ich nickte, gleichzeitig spürte ich, wie mir ein dicker Kloß die Kehle allmählich zuschnürte. Tränen stiegen mir in die Augen und ich schloss kurz die Lider, um mich einen Augenblick zu sammeln.

»Es … ich … ich kann das kein zweites Mal durchstehen«, stotterte ich und fragte mich, was ich hier eigentlich tat. Wieso sagte ich ihm nicht die Wahrheit? Warum versteckte ich mich hinter der Furcht, die Sean in der Vergangenheit dazu gebracht hatte, jeden Vorstoß für ein weiteres Kind abzulehnen? »Außerdem werde ich nicht jünger«, scherzte ich mit einem unechten Lächeln. »Wir haben damals wegen meines kaum funktionierenden einen Eierstocks schon Ewigkeiten gebraucht, bis ich endlich schwanger geworden bin … je länger es dieses Mal dauert, umso höher sind die Risiken in der Schwangerschaft und dann auch wieder für das Baby«, argumentierte ich und ritt mich immer tiefer hinein.

»Ich weiß einfach nicht, ob ich das noch einmal ertragen könnte … erst dieses Bangen und Hoffen und Warten, und dann die Angst, dass sich unsere Geschichte eventuell wiederholt.«

Seans Miene wurde weich, ehe er seine Hand nach mir ausstreckte, mich auf seinen Schoß zog und in die Arme schloss. »Das kann ich nachvollziehen«, murmelte er und drückte einen Kuss auf meinen Mundwinkel. »Sehr gut sogar.« Er wiegte mich sanft und gab mir noch einen Kuss. »Das klingt jetzt vielleicht total seltsam und ich hoffe, dass du das nicht in den falschen Hals bekommst, sondern verstehst, was ich damit sagen möchte. Gerade der Umstand, dass es vermutlich dauern wird, bis du wieder schwanger wirst, ist meiner Meinung nach ein Vorteil. Wir haben beide die Möglichkeit, uns in Ruhe mit dem Gedanken auseinanderzusetzen. Die Chance, an unseren Ängsten zu arbeiten, bis es so weit ist.« Sean lehnte sich ein wenig zurück und nahm mein Gesicht in seine Hände. »Ich erwarte keine sofortige Entscheidung von dir und wenn du schließlich nein sagst, akzeptiere ich das, das verspreche ich dir. Alles, was ich möchte, ist, dass du weißt, dass ich mir noch ein Kind wünsche … mit dir.« Ich wollte den Mund öffnen, um etwas zu entgegnen, doch sein Finger auf meinen Lippen stoppte mich. »Erinnerst du dich daran, wie du zu mir gesagt hast, dass wir nicht nur Eltern seien? Damit hast du Recht gehabt und ich bin froh, dass du nicht lockergelassen hast. Aber wir sind eben auch Mom und Dad … für unser Sternchen … und ich bin mir sicher, Mia würde sich über ein Geschwisterchen freuen … darüber, dass wir es noch einmal versuchen.«

Ich stieß meinen Atem aus, den ich unwillkürlich angehalten hatte, stemmte die Hände gegen seine Brust und sah ihn ungläubig an. »Das ist unfair«, wisperte ich und seine Augen weiteten sich vor Schreck. »Du kannst mich emotional nicht so unter Druck setzen, Sean.«

Er schüttelte energisch mit dem Kopf. »Das wollte ich nicht, ich habe doch nur …« Mit einem hilflosen Gesichtsausdruck geriet er ins Stocken und griff nach mir, als ich mich von seinen Oberschenkeln erheben wollte. »Wirklich nicht, bitte, das musst du mir glauben. Es überrascht mich lediglich, dass du dich so dagegen sperrst, gerade, weil du damals immer gewollt hast, dass Mia kein Einzelkind bleibt.«

»Sie ist tot!«, platzte es aus mir heraus, da ich mich zunehmend in die Enge getrieben fühlte. Das hier war ein Albtraum, den ich nicht mal ansatzweise hatte kommen sehen. »Unser hypothetisches zweites Baby würde also vermutlich exakt das sein, denn in dem Tempo, in dem ich schwanger werde, bekommen wir mehr als ein weiteres Kind sicher nicht hin, wenn überhaupt!« Sean zuckte zusammen und ich wünschte mir augenblicklich, diese Worte zurücknehmen zu können. »Ich … ich muss hier raus.«

Hastig rutschte ich von seinem Schoß und rannte förmlich aus dem Raum. Ich hörte, dass Sean mir nachrief, doch ich konnte jetzt nicht mit ihm reden. Das vergangene Vierteljahr kam mir mit einem Mal wie ein bittersüßer Traum vor, aus dem ich nun erwacht war.

Dass es so gelaufen war, hatte ich mir selbst zuzuschreiben, weil ich mich an etwas geklammert hatte, das er mir vor knapp zwei Jahren gesagt hatte. Ich war fest davon ausgegangen, dass wir einander reichen würden, um glücklich zu werden, und nun holte mich exakt die eine Sache ein, die für uns den Todesstoß bedeutete.

In der Garage angekommen sprang ich in den Sportwagen, betätigte die Fernbedienung für das Garagentor und drückte auf das Gaspedal, kaum, dass es weit genug oben war. Ich raste förmlich von der Einfahrt, nachdem einer von Raymonds Kollegen mir das Tor zur Straße geöffnet hatte, und bog rechts ab, ohne ein wirkliches Ziel vor Augen. Immer wieder ließen die aufsteigenden Tränen meine Sicht verschwimmen, sodass ich den Wagen schließlich einige Querstraßen von unserem Zuhause entfernt auf den Seitenstreifen lenkte, um nicht noch einen Unfall zu bauen.

Es war nicht so, dass ich kein weiteres Kind mit Sean gewollt hätte. Trotz der Angst davor, dass uns das gleiche, grausame Schicksal ein zweites Mal ereilen könnte, hätte ich ihm mit Freuden noch eine Tochter oder einen Sohn geschenkt, wenn es nach mir ginge. Doch leider hatte das Leben andere Pläne mit mir und mir diese Möglichkeit genommen. Ich konnte ihm seinen Wunsch nicht erfüllen, egal, wie ich es drehte und wendete. Aber dem Umstand, ihm das zu gestehen, fühlte ich mich nicht gewachsen.

Kapitel 28

Skye

Eine Dreiviertelstunde später stoppte ich meinen Wagen vor dem Appartementkomplex, in dem Agnes nach wie vor ihre Wohnung hatte. Ich zog mein Handy aus meiner Hosentasche und schrieb ihr eine kurze Nachricht, in der ich sie fragte, ob sie noch wach sei. Statt einer geschriebenen Antwort klingelte einen Moment darauf mein Telefon und ich nahm das Gespräch an.

»Was ist los, Süße?«, erkundigte sie sich mit einem besorgten Unterton.

»Ich … ich stehe vor deinem Haus … kann ich raufkommen?«, schniefte ich in den Hörer.

»Natürlich«, erwiderte sie schlicht. »Ich bleibe dran, bis du oben bist, okay?«

Ich schluchzte auf und quetschte ein »Ja« hervor, während ich das Fahrzeug verließ, es verriegelte und mich auf den Weg machte.

Eine kurze Fahrstuhlfahrt in ihre Etage war ich kaum vor ihrer Tür angekommen, als sie auch schon aufging. Agnes legte ihr Telefon beiseite, schloss mich in die Arme und zog mich in ihre Wohnung. Sie hielt mich fest, bis ich mich etwas beruhigt hatte, und führte mich danach ins Wohnzimmer. Bei dem Pausenbild auf ihrem Flatscreen musste ich trotz der furchtbaren Situation, in der ich mich derzeit befand, schmunzeln. »Hast du immer noch ein Faible für diese unsäglichen Telenovelas?«, neckte ich sie mit heiserer Stimme und kassierte dafür einen vorwurfsvollen Blick. »Irgendwie habe ich das Gefühl, mein Leben verwandelt sich auch gerade in eine Soap.«

Der Vorwurf wich einem fragenden Ausdruck, gleichzeitig dirigierte sie mich auf ihre gemütliche Couch und nahm neben mir Platz. »Sprich nicht länger in Rätseln, sondern klär mich auf«, forderte sie mich auf und schaltete den Fernseher aus.

Ich räusperte mich mehrmals und schilderte ihr, was zwischen Sean und mir vorgefallen war, ehe ich die Flucht ergriffen hatte. Agnes hörte mir aufmerksam zu und unterbrach mich kein einziges Mal. Kurz, bevor ich zu dem Fakt kam, den ich Sean vorenthalten hatte, hielt ich einen Moment inne.

»Ich verstehe mich selbst nicht, statt ihm die Wahrheit zu sagen, habe ich es noch schlimmer gemacht. Nicht nur, dass ich es ihm die ganze Zeit verschwiegen habe, nein, jetzt habe ich ihn dazu aktiv angelogen und ihm suggeriert, dass ich nach wie vor schwanger werden könnte.«

Agnes' Augen wurden groß und sie griff nach meiner Hand. »Also ist der Umstand, dass er ein Kind möchte, gar nicht das Problem?«, hakte sie nach und ich nickte kläglich.

»Nein, es ist der Fakt, dass ich ihm keine mehr schenken kann. Was vorher schon schwierig war, ist mittlerweile unmöglich«, erklärte ich ihr und wich ihrem Blick aus. »Ich ... vor etwa eineinhalb Jahren fing es zunächst mit diffusen Schmerzen im Unterbauch an. Dabei habe ich mir nichts gedacht und es auf den Trennungsstress und Sternchens Tod geschoben. Irgendwann wurde es immer schlimmer, bis ich die Beschwerden nicht länger ignorieren konnte. Ich bin zum Arzt gegangen, der feststellte, dass ich Zysten an beiden Eierstöcken hatte und bei einem von ihnen aufgrund der Größe bereits eine Stieldrehung erfolgt war.«

Agnes drückte meine Finger, als ich ins Stocken geriet, weil mich die Erinnerungen für einen Augenblick überrollten.

»Ich bin sofort ins nächstgelegene Krankenhaus gekommen und dort noch in derselben Nacht auf dem OP-Tisch gelandet. Man hat die Zysten entfernt und den Eierstock zurückgedreht, aber es war zu spät. Die Blutzufuhr ist zu lange unterbrochen gewesen, sodass er abzusterben begann und schließlich in einer weiteren Operation vollständig entnommen worden ist.« Erneut stiegen mir Tränen in die Augen, doch ich zwang sie zurück, denn ich wollte nicht schon wieder weinen. »Der verbliebene produziert bereits seit Jahren kaum Eizellen, wodurch eine Schwangerschaft faktisch nahezu unmöglich ist. Deswegen war es ja davor so schwierig, mit Mia schwanger zu werden, aber da gab es wenigstens noch einen, der besser funktionierte. Ohne den … tja … du kannst es dir denken, sinken die Chancen praktisch gen null. Die Wahrscheinlichkeit dürfte in etwa dieselbe wie ein Lottogewinn sein«, schloss ich meine Erzählung mit einem sarkastischen Tonfall.

Agnes nahm mich in die Arme und strich mir in kreisenden Bewegungen über den Rücken, um mich zu beruhigen. »Sean weiß das doch, oder? Ich meine, dass die Bedingungen erschwert sind.«

»Das ja, er hat nur eben keine Ahnung, dass ich mittlerweile einen Eierstock entfernt bekommen habe«, entgegnete ich.

Agnes gab mich frei und suchte meinen Blick. »Entschuldige, wenn die Frage jetzt unsensibel und blöd herüberkommt, aber hätte er die OP-Narben nicht sehen müssen? Ihr … ihr schlaft miteinander, und …«

Mit einem freudlosen Lachen unterbrach ich sie. »Die OPs wurden laparoskopisch vorgenommen und mein Bauch ist ohnehin übersät von Schwangerschaftsstreifen, da fallen die mittlerweile blassen, kleinen Operationsnarben nicht auf. Sean untersucht meinen Körper ja nicht akribisch mit einer Lupe und unter seinen Fingerspitzen dürften sie sich kaum anders als die Dehnungsstreifen anfühlen.« Ich kniff die Lider zusammen und rieb mir über das Gesicht. »Wenn ich geahnt hätte, dass er seine Meinung weitere Kinder betreffend geändert hat, dann …«, begann ich, aber meine beste Freundin fiel mir ins Wort.

»Du musst mit ihm reden. Daran führt kein Weg vorbei, Süße«, wandte sie ein und ich schluchzte erneut auf. Die Vorstellung, Sean ein weiteres Mal zu verlieren, weil ich ihm seinen Wunsch nicht erfüllen konnte, brachte mich um. Die Ironie der Situation entging mir nicht. Wie konnte das Schicksal nur so grausam sein? »Sean liebt dich. Ich bin mir sicher, er wird damit klarkommen. Immerhin hat er auch gesagt, er würde ein Nein von dir akzeptieren. Das ist quasi ein Nein.«

Mit tränenverschwommenem Blick sah ich zu ihr. »Und was ist, wenn nicht? Was ist, wenn er unseren Neuanfang deswegen für gescheitert erklärt? Ich meine, er will ein Baby, ich kann ihm keines schenken, das ist eine Rechnung, die nicht aufgeht. Vom Kopf her sagt er, dass er meine Entscheidung respektiert, aber wenn er rückblickend dann bereut, mich nicht verlassen zu haben, was dann?«

Agnes legte einen Arm um mich und ich bettete meinen Kopf auf ihrer Schulter. »Du malst dir hier ein Horrorszenario nach dem anderen aus, aber deine Fragen kann dir letztlich nur er beantworten. Du musst ihm reinen Wein einschenken.« Ich nickte zögerlich, denn sie hatte Recht. Gleichgültig, wie sehr ich es mir wünschte, ich konnte diesem Gespräch nicht aus dem Weg gehen. Am liebsten hätte ich mich für ein paar Tage bei Agnes verkrochen, bis ich mich beruhigt hatte, aber das war meinem Mann gegenüber unfair. Ich wollte nicht, dass er glaubte, ich würde mich ein weiteres Mal aus seinem Leben stehlen, und ich war ihm eine Erklärung für mein Verhalten schuldig. Doch trotz allem hatte ich keine Ahnung, wie ich den Mut aufbringen sollte, das mögliche, neuerliche Ende meiner Ehe einzuleiten.

Kapitel 29

Sean

Erleichtert atmete ich durch, als ich hörte, wie das Garagentor hochging. Skyes Flucht vor mir war Stunden her und ein irrationaler Teil von mir hatte Angst gehabt, dass sie sich so davonstehlen würde, wie sie es vor zwei Jahren getan hatte. Der vernünftige Part in mir war sich des Umstands, dass sich sämtliche ihrer Sachen hier befanden, bewusst, aber dennoch hatte ich die Furcht nicht ganz wegwischen können.

Die Verbindungstür ging und ich hörte, wie sie sich dem Wohnzimmer näherte. Sie erschien im Türrahmen und ein zögerliches Lächeln breitete sich auf ihrem Gesicht aus. Es verbarg allerdings nicht, dass sie geweint hatte, das konnte ich ihr nur zu deutlich ansehen. Mein Magen drehte sich einmal um, weil ich ihr mit dem Anschneiden dieses Themas sicher nicht so hatte zusetzen wollen.

Ich streckte meine Hand nach ihr aus und sie bewegte sich auf mich zu. Als sie bei mir angekommen war, zog ich sie auf den Platz neben mir und musterte sie aufmerksam. »Erzählst du mir jetzt, was vorhin los war und wieso du so panikartig vor mir geflohen bist?«, fragte ich sie leise und verflocht meine Finger mit ihren.

Skye räusperte sich mehrmals, ehe sie zu sprechen begann. »Ich … dein Kinderwunsch hat mich überrumpelt. Ehrlich gesagt habe ich nach allem, was du mir kurz nach Mias Tod an den Kopf geworfen hast, nicht mit einem derartigen

Umschwung gerechnet.« Nicht zum ersten Mal wünschte ich mir, in der Zeit reisen zu können, um zumindest meine schlimmsten verbalen Aussetzer auszumerzen.

»Okay, das verstehe ich, aber … du hast mir nie erzählt, dass du keine weiteren Kinder möchtest. Selbst nach dem Tod unserer Tochter hast du nicht ein einziges Mal davon gesprochen, dass du mit diesem Thema komplett durch bist. Im Gegenteil, ich habe dich ja sogar einige Monate nach Mias Beerdigung einmal mit deiner Mutter darüber sprechen hören, dass du es irgendwann gern nochmal versuchen würdest, wenn wir wieder …« Ich ließ den Satz ins Leere laufen. Ihre Wangen und ihr Dekolleté wurden von hektischen, roten Flecken überzogen, die sie immer bekam, sobald sie etwas nervös machte. Seinerzeit hatte ich sie dafür gehasst und ihr noch stärker zugesetzt, weil ich das Gefühl hatte, sie wolle unsere Tochter einfach ersetzen. Erst viel später hatte ich begriffen, dass dem nicht so gewesen war.

»Ich habe nicht gewusst, dass du das mitbekommen hast«, flüsterte sie und senkte die Lider. »Damals war die Vorstellung furchtbar für mich, dass wir ewig in unserer Trauer um unser Sternchen erstarrt bleiben würden. Ich hatte den albernen Gedanken, dass es uns neuerlicher Nachwuchs leichter machen würde, nach vorn zu schauen und wieder zu leben. Aber ich wollte unser Baby niemals einfach gegen ein anderes eintauschen, falls du so etwas angenommen haben solltest.« Skye kannte mich gut, besser als ich mich manchmal selbst.

»Damals hat es sich so angefühlt«, gab ich zu und drückte ihre Hand fester. »Doch jetzt weiß ich, dass es nicht so war.«

Sie seufzte. »Dennoch … ich … ich … das alles, ich kann das nicht noch einmal. Vor zwei Jahren habe ich gedacht, dass ich … aber heute …«, stammelte sie. »Ich möchte kein Baby mehr, Sean«, setzte sie nach und wich meinem Blick aus.

»Okay … und was verschweigst du mir?«, fragte ich mit einer gewissen Schärfe in der Stimme, die Skye abrupt auf- und zu mir sehen ließ. »Du vergisst, dass ich mehrere Jahre ein Bestandteil deines Lebens war. Mir ist bewusst, wie du tickst und so, wie du dich gerade benimmst, ist mir klar, dass du mir etwas Wichtiges vorenthältst.« Zu meinem Erschrecken füllten sich ihre Augen mit Tränen. »Rede mit mir, bitte«, bat ich sie, denn ich wollte nicht, dass sich ein weiteres Mal eine Kluft zwischen uns auftat. Mein größter Fehler war gewesen, sie auszuschließen und für alles verantwortlich zu machen. Ich würde nicht zulassen, dass sie nun umgekehrt das Gleiche tat und mir nicht sagte, was in ihr vorging.

»Ich … ich kann keine … Kinder mehr … bekommen«, presste sie unter Schluchzern hervor. Ehe ich etwas erwidern konnte, fuhr sie fort und erzählte mir, was in der Zeit nach unserer Trennung geschehen war. Mit jedem Wort, das sie sprach, wurde die Faust, die sich um meinen Magen schloss, enger. Ich konnte nicht fassen, dass wir tatsächlich derart bestraft wurden, nachdem uns das vermutlich Schrecklichste widerfahren war, was Eltern erleben konnten. »Es tut mir so leid, hätte ich gewusst, dass du mittlerweile anders darüber denkst, wäre ich niemals zurückgekehrt, um dich dazu zu bringen, es noch einmal mit mir zu versuchen. Ich … ich kann verstehen, wenn du unseren Neuanfang nun überdenken möchtest.«

Hastig nahm ich ihr Gesicht in meine Hände und lehnte meine Stirn gegen ihre. »Skye … verdammt«, stotterte ich, während die Gedanken in meinem Kopf wild umherwirbelten.

Ich hatte das Gefühl, als wäre meine … unsere Welt ein weiteres Mal zusammengebrochen und ich wollte in diesem Ausnahmezustand nichts sagen, was ich später bereute oder nicht zurücknehmen konnte.

»Ich … ich brauche nur ein wenig Zeit, um all das zu sortieren«, schob ich nach und spürte, wie sie sich verspannte. »Versteh mich bitte nicht falsch, das ist weder ein nein zu dir noch zu uns, ich muss das aber erst einmal für mich selbst klar bekommen. Du hast dich mit diesem Umstand vor Jahren in Ruhe auseinandersetzen können, für mich ist diese Information keine zwei Minuten alt. Ich bin gerade völlig überfordert und ich muss nachdenken.«

»Okay«, wisperte sie und ließ zu, dass ich sie fester in die Arme schloss.

»Wirklich?«, hakte ich nach und spürte, wie sie nickte. Langsam löste ich mich von ihr und drückte einen Kuss auf ihre Stirn. »Du rennst nicht weg, während ich ein wenig frische Luft schnappe und mir Klarheit verschaffe?« Sie nickte ein weiteres Mal. »Versprochen?«, fragte ich, weil mich eine irrationale Angst packte, dass sie tatsächlich fort sein könnte, wenn ich nach Hause zurückkehrte. »Ich möchte keine Wiederholung erleben, Skye, also versprich mir bitte, dass du noch hier bist, wenn ich zurückkomme.«

»Ich verspreche es dir«, entgegnete sie leise und versuchte sich an einem Lächeln, das reichlich schief ausfiel. Ich küsste sie erneut, dieses Mal sanft auf den Mund, ehe ich mich erhob und unser Zuhause verließ, um mir in Ruhe darüber klar zu werden, wie es weitergehen sollte.

Nach kurzem Überlegen entschied ich mich für einen nächtlichen Spaziergang durch unser Viertel und gegen einen Anruf bei Jace. Was ich nun brauchte, war Zeit für mich selbst, um all das Chaos in meinem Inneren zu beseitigen.

Kapitel 30

Skye

Seans Abgang war jetzt eineinhalb Stunden her und ich kurz vorm Durchdrehen. Zwar hatte er mir versichert, dass er nur Zeit zum Nachdenken brauchte, doch wem wollte er etwas vormachen? Ich war nicht die Frau, mit der er seinen Traum von einer Familie ausleben konnte. Die Vorstellung, dass er mich, selbst wenn er sich schließlich für uns entschied, irgendwann dafür hassen würde, ließ mich langsam aber sicher den Verstand verlieren. Ich war überzeugt, dass wir über kurz oder lang Probleme bekommen würden. Sean würde tagtäglich daran erinnert werden, auf was er für mich verzichtete, und ich umgekehrt wusste, was ich ihm durch meinen Egoismus vorenthielt.

Ich liebte Sean über alles und ich wollte, dass er glücklich war. Wenn er das nur ohne mich sein konnte, würde ich ihm nicht im Weg stehen. Um mir etwas zu tun zu geben, begab ich mich nach oben in das Gästezimmer und holte meine Koffer aus dem obersten Fach des großzügigen Kleiderschrankes. Reine Bequemlichkeit hatte mich bisher davon abgehalten, meine Kleidung hinüber in unser gemeinsames Schlafzimmer zu bringen.

Okay, so ganz stimmte das nicht. Sean hatte bislang nichts gesagt und ich war trotz unserer Fortschritte davor zurückgeschreckt, meine Sachen ohne einen Hinweis von ihm hinüberzuschaffen.

Ich breitete die Gepäckstücke auf dem Bett aus und griff anschließend nach dem ersten Stapel Kleidungsstücke. Mein Versprechen Sean gegenüber würde ich nicht brechen. Aber wenn er sich von mir trennte, wollte ich vorbereitet sein und nicht länger als notwendig im Haus verweilen müssen.

Jede weitere Sekunde in seiner Gegenwart würde höllisch werden, darüber war ich mir im Klaren. Also würde es das Beste sein, dass ich es uns so einfach wie möglich machte, indem ich aus seinem Leben verschwand. Bei der Scheidung würde ich ihm keine Steine in den Weg legen und mich mit allem einverstanden erklären, was ihm vorschwebte. Ich war nicht auf sein Geld aus, das hatte mich noch nie interessiert. Abgesehen davon hatte ich meinen Job im *A Dream* … ich erstarrte mitten in der Bewegung, als mir die volle Tragweite dessen bewusst wurde.

Ich konnte nicht in Los Angeles bleiben und dabei zusehen, wie er quasi vor meinen Augen eine Familie mit einer anderen Frau gründete. O Gott. Der Gedanke, dass ich Agnes ein zweites Mal enttäuschen würde, wenn ich ihr großzügiges Angebot ausschlug, schmerzte mich körperlich. Mit einem dicken Kloß in der Kehle sah ich auf meine halbgepackten Koffer und fragte mich, wie es tatsächlich noch einmal so weit hatte kommen können. Wieso gönnte uns das Schicksal scheinbar kein Happy End? Hatten wir nicht ausreichend gelitten? Warum wurden wir so bestraft?

Ich spürte, wie sich meine Augen erneut mit Tränen füllten und wischte mir mit einer energischen Handbewegung über das Gesicht. Geweint hatte ich weiß Gott mehr als genug für ein ganzes Leben, ich wollte nicht schon wieder Schwäche zeigen. *Reiß dich gefälligst zusammen*, herrschte ich mich innerlich an, während ich mich in Bewegung setzte und ein paar Kleider von den Bügeln zerrte, um sie wahllos in einen der Koffer zu werfen.

»Was zur Hölle machst du da?«, ertönte Seans Stimme hinter mir und ich schrie vor Schreck auf.

Langsam drehte ich mich zu ihm herum und wurde noch ein wenig kleiner, als ich ihn mit vor der Brust verschränkten Armen im Türrahmen entdeckte. Er sah wütend, gleichzeitig aber auch enttäuscht aus.

»Ich … ich dachte, ich …«, begann ich, verstummte dann jedoch, da diese verfluchten Tränen wieder versuchten, die Oberhand zu gewinnen.

Seans Blick wurde ein wenig weicher, während er auf mich zukam und nach meiner Hand griff. »Du hast gedacht, du packst schon einmal, weil ich mich mit ziemlicher Sicherheit von dir trennen wollen würde?«, sagte er mir auf den Kopf zu und ich nickte. »Skye«, seufzte er und umfasste mein anderes Handgelenk, hinderte mich so daran, mich von ihm freizumachen und mich abzuwenden.

»Mach es mir doch nicht so schwer«, flehte ich und seine Augen weiteten sich vor Überraschung.

»Ich mache es dir schwer? Du führst dich auf, als hätte ich dir das neuerliche Ende unserer … Beziehung verkündet, nicht du«, wandte er ein und ich stellte meine Bemühungen, von ihm wegzukommen, ein. »Als ich dir gesagt habe, dass meine Bitte um Zeit weder ein nein zu dir noch zu uns ist, habe ich das so gemeint. Fuck, ich war doch gerade mal zwei Stunden weg, hat dir das wirklich schon ausgereicht, um zu glauben, dass wir keine Zukunft haben?!« Sein Tonfall war vorwurfsvoll und mich packte das schlechte Gewissen, weil ich tatsächlich so wenig Vertrauen hatte.

»Du wünschst dir eine Familie und die kann ich dir nun einmal nicht geben«, widersprach ich dennoch trotzig. »Was hätte ich denn deiner Meinung nach tun sollen? Warten, bis du heimkehrst und mich bittest, meine Koffer zu packen und zu verschwinden?« Meine Stimme brach bei den letzten Worten nach oben weg und ich verteufelte mich dafür, dass ich ihm so zeigte, wie es in mir aussah.

Sean packte mich an den Oberarmen und schüttelte mich leicht durch. »Bevor ich weiterrede, eine Frage vorab.« Er sah mich eindringlich an, bis ich nickte. »Hast du dich nur hinter deiner Aussage versteckt, dass du keine Kinder mehr möchtest, oder war das tatsächlich so gemeint?« Seine Stimme war sanft und ich erschauerte, als er mit dem Daumen über meine nackte Haut streichelte.

»Wenn ich könnte, würde ich dir mit Freuden deinen Wunsch nach einem Baby erfüllen, aber verdammt nochmal, Sean, ich kann n...« Weiter kam ich nicht, denn er verschloss meinen Mund mit seinem und küsste mich zärtlich. Völlig verwirrt blinzelte ich und sah zu ihm auf, als er mich wieder freigab.

»Dann habe ich noch eine Frage«, fuhr er mit einem Lächeln fort. »Wie stehst du zu Adoptionen? Es gibt so viele Kinder, die nicht gewollt werden und die auf der Suche nach einem Zuhause sind. Ich möchte noch einmal Vater werden, ja, aber ich muss dazu nicht zwingend auch der biologische Erzeuger sein.«

Mir wurde schwindelig und ich taumelte einen Schritt nach hinten, da er mich mit dieser möglichen Option vollkommen überraschte. Ich hatte bislang tatsächlich keinen Gedanken daran verschwendet, auf diesem Wege Mutter zu werden, weil ich fest davon ausgegangen war, dass ihm die Blutsverwandtschaft wichtig war.

»Meinst du das ernst?«, fragte ich atemlos.

Seans Ausdruck wurde liebevoll. »Das ist mein völliger Ernst. Ich möchte eine Familie … mit dir.« Er trat auf mich zu und legte mir eine Hand an die Wange. »Ich hätte dir schon längst sagen sollen, was ich nach wie vor für dich empfinde, aber ich hatte Angst davor, wie du darauf reagierst.« Langsam beugte er sich zu mir hinunter und strich mit seinem Mund über meinen. »Ich liebe dich … über alles«, raunte er und schlang die Arme um meine Taille. »Sag doch was«, bat er mich, weil ich nichts anderes tat, als ihn anzuschauen.

Endlich kam Leben in mich, ich verschränkte meine Finger in seinem Nacken, stellte mich auf die Zehenspitzen und schmiegte mich so eng wie irgend möglich an ihn. »Ich liebe dich auch«, erwiderte ich sein Geständnis, während ein unglaubliches Glücksgefühl mich durchströmte. »Und ich wünsche mir das Gleiche wie du«, schob ich mit rauer Stimme nach, weil meine Emotionen mich ein weiteres Mal zu überrollen drohten.

Sean verschloss meine Lippen mit seinen und küsste mich leidenschaftlich und voller Liebe. Mein Puls beschleunigte sich, als er mich noch enger an sich presste und der Kuss eine zunehmend erotischere Note bekam. »Morgen schaffen wir deinen Kram dorthin, wo er hingehört … in unser Schlafzimmer … aber jetzt …« Er ließ den Satz ins Leere laufen und versiegelte meinen Mund erneut. »Ich muss dich spüren«, murmelte er zwischen zwei Küssen und hob mich an, um mich in das Zimmer gegenüber zu tragen.

Kapitel 31

Sean

Drüben angekommen stellte ich Skye vor unserem Bett auf die Füße. Dass sie tatsächlich angenommen hatte, ich würde mich von ihr trennen wollen, weil sie keine Kinder mehr bekommen konnte, machte mich nach wie vor ein wenig fassungslos. Es zeigte mir allerdings auch, wie zerbrechlich unser Neuanfang noch war und ich würde alles daran setzen, ihr zu beweisen, wie ernst es mir mit ihr war.

Meiner Meinung nach waren wir füreinander bestimmt.

Wir hatten durch die Hölle gehen müssen, aber wieder zueinander gefunden und ich würde sie kein weiteres Mal verlieren.

»Mach die Augen zu«, befahl ich ihr und sie gehorchte beinahe augenblicklich.

Ich umrundete sie halb und blieb hinter ihr stehen. Langsam trat ich näher, bis ich so dicht an ihr war, dass mein Brustkorb ihren Rücken beim Ausatmen berührte. Mit einer zärtlichen Geste strich ich ihre Haare über ihre Schulter nach vorne und presste meine Lippen auf ihren Hals, direkt auf die Stelle über ihrem rasenden Puls. Skye seufzte leise und lehnte sich gegen mich, als ich einen Arm um ihre Taille legte. Ich biss sanft zu und registrierte, wie sie erschauerte.

»Du riechst so gut«, murmelte ich und streichelte mit dem Mund über ihre Haut, ehe ich sie zwischen die Zähne sog. »Und du schmeckst so gut.« Ich war absolut verrückt nach ihrem Geruch, nach dem Duft ihres Körpers.

Mit keiner Frau vor oder nach ihr war es je so gewesen wie mit ihr. »Sean«, wimmerte sie und keuchte, als ich ein wenig kräftiger zubiss.

Ich griff an das Bündchen ihres Oberteils und zog es ihr über den Kopf, danach öffnete ich den Rückenverschluss ihres BHs. Langsam streifte ich die Träger über ihre Arme nach unten und lauschte dem leisen Rascheln, mit dem er auf den Boden fiel. Mit einer Hand auf ihrem Bauch drückte ich sie fest gegen meinen Körper, während ich mit der anderen ihre Brust knetete und zärtliche Kreise um ihren Nippel zog. Normalerweise bevorzugte ich im Bett ebenso wie meine Frau eine etwas rauere Gangart, doch hier und jetzt wollte ich mir Zeit lassen.

Ich wollte, dass sie fühlte, was ich für sie empfand.

Skye hielt immer wieder den Atem an und bebte in meinen Armen, was mir zeigte, dass ich auf dem richtigen Weg war. Sie wandte mir ihren Kopf zu, hatte die Lider nach wie vor fest geschlossen und ich konnte nicht anders, als sie noch einmal zu küssen. Ein Teil von mir haderte mit sich, weil ich nicht für sie da gewesen war, aber in diesen Sekunden schwor ich mir, dass ich sie nie wieder allein lassen würde.

Ich gab ihre Brust frei und glitt mit beiden Händen hinunter zu ihrer Jeans, um die Knöpfe zu öffnen. Skye stöhnte und rieb ihren Schritt an meinem Hintern, als ich mit einer Hand in ihr Höschen schlüpfte. Sie war feucht und bereit für mich, das fühlte ich, als ich das erste Mal mit den Fingern durch ihre Spalte fuhr. Als ich damit begann, ihre Klit in trägen Kreisen zu verwöhnen, zitterte sie und gab ein lustvolles Stöhnen von sich.

Ich kannte sie in- und auswendig und wusste genau, wie ich sie auf dem schmalen Grat zwischen Erregung und Erlösung halten konnte. Immer wieder massierte ich ihren Kitzler, erhöhte oder verringerte den Druck, um sie langsam aber sicher an den Rand ihres Verstands zu treiben. Skye wand sich unter meinen Bewegungen, wölbte mir ihr Becken entgegen und forderte mich so nonverbal auf, meine Massage zu intensivieren.

»Sean, bitte«, flehte sie und das ließ mich schmutzig grinsen, ehe ich die Hand aus ihrem Slip zog.

Ihr entrüstetes Schnauben brachte mich zum Lachen, änderte jedoch nichts an meinem Vorhaben. Ich wirbelte sie zu mir herum und ging vor ihr in die Knie, um sie von ihrer restlichen Kleidung zu befreien. Nachdem ich das getan hatte, richtete ich mich auf, griff an ihre Hüfte und verringerte den Abstand zwischen uns erneut. Dass ich noch komplett angezogen war, während sie nackt und schutzlos vor mir stand, stellte auf einer primitiven Ebene etwas mit mir an, das ich nicht in Worte fassen konnte.

»Sag mir, was du brauchst«, ordnete ich an und wanderte mit meiner Hand zu ihrem Venushügel. »Sag es«, wiederholte ich und hielt inne.

»Dich«, erwiderte sie schlicht und klammerte sich mit einem Keuchen an mich, als ich meine Finger zwischen ihre Schenkel schob und erneut ihre Klit massierte.

Ich beugte mich zu ihr hinunter und küsste sie in der Sekunde, in der ich mit zwei Fingern in sie glitt. Skye stöhnte erstickt und vertiefte den Kuss.

Mit ihrer Zungenspitze neckte sie meine, zog sich zurück und wiederholte das Spiel augenblicklich. Ein prickelnder Schauer rieselte über meine Wirbelsäule und mein Schwanz war bereits so hart, dass er schmerzte. Ein Teil von mir wollte am liebsten sofort über sie herfallen, doch ich ermahnte mich zur Geduld. Heute ging es nicht nur um die Erfüllung unserer Lust, nein, es war so viel mehr als das und ich wollte, dass sie das spürte.

Ich nahm ein wenig das Tempo heraus und musste schmunzeln, weil sie einen frustrierten Ton von sich gab, ehe sie mich noch verlangender küsste und sich gleichzeitig an den Knöpfen meines Hemdes zu schaffen machte. Skye löste sich von meinen Lippen und presste ihren Mund auf meine Brust, kaum, dass ich das Oberteil losgeworden war. Ich zischte, als sie zubiss und anschließend mit einem frechen Grinsen zu mir aufsah.

»Ich hätte nichts dagegen, wenn du ein, zwei Gänge hochschaltest, Sean«, hauchte sie und fuhr mit ihrer Hand tiefer. Sie massierte die Wölbung in meiner Hose und ließ mich währenddessen nicht für eine Sekunde aus den Augen. »Bitte … lass mich nicht länger schmoren«, bettelte sie und ich war versucht, zu kapitulieren. Doch die Vorstellung, sie erst zu nehmen, wenn sie buchstäblich verrückt vor Lust war, hatte ebenfalls ihren Reiz.

»Keine Chance … das hier läuft nach meinen Regeln oder gar nicht«, konterte ich und hob provokant eine Augenbraue.

Skye zog eine Schnute, konnte ein Lächeln aber nicht gänzlich unterdrücken. »Okay«, gab sie nach und stöhnte verzückt, als ich einen dritten Finger hinzunahm und den Rhythmus, in dem ich in sie eindrang, wieder erhöhte.

»Weise Entscheidung«, neckte ich sie und verstärkte den Druck auf ihrer Perle. Ihre inneren Muskeln schlossen sich zunehmend fester um meine Finger und ich wusste, dass sie kurz davor war. Beherzt griff ich mit der freien Hand an ihren Hintern und massierte ihre Pobacke, während ich noch schneller in sie stieß. Als ich meinen Handballen noch kräftiger gegen ihren Kitzler presste, verlor Skye sich endgültig in ihrer Lust und kam. Ihr gesamter Körper zitterte und sie stellte sich auf die Zehenspitzen. Sie schien ihren Höhepunkt richtiggehend zu durchleiden, was meine eigene Gier auf sie nur noch stärker anfachte. Immer wieder stammelte sie meinen Namen und bewegte sich auf meiner Hand, als würde sie sie reiten, ein Umstand, der mich schließlich aufgeben ließ. Unmöglich, dass ich das hier noch länger hinauszögerte.

»Ich muss jetzt in dir sein«, raunte ich, zog meine Finger aus ihr zurück und dirigierte sie nach hinten, bis sie mit den Kniekehlen gegen unser Bett stieß. Ich schubste sie sanft auf die Matratze und entledigte mich in Rekordgeschwindigkeit meiner restlichen Kleidung.

Skye rückte ein wenig nach oben, um mir Platz zu schaffen, und öffnete ihre Schenkel für mich. Ihre Scham glänzte rosafeucht und die Vorstellung, sie gleich um meinen Schwanz zu fühlen, ließ mich aufstöhnen. Ich kroch zu ihr auf das Bett, begrub sie mit meinem Körper unter mir und stahl ihr einen weiteren sinnlichen Kuss. Mein Schaft drückte gegen ihr Geschlecht und ich spürte, wie Skye ihr Becken hob. Eigentlich hatte ich mir noch mehr Zeit nehmen und sie ausgiebig verwöhnen wollen, doch das musste warten. Wir hatten die ganze Nacht und ich brauchte sie jetzt.

Mit einer fließenden Bewegung glitt ich bis zum Anschlag in sie. Sie bäumte sich unter mir auf und hieß mich mit einem Stöhnen meines Namens, das mir durch Mark und Bein ging, willkommen. In diesen Sekunden fühlte ich mich ihr so nah wie nie zuvor. Es war, als hätten wir die allerletzten Hürden beiseite geräumt und würden uns endlich zu einhundert

Prozent aufeinander einlassen. Ich nahm einen langsamen, kräftigen Takt auf, der mir alles abverlangte. Sie so zu spüren, war unglaublich, ich konnte einfach nicht genug von ihr bekommen. Wer behauptete, Sex brauche keine Liebe, der hatte meiner Meinung nach noch nie erfahren, wie es war, mit jemandem zu schlafen, der einem alles bedeutete.

Skye passte sich meinen Bewegungen an, kam mir bei jedem Stoß entgegen und das Geräusch unserer aufeinanderklatschenden Körper erfüllte den Raum. Ich griff nach ihrer Hand, verschränkte meine Finger mit ihren und verbarg den Kopf an ihrer Halsbeuge. Ihr rasch gehender Atem streifte über meine Schulter und das jagte einen weiteren heftigen Schauer über meine Wirbelsäule.

»Ich … werde … dich … nie … wieder … gehen … lassen«, flüsterte ich an ihrem Ohr und fühlte, wie sie unter mir zitterte. »Ich liebe dich«, schob ich nach, wollte, dass sie es noch einmal hörte und verstand.

Skye wimmerte unter mir, als ich etwas schneller als zuvor in sie stieß. Ihre inneren Wände umschlossen meinen Schwanz so eng wie eine Faust und ich war kurz davor, die Kontrolle zu verlieren. Ich glitt mit einer Hand zwischen uns und sie seufzte hingebungsvoll, als ich ihre Klit zu massieren begann. Ihr Körper fing zu beben an und sie zog sich noch fester um mich zusammen, ehe sie mit einem Stöhnen meines Namens losließ. Ich folgte ihr nach zwei, drei weiteren Stößen und verharrte tief in ihr. Zu fühlen, wie sie ihren Höhepunkt erreichte, war jedes Mal wieder unfassbar. Ich liebte es, wenn sie sich völlig fallen ließ und mir ihr Vertrauen schenkte.

Unser beider Atem ging hastig und es dauerte eine geraume Weile, bis wir uns beruhigt hatten. Nach wie vor mit ihr verbunden küsste ich sie und zog die Decke über unsere erhitzten und von einem feinen Schweißfilm bedeckten Körper. Ihr in den Minuten nach dem eigentlichen Akt noch so nah zu sein, war ein unbeschreibliches Gefühl.

Irgendwann zog ich mich aus ihr zurück, ließ mich zur Seite fallen und nahm sie in meine Arme. Skye kuschelte sich mit einem erschöpft und zufrieden klingenden Laut an mich, den ich mit einem Kuss auf ihren Scheitel quittierte. Mit kreisenden Bewegungen streichelte ich ihren Rücken und dachte über die vergangenen Stunden nach.

Dieser Abend hatte uns einiges abverlangt, er hatte unsere Beziehung zueinander meinem Eindruck nach aber auch auf eine neue Ebene gehoben. Wir hatten uns den Schwierigkeiten gestellt und waren nicht vor ihnen davongelaufen. Mehr noch, wir hatten eine Lösung gefunden, mit der wir beide zufrieden waren.

Mir gefiel die Vorstellung, einem ungewollten Baby ein Zuhause zu bieten, in dem es sich geborgen und geliebt fühlen würde. Dazu musste ich nicht sein biologischer Vater sein, so schön es auch gewesen war, sich auf Mia zu freuen und Skyes Bauch wachsen zu sehen.

Ich lächelte beim Gedanken an unsere Tochter, die sich über ein Geschwisterchen, ob leiblich oder nicht, sicherlich sehr gefreut hätte. Der Umstand, dass ich an unser Sternenbaby denken und gleichzeitig lächeln konnte, erfüllte mich zum ersten Mal nicht mit Schuldgefühlen. Es war schön, mich ohne all diese negativen Emotionen in mir an sie zu erinnern.

Kapitel 32

Skye

Unsere Entscheidung füreinander und für den Weg der Adoption war eine knappe Woche her. Sean und ich hatten unseren ersten Termin bei unserer Wunsch-Adoptionsagentur hinter uns gebracht und waren mit einer Flut von Informationen und Voraussetzungen überschwemmt worden, die wir zu erfüllen hatten. Naturgemäß war die Warteliste gerade für Babys entsprechend lang, aber die Agenturchefin war dennoch guter Dinge. Sean hatte mir beim Verlassen der Agentur zugeraunt, dass er die Dollarzeichen in ihren Augen förmlich hatte sehen können. Widersprechen konnte ich meinem Mann da leider nicht, denn ich hatte die Gier in ihrem Blick ebenso wahrgenommen.

Unser Verlust war damals weltweit durch die Presse gegangen und natürlich war ihr bewusst, was unser Wunsch nach einem weiteren Kind bedeutete. Sie hatte nicht hinterfragt, warum wir adoptierten und nicht versuchten, noch einmal schwanger zu werden.

»Was meinst du, wie unsere Familien und Freunde darauf reagieren werden?«, drang Seans Stimme in meine Überlegungen und ich konzentrierte mich auf meinen Ehemann, der auf der anderen Seite des Küchentresens stand und mich forschend musterte.

»Sie werden sich bestimmt für uns freuen. Agnes ist jedenfalls überglücklich, obwohl das im Zweifelsfall bedeutet, dass ich kurzfristig im *A Dream* und beim Catering ausfalle. Je nachdem, wie schnell es letztlich nach den Formalitäten mit der Adoption geht.« Sämtliche meiner Bedenken hatte sie weggewischt und gemeint, dass wir das alles schon hinbekommen würden. Daneben gab es schließlich noch Ruben, der die Küche die letzten zwei Jahre auch ohne mich geführt hatte. Zwar waren die Besucherzahlen mit Mrs. Beaufort in der Küche nun deutlich andere als früher, aber die Message zählte: Wir würden für alles eine Lösung finden.

Ein Lächeln breitete sich auf Seans Gesicht aus, während er den Tresen umrundete, zu mir kam und mich in eine Umarmung zog. »Es fühlt sich nach wie vor ein wenig unwirklich an«, raunte er mir zu und drückte mir einen Kuss auf den Mundwinkel. »Sowohl das hier mit dir als auch der Gedanke, dass wir schon bald wieder eine Familie sein werden«, ergänzte er und atmete tief durch.

»Es ist ein bisschen beängstigend, oder?«, erwiderte ich und schlang meine Arme um seine Taille. »Manchmal wird mir schwindelig, wenn ich überlege, wie schnell sich mein Leben im letzten Vierteljahr verändert hat. Eben war ich noch in Denver und nun bin ich in Los Angeles … mit dir.« Automatisch musste ich an Sidney denken, mit der ich vor zwei Tagen telefoniert hatte.

Neben Agnes war sie meine engste Vertraute und hatte mir in einer besonders schwierigen Zeit meines Lebens beigestanden. Als ich ihr erzählt hatte, dass wir planten, ein weiteres Mal Eltern zu werden, hatte sie einen Jubelschrei ausgestoßen, der mich beinahe taub werden hatte lassen.

Sean küsste mich erneut und ich stieß ein genießerisches Seufzen aus. Jeder einzelne Tag machte mir bewusst, wie sehr er sich seit meiner Ankunft verändert und geöffnet hatte. Bei unserer allerersten Begegnung hatte ich diesen Funken seines alten Ichs in ihm wahrgenommen, doch erst jetzt hatte ich das einhundertprozentige Gefühl, meinen Mann wiederbekommen zu haben.

»Deckst du den Tisch?«, bat ich ihn und löste mich schweren Herzens von ihm, um mich um das Risotto mit Meeresfrüchten zu kümmern, das ich für uns und unsere Gäste kochte. Bis auf Aaron, der nach wie vor drehte, und Agnes, die heute gemeinsam mit ihrem Freund bei seinen Eltern eingeladen war, würden alle kommen.

Ich schmeckte das Risotto ab, während Sean den Esstisch im Wohnzimmer eindeckte und anschließend mehrere Flaschen Wein aus dem Keller holte. Er kehrte zu mir in die Küche zurück und stellte sich hinter mich. Als er die Hand ausstreckte, um seinen Finger in unser Essen zu tunken, schlug ich ihm auf den Handrücken.

»Pfoten weg, Mister«, schimpfte ich mit einem Lachen. »Wenn du unbedingt probieren möchtest, nimm einen Löffel wie jeder halbwegs zivilisierte Mensch.«

Ehe er etwas entgegnen konnte, verkündete die Klingel das Eintreffen unserer ersten Gäste.

Eineinhalb Stunden später saßen wir alle pappsatt um den Esstisch herum. Bisher hatte es noch keine Gelegenheit gegeben, den Grund unserer Einladung zu erläutern. Ben gab eine Geschichte vom Set eines Werbespots für ein angesagtes Männer-Parfum zum Besten. Alle bis auf Marissa, die sich ausgiebig mit ihrem Smartphone beschäftigte, lauschten ihm aufmerksam. Mein Blick traf auf den von Seans kleiner

Schwester und ich lächelte sie aufmunternd an, als sie mit den Augen rollte.

Ben und sie hatten ihr Kriegsbeil zwar offiziell begraben, doch von einer entspannten Stimmung zwischen ihnen konnte nach wie vor nicht die Rede sein. Aber Sean und ich hatten beschlossen, uns nicht einzumischen, wir vertrauten darauf, dass die Zeit das erledigen würde. Zwischendurch beschlichen mich da leise Zweifel, insbesondere, wenn ich Marissa dabei erwischte, wie sie Seans Freund anschmachtete, sobald sie sich unbeobachtet glaubte. Irgendwann würde sie sicherlich jemand anderes kennenlernen und über Ben hinwegkommen. Im Grunde war ja nicht einmal wirklich etwas zwischen ihnen gelaufen. Zumindest hoffte ich, dass das die ganze Geschichte war.

»Warum habt ihr uns denn nun herbestellt?«, fragte mein Vater mich mit einem neugierigen Gesichtsausdruck und lenkte so meine Gedanken weg von Seans Schwester und Ben. »Natürlich freue ich mich über eine Einladung zum Essen, gar keine Frage, aber ihr habt so vehement darauf bestanden, dass wir alle kommen müssen. Da steckt doch was dahinter, oder?«, hakte er weiter nach.

Meine Mom und Patrick gaben zustimmende Laute von sich, und auch Jace, Ben und Marissa musterten uns.

»Nun rückt schon raus mit der Sprache«, forderte Marissa uns schließlich auf. »Wollt ihr etwa euer Ehegelübde erneuern?« Ihre Augen begannen zu leuchten, während ich schmunzeln musste. Die Idee gefiel mir durchaus, obwohl sie mir bislang nicht in den Sinn gekommen war.

»Nein, daran haben wir nicht gedacht«, antwortete Sean und räusperte sich mehrmals. Ich konnte allerdings sehen, dass die Bemerkung seiner kleinen Schwester an ihm nagte. »Wir möchten …« Er stockte und sah zu mir, als wolle er mir das Wort überlassen.

»… noch einmal Eltern werden«, vervollständigte ich seinen Satz. »Wir denken darüber nach, ein Baby zu adoptieren.«

Auf die Mienen unserer Familie und Freunde stahl sich ein verwirrter Gesichtsausdruck, den ich nur zu gut nachempfinden konnte. Keiner von ihnen wusste bislang von meiner zwischenzeitlichen Erkrankung sowie ihren Folgen und es irritierte sie sicherlich, dass wir kein weiteres Mal selbst schwanger werden wollten.

»Hat es damit zu tun, wie lange es gedauert hat, bis du mit Mia in anderen Umständen warst?«, fragte meine Mutter. »Verstehe mich bitte nicht falsch, ich bin nicht gegen eine Adoption, ich wundere mich nur«, setzte sie hastig nach.

Ich schüttelte mit dem Kopf. »Nein, das ist es nicht«, erwiderte ich und erklärte ihr und dem Rest der Anwesenden danach, was zu unserer Entscheidung geführt hatte. »Die Wahrscheinlichkeit, dass ich auf natürlichem Wege schwanger werde, tendiert praktisch gen null und es gibt so viele Babys, die nicht gewollt wurden und die ein Zuhause suchen«, schloss ich meine Erläuterungen ab. »Und an diesem Punkt kommt ihr ins Spiel, denn die Adoptionsagentur möchte unter anderem mit unserer Familie und unseren Freunden sprechen, um sich ein Bild von uns zu machen.«

Sean hatte währenddessen meine Hand ergriffen und drückte meine Finger nun fest. »Mom und Dad wissen schon Bescheid, sie lassen uns eine schriftliche Erklärung zukommen«, wandte er sich an Marissa. Ihre Eltern lebten bereits seit einigen Jahren nicht mehr in Los Angeles, kamen aber regelmäßig zu Besuch.

»Wir würden uns freuen, wenn ihr uns in unserem Vorhaben unterstützt.«

»Tickst du noch ganz sauber?!«, platzte es aus Jace heraus, der meinen Mann ansah, als könne er nicht glauben, was dieser gerade von sich gegeben hatte. »*Natürlich* unterstützen wir euch. Denkst du ernsthaft, dass auch nur einer der hier Anwesenden euch nicht dabei helfen würde?! Wir werden Mühe haben, nicht mit dem Lob zu übertreiben, damit die Agentur unsere Empfehlungsschreiben auch ernst nimmt!« Er erhob sich, kam zu uns und umarmte erst mich, ehe er Sean auf die Schulter klopfte.

Die anderen standen nun ebenfalls auf, um uns zu drücken und uns zu versichern, dass sie alles tun würden, um uns bei unseren Adoptionsplänen beizustehen. Die nächste Stunde verbrachten wir damit, unzählige Fragen über die Agentur und ihre Vorgehensweise zu beantworten. Irgendwann gingen wir hinüber ins Wohnzimmer und machten es uns dort bequem. Glücklich schmiegte ich mich an meinen Mann, dankbar für die Menschen in unserem Leben, die uns so vorbehaltlos zur Seite standen.

Kapitel 33

Skye

Ungläubig starrte ich auf die Schlagzeile auf der Titelseite der Tageszeitung.

Hollywood-Star Sean Beaufort und seine Frau denken über eine Adoption nach!

Die reißerische Überschrift sorgte dafür, dass sich mein Magen zusammenzog. Doch was es noch schlimmer machte, war der Inhalt des Artikels. Dass unser Adoptionswunsch nicht ewig ein Geheimnis bleiben würde, damit hatten wir im Grunde gerechnet. Dem Pressebericht merkte man an, dass sein Autor keine Details wusste, er erging sich in drei Absätzen in wilden Spekulationen und schrieb zum Schluss, dass eine Stellungnahme unsererseits bis Redaktionsschluss nicht vorgelegen hätte. Ich verzog verärgert das Gesicht, meines Wissens nach hatte es keinerlei Anfragen an Sean gegeben. Die Information schien zumindest nicht aus unserem unmittelbaren Umfeld durchgesickert zu sein.

Die Verbindungstür zur Garage ging auf und ich hörte Schritte, die sich hastig der Küche näherten. Sean war Joggen gewesen und hatte vermutlich noch gar nichts von dem schrecklichen Presseartikel mitbekommen. Als er jedoch im Türrahmen auftauchte und ich seinen düsteren Gesichtsausdruck sah, wurde ich eines Besseren belehrt.

»Woher …«, fing ich an, doch er unterbrach mich.

»Harrison hat mich angerufen.« Mit drei schnellen Schritten war er bei mir und zog mich in die Arme. »Sie wissen gar nichts, sollen sie spekulieren und ihren Dreck über uns ausschütten«, murmelte er an meinem Haar und presste mich eng an sich. »Dieser Artikel ist furchtbar, aber sie haben nichts in der Hand. Vielleicht hat uns irgendein Idiot beim Verlassen der Agentur gesehen und die Chance gewittert, diese Information zu Geld zu machen«, überlegte er.

Ich lehnte mich zurück, suchte seinen Blick und sah ihn zweifelnd an. »Hätte dieser Idiot dann nicht sein Handy gezückt und ein schlechtes, grobkörniges Foto von uns gemacht?«, gab ich zu bedenken.

»So oder so, sie haben keine Infos und es hat entgegen der Behauptung des Reporters keine Anfrage bei Harrison gegeben. Er kümmert sich gerade darum. So ärgerlich es auch ist, dass die Katze so früh aus dem Sack ist, sie wissen keine privaten Details«, versicherte er mir und nahm mein Gesicht in seine Hände. »Der Artikel ändert nichts, wir werden adoptieren. Erinnere dich an die Worte der Agenturchefin. Die Gespräche mit unseren Freunden und deiner Familie sowie das Empfehlungsschreiben, das meine Eltern uns ausgestellt haben, waren durchweg positiv.«

Ich zwang mich zur Ruhe und atmete mehrmals tief ein und aus. »Du hast ja Recht, wir werden trotzdem adoptieren.« So sehr ich mich bemühte, zu glauben, dass uns dieser Bericht nicht schaden würde, es gelang mir nicht vollends. Er stellte uns in eine Reihe mit diversen Stars, die Kinder aus dem Ausland adoptiert hatten und bezichtigte die Agentur und uns, dass wir uns ein Kind quasi kaufen wollten. Dass sie nicht nur uns ins Visier nahmen, machte mich so nervös. Sean lächelte und drückte mir einen Kuss auf die Stirn.

»Morgen ist das hier schon Schnee von gestern«, erwiderte er, umfasste mein Handgelenk und zog mich mit sich. »Ich muss dringend duschen und du siehst aus, als könntest du ebenfalls ein wenig Ablenkung vertragen.«

Ich schmunzelte. »Ablenkung, hm?«, neckte ich ihn und ließ mich die Treppen hinauf mitziehen. Mein Mann lag sicherlich richtig, morgen würde sich niemand mehr für diese Schlagzeile interessieren, klammerte ich mich nun doch an diesen Strohhalm. Er hatte im Gegensatz zu mir ständig mit Journalisten zu tun und wusste es garantiert besser als ich.

Eineinhalb Wochen später mussten wir uns eingestehen, dass das Gegenteil der Fall war. Die Presse überschlug sich förmlich, indem sie jedes hässliche Detail von Mias Tod bis hin zum Ende unserer Ehe noch einmal durchkaute, immer wieder garniert mit Infos über unsere aktuellen Pläne und wilden Spekulationen. Irgendein besonders findiger Aasgeier hatte uns tatsächlich abgelichtet, während wir die Adoptionsagentur nach einem letzten Zwischengespräch verlassen hatten. Das Foto geisterte seit Tagen durch sämtliche Social-Media-Netzwerke, Fernsehberichte und Zeitungsartikel. Allmählich nagte die ständige Präsenz der Presse an meiner Substanz.

Nicht einmal vor dem *A Dream* machten sie Halt, selbst dort lauerten sie mir auf, um mir Fragen entgegenzubrüllen. Sie reservierten unter falschem Namen Tische und versuchten so, an ein Interview mit mir zu kommen. Agnes hatte schließlich kapituliert und vorübergehend Security eingestellt, die sich um diese Gäste kümmerte. Nur, bis die Lage sich wieder beruhigte, hatte sie mir versichert, doch allmählich hatte ich Zweifel, dass das jemals eintreten würde.

Nach wie vor wurden wir dafür angeprangert, nun ein *fertiges Kind kaufen zu wollen*, wie der letzte Bericht feststellte. Etwas, von dem sich unsere Agentur stets distanzierte, obwohl ich ihr nur bedingt glaubte. Zwar hätte die Chefin mit Sicherheit auch ohne dieses Drama kein Geld genommen, aber wir sollten unter Garantie das Gesicht ihrer Agentur werden. Die prominente Bilderbuch-Erfolgsgeschichte der Adoption.

Ich saß am Küchentisch und nippte lustlos an meinem Kaffee, während ich auf Sean wartete, der einen frühen Besprechungstermin mit seinem Manager Harrison und der Produktionsfirma seines nächsten Films hatte. Die Tageszeitung lag zusammengerollt vor mir und ich traute mich nicht, sie aufzuschlagen, aus Angst davor, was heute über uns geschrieben werden würde. Wie respektlos sie mit unserem Privatleben umgingen, sollte mich eigentlich nicht mehr schockieren, schließlich hatte ich auch in früheren Jahren reichlich Erfahrung sammeln können. Dennoch tat es weh, zu lesen, dass sie nicht einmal vor unserem toten Kind halt machten.

Zögerlich rollte ich die Zeitung schlussendlich doch auf und erstarrte mitten in der Bewegung, als ich die Schlagzeile entdeckte.

Deshalb wird die überzeugte Adoptionsgegnerin schwach: Skye Beaufort ist praktisch unfruchtbar!

Mir wurde gleichzeitig heiß und kalt, während ich den Artikel las. Nicht nur, dass sie über unsere Pläne Bescheid wussten. Nein, mittlerweile hatten sie auch genaueste Informationen über die Beweggründe, die uns letztlich zu diesem Schritt bewogen hatten. Absatzweise ließ sich der Autor des Zeitungsartikels über meine Erkrankung, die Entfernung meiner Zysten sowie des gesunden Eierstocks aus. Der Pressegeier zitierte eine *sichere Quelle aus dem näheren Umfeld des wiedervereinten Paars, die anonym bleiben wollte*, und mein Magen schmerzte. Die Vorstellung, dass jemand aus unserem engsten Vertrautenkreis uns verraten und meine Krankheitsgeschichte inklusive aller Schwierigkeiten, die wir zuvor bis zu meiner Schwangerschaft mit Mia hatten, verkauft hatte, tat unglaublich weh.

Doch da das anscheinend nicht genug Interesse weckte, legte man mir Aussagen über das Thema Adoption in den Mund, die ich nie von mir gegeben hatte. Bis zu unserer Entscheidung war so etwas für mich nicht in Frage gekommen, das stimmte, aber nur, weil ich es gar nicht für mich auf dem Schirm hatte. Meine Meinung dazu war noch nie negativ gewesen.

Dass Sean nach Hause zurückgekehrt war, nahm ich erst bewusst wahr, als ich die Verbindungstür zur Garage gehen hörte. Er betrat die Küche und seiner Miene konnte ich ansehen, dass er den neuesten Bericht bereits kannte. Tränen stiegen mir in die Augen, als er seine Arme ausbreitete. Ich erhob mich und flüchtete in seine Umarmung, aufschluchzend klammerte ich mich an seine Brust und ließ all den Druck, der sich in den letzten anderthalb Wochen in mir angesammelt hatte, hinaus.

»Wir finden heraus, wer das war, und dann bringe ich ihn oder sie eigenhändig um«, zischte er an meinem Ohr, während er mich an sich presste.

»Es … ich verstehe das nicht … sie schreiben, es sei eine Person aus unserem näheren Umfeld gewesen, aber ich kann mir nicht vorstellen, dass uns das jemand aus unserer Familie oder von unseren Freunden antun würde. Sie haben doch mitbekommen, wie sehr wir unter den Artikeln leiden, ich will nicht glauben, dass einer von ihnen dazu fähig ist«, gab ich mit einem zweifelnden Unterton zurück. »Vielleicht war es eine Mitarbeiterin der Adoptionsagentur.«

»Die fliegen hochkant und müssen horrende Vertragsstrafen zahlen, wenn man ihnen auf die Schliche kommt, was früher oder später immer der Fall ist«, wandte Sean ein. »Außerdem haben wir die Agentur nicht über unsere Beweggründe für eine Adoption in Kenntnis gesetzt«, erinnerte er mich mit sanfter Stimme.

»Du hast recht …«, gestand ich ein, gleichzeitig überlegte ich fieberhaft, wer es dann gewesen sein könnte.

Es widerstrebte mir, unseren Freunden und unserer Familie derart zu misstrauen, doch keine andere Erklärung war logisch. Die Klinik, in der ich damals den Eingriff hatte vornehmen lassen, sowie die Frauenärztin, bei der ich zuvor wegen der Zysten in Behandlung gewesen war, hatten keine Veranlassung. Wären diese Informationen erst nach und nach aufgetaucht, aber so?

»Harrison hat mir einen Privatdetektiv empfohlen und ich denke, ich werde ihn engagieren, um herauszufinden, wer uns das antut«, grollte mein Mann und lehnte sich ein wenig zurück, um meinen Blick zu suchen. »Skye, mir widerstrebt das genauso wie dir. Ich habe sicherlich kein Vergnügen daran, unserer Verwandtschaft und unseren Freunden hinterherzuspionieren. Doch ich sehe keine andere Möglichkeit, wie wir herausbekommen sollen, wer die Ratte ist, die uns so mies hintergeht.« Er schloss einen Moment die Lider. »Bei dem

Gedanken, dass es tatsächlich jemand sein könnte, der uns nahesteht, wird mir übel.«

Das musste er mir nicht sagen, denn mir ging es nicht anders. Bei der Vorstellung, dass es wirklich ein Freund oder Verwandter war, der uns das antat, wollte ich mich nur noch zusammenrollen und weinen. Bislang hätte ich für jeden Menschen in unserem näheren Umfeld die Hand ins Feuer gelegt. Doch die nicht enden wollenden Schlagzeilen der vergangenen neun Tage und die immer detaillierteren Häppchen, die nach und nach durchgesickert waren, hatten mein Vertrauen ziemlich angeschlagen.

Alles, was ich mir nun noch wünschte, war, dass dieser Albtraum endlich aufhörte.

Kapitel 34

Sean

Unter Blaine Wright Blick fühlte ich mich unbehaglich, und das passierte mir nur noch selten. Harrison hatte mir nicht zu viel versprochen, was den Privatdetektiv anging, den er mir empfohlen hatte. Der Mann mir gegenüber war, soweit ich das beurteilen konnte, knapp einen Meter neunzig groß, hatte einen muskulösen Körperbau und stechend graue Augen. Sein dunkelbraunes Haar trug er militärisch kurz und eine markante Narbe an seiner rechten Schläfe weckte meine Neugierde.

Laut meines Managers war er bei einer Spezialeinheit der Polizei von Los Angeles gewesen, bevor er wegen Differenzen *gegangen worden war*. Eine nette Umschreibung für Probleme mit der internen Revision oder anderes Fehlverhalten, vermutete ich.

Mehr hatte Harrison mir auch auf genauere Nachfrage nicht verraten wollen. Er hatte mir lediglich versichert, dass ich mir keine Sorgen zu machen brauchte. Seit seinem Rauswurf arbeitete Wright als Privatermittler und wenn ich der Auskunft meines Agenten vertraute, war er der Beste, den diese Stadt zu bieten hatte.

Skye neben mir knetete nervös ihre Finger, bis ich schließlich ihre Hand mit meiner bedeckte. Ich hasste, was die Presseberichte der letzten vierzehn Tage mit ihr angestellt hatten. Jedes Mal, wenn wir das Haus verließen, sah sie sich mit einem gehetzten Gesichtsausdruck um. Hinzu kam, dass uns die

Chefin der Adoptionsagentur hinhielt und mehr als einmal fest vereinbarte Gesprächstermine kurzfristig abgesagt hatte. Zwar hatten wir sie auf einen neuerlichen Termin morgen früh festnageln können, doch mein Bauchgefühl war mies. Obwohl Skye und ich nicht viel darüber sprachen, hatten wir beide den Eindruck, dass die Agentur im Begriff war, einen Rückzieher zu machen.

»Benötigen Sie noch weitere Infos?«, fragte ich den Privatdetektiv, der daraufhin den Kopf leicht schief legte und zwischen Skye und mir hin und her sah.

»Nein, im Grunde haben Sie mich bereits mit allen notwendigen Details versorgt«, gab er zurück, fixierte dabei jedoch nicht mich, sondern meine Ehefrau. »Mrs. Beaufort?«, sprach er sie an und Skye fuhr zusammen. »Ich weiß aus eigener Erfahrung, wie zermürbend der Kampf mit der Presse sein kann. Halten Sie noch ein wenig durch, ich versichere, dass ich Ihnen den oder die Verräterin liefern werde.«

Sie nickte zögerlich. »Danke, Mr. Wright«, murmelte sie leise und meine Kehle wurde eng, weil ich sie so nicht kannte.

So still und in sich gekehrt hatte ich sie zuletzt direkt nach Mias Tod erlebt, und das machte mir Sorge. Unbändige Wut auf den- oder diejenige, die unsere Story an die Presse verkauft hatte, erfasste mich ein weiteres Mal. Hatten wir nach alldem nicht endlich ein wenig Frieden verdient?

Der Detektiv griff nach seiner Lederjacke, die er neben sich auf der Lehne abgelegt hatte, und erhob sich. Skye und ich standen ebenfalls auf und geleiteten ihn zur Haustür. Dort angekommen drehte er sich noch einmal um und wandte sich zunächst an meine Frau.

Er reichte ihr die Hand und sah sie eindringlich an.

»Ich werde mich so schnell wie möglich mit ersten Ergebnissen bei Ihnen melden«, versicherte er ihr, löste sich von ihr und ergriff meine Hand. »Mr. Beaufort.«

Danach verließ er unser Heim und hielt auf ein schweres Motorrad zu, das am Ende der Auffahrt stand. »War ja klar«, murmelte ich und Skye warf mir einen irritierten Seitenblick zu. »Geheimnisvolle Vergangenheit, leicht düster-unheimliche Aura und jetzt noch der typische Bad-Boy-Untersatz.«

Das erste Mal seit Tagen hörte ich sie herzlich lachen. »Bist du etwa eifersüchtig auf Blaine Wright?«, fragte sie mich mit einem amüsierten Unterton und kicherte, als ich entschieden mit dem Kopf schüttelte.

»Sicher nicht. Sexuelle Signale hat der Typ keine ausgesandt, denn hätte ich den Eindruck gehabt, dass er scharf auf dich ist, dann wäre aus seinem Auftrag nichts geworden.«

Ich schloss die Haustür und folgte Skye zurück in das Wohnzimmer. »Selbst wenn, dazu gehören immer noch zwei, und mein Interesse gilt einzig und allein einem Mann … dir«, konterte sie mit einem Schmunzeln und ließ sich von mir in die Arme nehmen. Ich war so erleichtert, sie endlich wieder fröhlich und nicht vollkommen bedrückt zu erleben, dass ich nur ungern das Thema wechseln mochte, doch mir blieb nichts anderes übrig.

»Wir müssen mit unseren Freunden und Familien reden.« Auch wenn wir den Privatdetektiv beauftragt hatten und es nur noch eine Frage der Zeit war, bis wir wussten, wer uns hintergangen hatte, wollte ich mit ihnen sprechen. Ich wollte ihnen ins Gesicht sehen und nach Anzeichen für eine Lüge suchen. Dass ich überhaupt annahm, dass tatsächlich einer von ihnen dazu fähig war, setzte mir schwer zu.

»Ich weiß«, seufzte Skye. »Mit Agnes habe ich bereits gesprochen. Zwar war ich mir schon vorher sicher, dass sie die Information nicht geleakt hat, doch ihre Reaktion hat mich dann endgültig überzeugt. Zunächst war sie verletzt und zornig, anschließend hatte sie allerdings Verständnis für unsere Lage. Patrick habe ich angerufen, auch da gab es keine Überraschungen. Er ist erschüttert gewesen, dass ich ihm so eine Frage überhaupt stelle, konnte aber letztlich verstehen, warum ich es tue. Bevor du etwas sagst, ich muss ihn nicht sehen, um zu wissen, wann er lügt und wann nicht.«

»Schon klar, selbst ich würde erkennen, wann er flunkert«, erwiderte ich mit einem leichten Lächeln, nachdem ich mich zurückgelehnt und ihren Blick gesucht hatte. »Unsere Eltern sind ebenfalls raus aus der Nummer, bleiben noch Jace, Ben, Aaron und Marissa.« Für einen Moment hielt ich inne und kniff die Lider zusammen. »Ich kann nicht glauben, dass es jemand von ihnen gewesen sein soll.«

Skye legte mir ihre Hände an die Wangen. »Vielleicht warten wir einfach ab, was Wright herausfindet? Ich meine, wenn er so gut ist, wie Harrison sagt, müssen wir es uns nicht mit all unseren Freunden verscherzen, indem wir ihnen offen misstrauen. Jace ist dein Bruder, er würde dir so etwas sicher nicht antun, und ich kann mir das weder von Ben noch von Aaron vorstellen. Ganz zu schweigen von Marissa. Möglich wäre zum Beispiel auch, dass es bloß ein grässliches Versehen war … vielleicht ist jemand von ihnen gehackt worden, hat einen Trojaner auf dem Laptop oder Handy und das Empfehlungsschreiben wurde geleakt. Es muss kein Vorsatz gewesen sein, Sean, das ist mir nach den Gesprächen mit Agnes und Patrick klargeworden. Wir sind nur automatisch davon ausgegangen, weil die Informationen, die der Presse zugespielt wurden, so genau waren.«

Ich fuhr mir mit der Hand über das Gesicht. »Das ist mir mittlerweile ebenfalls schon durch den Kopf gegangen. Im Grunde hoffe ich auf so etwas, sofern man in so einer Situation davon sprechen kann, aber dennoch … wir müssen meiner Meinung nach mit ihnen reden. Jace und Ben holen Aaron nachher vom Flughafen ab und kommen anschließend vorbei. Mit Marissa unterhalte ich mich morgen nach unserem Agenturtermin«, erklärte ich ihr. Aaron hatte ein paar drehfreie Tage und wollte diese in Los Angeles verbringen.

Skye sank in sich zusammen. »Ich hasse dieses Gefühl«, wisperte sie. »Diesen Eindruck, keinem mehr vertrauen zu können«, setzte sie leise nach und bettete ihren Kopf auf meiner Brust.

»Mir kannst du vertrauen«, raunte ich, während ich mein Kinn auf ihrem Scheitel abstützte. »Immer.«

Kapitel 35

Sean

»Bist du jetzt völlig übergeschnappt?!«, blaffte Jace mich an, während Ben und Aaron mich bloß scheinbar sprachlos anstarrten. »Glaubst du ernsthaft, jemand von uns hätte diese Informationen an die Presse weitergegeben?!«

Ich hatte versucht, die drei so sachlich wie möglich in Kenntnis zu setzen und zu fragen, doch trotzdem lief diese Unterhaltung schief und in eine Richtung, in die ich nicht gewollt hatte. Wäre es eventuell klüger gewesen, das Gespräch mit der Info einzuleiten, dass ich einen Privatermittler beauftragt hatte, sie alle zu überprüfen? Ich hatte mich entschieden, diesen Teil zunächst für mich zu behalten, um unsere Freundschaft nicht noch mehr zu belasten, nun allerdings überlegte ich, ob das ein Fehler war. »Jace, das habe ich nicht sagen wollen. Wir unterstellen niemandem von euch etwas, aber so detailliert, wie die Artikel mittlerweile sind, kommt die Quelle definitiv aus unserem näheren Umfeld. Das muss jedoch nicht bedeuten, dass einer von euch wissentlich den Pressegeiern in die Hände gespielt hat.«

»Wir verdienen mit jedem unserer Filmprojekte Unsummen, was hätten wir, deine abstruse Theorie mal weitergesponnen, davon, eure Geschichte zu leaken? Des Geldes wegen würde das sicher niemand von uns machen und keiner unserer Namen wurde in dem Zusammenhang irgendwie positiv hervorgehoben. Für die Publicity kann es also auch nicht gewesen sein.

Spinnt man diesen Gedanken weiter, haben wir es aus persönlichen Motiven getan, um Skye und dir eins reinzuwürgen … was mich wieder zu dem Warum führt«, konterte Jace aufgebracht. »Jetzt, wo du es sagst, ich bin gleich nach Verkündung eurer Pläne bei meiner bevorzugten Klatschreporterin gewesen, um sie mit Details zu füttern«, ätzte er. »Die nervt mich sowieso seit Wochen wegen eines Interview-Termins, da habe ich mir gedacht, ich verschachere eure Geschichte an sie, sodass sie Ruhe gibt und ich nichts über mich erzählen muss.«

Ich wurde hellhörig, dass ihm eine Journalistin so hartnäckig am Arsch klebte, war mir neu. Dass er uns nicht an sie verkauft hatte, wäre mir auch ohne seinen sarkastischen Unterton klar gewesen. Einmal mehr bereute ich, dass ich dieses Thema überhaupt angeschnitten hatte. Hatte ich unserem Verhältnis dadurch soeben einen ernsthaften Knacks verpasst?

Gerade Jace, der nie dauerhaft in einer Familie angekommen und bis zu seiner Volljährigkeit durch unzählige Pflegefamilien und Heime gereicht worden war, würde sich eher den rechten Arm abhacken, als uns an die Presse zu verraten. Er hatte sich immer gewünscht, eines Tages adoptiert zu werden, letztlich hatte das jedoch nie geklappt.

»Ich komme aus diesem System, darf ich dich daran erinnern?! Wer, wenn nicht ich, freut sich für jedes Kind, das nicht durch diese Hölle gehen muss, sondern die Chance auf ein echtes Zuhause hat?!«, drang seine Stimme in meine Gedankengänge.

»Verdammt Jace, ich habe es gerade eben schon gesagt, aber ich wiederhole mich gern ein weiteres Mal, weder Skye noch ich unterstellen euch *Vorsatz*! Wir nehmen viel eher an, dass einer von euch vielleicht gehackt worden ist, sich einen

Trojaner eingefangen hat, oder …« Ich ließ meine Worte ins Leere laufen. »Die Infos sind erst durchgesickert, nachdem wir mit euch gesprochen, euch eingeweiht haben und ihr die Gespräche mit der Adoptionsagentur geführt sowie die Empfehlungsschreiben verfasst habt.«

»Ich sage es ja nur ungern, weil mich die Art, wie du die Unterhaltung eingeleitet hast, ärgert und ich Jace' Reaktion verstehen kann. Doch ich schiebe das auf die belastende Situation, in der ihr euch befindet«, warf Ben ein. »Du könntest Recht haben … wir alle sind Profis und wissen, wie schnell so etwas geschehen kann.«

Aaron nickte zustimmend und auch Jace schien sich allmählich zu beruhigen.

»Können wir uns darauf einigen, dass es niemand von uns wissentlich gewesen ist und einfach wieder Freunde sein?«, fragte Aaron. »Wer weiß, vielleicht hat ja irgendwer von uns tatsächlich ne Wanze oder so. Dann wissen wir bald Bescheid. Sehen wir es optimistisch, machen einen Haken dran und kümmern uns darum, das mögliche Leck zu finden. Wie wollen wir vorgehen?«

»Ich glaube nicht, dass ich das so schnell abhaken kann«, gab Ben zu bedenken und ich musste lachen, obwohl es so unpassend war. Mein Kumpel hatte viele, positive Charaktereigenschaften, nachtragend zu sein war allerdings einer seiner eher negativen Wesenszüge.

Ein letztes Mal überlegte ich, ob ich sie einweihen sollte, was das Engagement des Privatdetektivs anging, doch dann entschied ich mich dafür. Mein Bauchgefühl sagte mir, dass die drei loyale Freunde … mehr noch *Familie* waren und sie ebenso für mich durchs Feuer gehen würden, wie ich für sie.

Ich holte tief Luft und weihte sie in knappen Worten ein. Jace nickte bloß, Ben und Aaron hingegen klappten die Kinnladen hinunter.

»Ehrlich, ich möchte nicht in eurer Haut stecken«, murmelte Aaron. »Es muss ein furchtbares Gefühl sein, einen Schnüffler loszujagen, damit er euren Familien und Freunden hinterherspioniert.«

Ich seufzte. »Ist es … ich bin heilfroh, wenn sich bestätigt, was wir derzeit vermuten. Das macht das Ganze nicht weniger beschissen, aber wenn es ein Hack oder irgendetwas in der Art war, heißt das für Skye und mich zumindest, dass wir keine absoluten Nieten in Sachen Menschenkenntnis sind.«

»Hoffen wir, dein Privatschnüffler sorgt dafür, dass das Leck gestopft wird. Das ist in unser aller Interesse, schließlich will niemand von uns, dass sein Privatleben in die Öffentlichkeit gezerrt wird, richtig?« Ben sah von einem zum anderen und wir nickten. »Außerdem werden wir alle dann entlastet und auch das letzte bisschen Misstrauen wäre damit weg. Bevor das jetzt jemand falsch versteht, ich traue keinem von uns zu, dass er etwas Derartiges absichtlich täte. Doch ich kann ebenso nachvollziehen, dass das an Skye und dir nagt und ihr Klarheit haben wollt … haben *müsst*.«

»Mir gefällt der Gedanke, dass ich einen Privatdetektiv auf euch angesetzt habe, genauso wenig wie euch, aber letztlich ist es zu was gut, wie Ben schon sagt. Sollte jemand von euch ein Sicherheitsleck gleich welcher Art haben, wird es so aufgedeckt.«

»Könnte es nicht auch eine Krankenschwester oder ein Arzt aus dem Krankenhaus gewesen sein, in dem Skye operiert worden ist?«, hakte Jace nun ruhiger nach. »Ich meine, vielleicht hat einer der dort Angestellten seine Chance gewittert, nachdem das mit der Adoption bekanntgeworden ist? Vom zeitlichen Ablauf her würde das passen.«

Ich hob die Schultern. Im Grunde hatte er nicht Unrecht, aber selbst damit blieb die Frage offen, wer unseren Adoptionswunsch verraten hatte. Die Agenturchefin hatte jeden Verdacht ihre Mitarbeiter betreffend entrüstet zurückgewiesen und mich an die hohen Vertragsstrafen für den Fall des Zuwiderhandelns erinnert. Das Gleiche hatte ich Skye gegenüber ebenfalls eingewandt, als sie mit diesem Gedanken gekommen war.

»Hoffen wir einfach, dass er die Wahrheit herausfindet«, verteidigte ich mich und seufzte geräuschvoll. »Mir setzt der Mist ja schon zu, aber Skye …« Ich ließ den Satz ins Leere laufen. Die Drei nickten und betretenes Schweigen breitete sich für einen Moment zwischen uns aus.

»Wo ist deine bessere Hälfte überhaupt?«, erkundigte sich Jace.

»Bei Agnes. Frauenabend«, erwiderte ich. Dass sie aus dem Haus ging, wenn es auch nur für einen Besuch bei ihrer besten Freundin war, hatte mich erleichtert. Die Tage zuvor hatte sie sich, von ihrer Arbeit im Restaurant mal abgesehen, komplett eingeigelt. Ich wollte gerade etwas nachsetzen, als mein Handy in meiner Hosentasche zu vibrieren begann. Hastig zog ich es hervor und runzelte die Stirn, als ich die Nummer des Privatdetektivs sah. »Mr. Wright«, begrüßte ich ihn, nachdem ich das Gespräch entgegengenommen hatte.

»Mr. Beaufort, ich denke, ich habe die Ratte in Ihrem Umfeld gefunden. Es war definitiv Vorsatz, dafür ist Geld geflossen«, verkündete der Detektiv leicht atemlos.

Ich stieß einen überraschten Laut aus. »So schnell?«, fragte ich nach und hörte ihn leise lachen. Harrison hatte mir versichert, dass er gut war, aber so gut?

»Manchmal spielt uns das Schicksal in die Hände. Jemand im Pressebereich war mir noch einen Gefallen schuldig, und den habe ich eingefordert.« Einen Moment lang war es still in der Leitung. »Möchten Sie die Information vorab am Telefon, oder soll ich Sie und Ihre Frau aufsuchen?«

»Skye ist nicht zu Hause, ich wäre Ihnen von daher dankbar, wenn Sie mir den Namen der Schlange jetzt nennen.« Jace, Ben und Aaron starrten mich an, während ich Blaine Wrights Ausführungen lauschte. Mit jedem Wort, das er sprach, wurde mir übler.

Ich war mir ziemlich sicher, dass diese Enthüllung Skye tief verletzen würde und mir grauste schon davor, sie von diesem Umstand in Kenntnis zu setzen.

Kapitel 36

Skye

Es klingelte mehrere Male, bis das Gespräch endlich angenommen wurde. »Hier ist Alice, meine Mom kann gerade nicht ans Telefon kommen«, ertönte eine kindliche Stimme, die mich kurz die Lider schließen und scharf einatmen ließ.

»Alice, Süße, hier ist Skye«, meldete ich mich mit einigen Sekunden Verzögerung. »Wo ist deine Mom denn?«, erkundigte ich mich.

»Nur im Badezimmer, sie föhnt sich die Haare, aber ich hole sie mal schnell, ja?« Ehe ich etwas erwidern konnte, hatte die Kleine das Mobilteil mit einem Knall vermutlich auf den Couchtisch gelegt und rief nach ihrer Mutter. »Mommy? Da ist Telefon für dich! Tante Skye!«

Es dauerte eine Weile, dann ertönte ein Rascheln und schlussendlich hörte ich Sidneys Stimme. »Skye, wie schön. Wie geht es dir? Ist bei euch endlich ein wenig Ruhe eingekehrt?«, erkundigte meine ehemalige Nachbarin sich mit einem besorgten Tonfall.

»Warum?«, ignorierte ich sie und stellte die eine Gegenfrage, die mir förmlich unter den Fingernägeln brannte. Meine Betonung machte jede Nachfrage ihrerseits unnötig. Sie wusste, dass ich es wusste.

Am anderen Ende der Leitung wurde es still. Totenstill.

Für einen Augenblick lang war ich mir sicher, dass sie einfach aufgelegt hatte, doch dann hörte ich sie zitternd einatmen.

»Wieso hast du das getan?«, wiederholte ich meine Frage und knetete die Tischdecke vor mir. »Du hast gewusst, was du mir damit antust, Sidney. Wie die Presse sich auf mich, auf *uns* stürzen wird. Ich bin nicht nur eine im Grunde gesichtslose Fremde für dich gewesen, wir waren Freundinnen und du hast mich verkauft! Nicht nur das, du hast mich einer Horde Wölfe zum Fraß vorgeworfen, denn dir war klar, was sie aus den Infos machen würden«, wurde ich lauter. »Ich wollte Sean zunächst nicht glauben, als er mich von den Ermittlungsergebnissen unseres Privatdetektivs in Kenntnis gesetzt hat, weil ich mir nicht vorstellen konnte, dass du tatsächlich dazu fähig bist.«

»Ich … du … ich …«, stotterte sie und verstummte schließlich. »Du weißt nicht, wie es ist, wenn man quasi am Existenzminimum lebt … und dann seinen Job verliert … mit einem Mal nicht länger krankenversichert ist«, schluchzte sie in das Telefon. »Früher oder später hätten sie es doch eh herausbekommen … das mit der Adoption … und in dem Fall hätte die Presse sowieso in deiner Krankengeschichte herumgegraben«, verteidigte sie sich und Wut griff nach mir.

Ich hatte Sean gebeten, mich allein zu lassen, aber in diesen Sekunden wünschte ich mir, er wäre bei mir geblieben.

»Du hättest mich um Hilfe bitten können, statt mich zu verkaufen«, konterte ich und Sidney lachte höhnisch.

»Das hättest du gern gehabt, hm? Die kleine, arme Sidney, die die Ehefrau des großen Hollywood-Stars Sean Beaufort um Almosen anbettelt. Du, die immer alles bekommen hat, was sie sich gewünscht hat und sich in ihrer Rolle als Heilige so gut gefällt!«, ätzte sie in den Hörer.

Fassungslos schüttelte ich mit dem Kopf, denn ich erkannte die Frau, die mir in Denver eine Freundin gewesen war, nicht wieder. Sie wusste um unseren grausamen Verlust, wusste, wie heftig ich unter der Trennung von Sean gelitten hatte und glaubte nun tatsächlich, ich säße auf der Sonnenseite des Lebens.

»Ist dir überhaupt klar, wie sehr du uns geschadet hast? Was du uns angetan hast? Sean und ich sind nach dem Tod unserer Tochter durch die Hölle gegangen, was dir durchaus bewusst war, und du hast mich … uns ohne mit der Wimper zu zucken an den Meistbietenden verschachert. Wie viel mussten sie dir zahlen, damit dir unsere Freundschaft nichts mehr wert war?!«, herrschte ich sie an.

»Ich bin eine alleinerziehende Frau mit einem kleinen Kind, ich kann mir diesen Luxus der Loyalität nicht leisten. In deiner Welt mag das ja vielleicht so funktionieren, aber in meiner nicht. Skye, dir muss doch klar gewesen sein, dass deine Krankheitsgeschichte früher oder später bekannt wird. Glaubst du nicht, dass sie das ohnehin hinterfragt hätten, wenn ihr adoptiert?« Die Unverfrorenheit, mit der sie praktisch jede Eigenverantwortung abgab, weil es ja sowieso herausgekommen wäre, machte mich sprachlos.

»Vielleicht hätten sie das, vielleicht aber auch nicht … das werden wir wohl nie erfahren. Dass du tatsächlich denkst, das würde dein Handeln entschuldigen, kann ich nicht glauben«, entgegnete ich und hörte erneut dieses höhnische Lachen, das ich von Sidney nicht kannte. Wie hatte ich mich in ihr bloß so täuschen können?

»Du hast bis ans Ende deiner Tage ausgesorgt, deine Tätigkeit in diesem Restaurant ist doch völlig überflüssig. Dein Mann stinkt vor Geld, wenn ich mich allein zurückerinnere, was für eine horrende Gage er für seinen letzten Streifen bekommen hat … und jetzt kommst du daher und urteilst über mich? Du hast keine Ahnung von meinem Leben, du hast lediglich einen Ausflug zu uns einfachen Leuten unternommen, bevor du wieder in …«

»Das hier hat keinen Sinn«, unterbrach ich sie. »Ich hoffe, du wirst glücklich mit dem, was du an uns verdient hast. Möge Karma über dich richten und falls es das tut, heul bloß nicht rum. Wenn deine Tochter irgendwann erfährt, was ihre Mutter für eine Person ist und ihre Konsequenzen daraus zieht, möchte ich nicht in deiner Haut stecken. Oder aber sie kommt nach dir und hintergeht dich. Schiebt dich ab. Lässt dich fallen, wenn du sie am nötigsten brauchst. Dann hättest du bekommen, was du verdienst. Leb wohl, Sidney.« Mit diesen Worten beendete ich das Gespräch, ohne überhaupt auf eine Erwiderung ihrerseits zu warten.

Ich ließ das Telefon auf den Tisch fallen und verbarg das Gesicht in meinen Händen. Einerseits war ich erleichtert, dass wir endlich wussten, wer hinter alldem steckte. Andererseits nagte die bittere Erkenntnis an mir, dass meine ehemalige Nachbarin ein völlig anderer Mensch zu sein schien.

Eine Hand auf meiner Schulter ließ mich zusammenfahren, doch einen Moment später stieg mir Seans männlicher Geruch in die Nase und augenblicklich beruhigte ich mich. »Alles okay?«, fragte er mich und ich schüttelte zögerlich mit dem Kopf. Die Enttäuschung über Sidney würde mich noch eine Weile begleiten, daran konnte ich nicht rütteln.

»Aber das wird wieder«, gab ich schließlich leise zurück und legte meine Finger auf Seans. »Wir müssen los, oder?«

»Wenn wir pünktlich bei der Adoptionsagentur eintreffen wollen, ja.«

Er beugte sich zu mir hinunter und drückte mir einen Kuss auf die Wange. »Es tut mir so leid, Skye«, murmelte er.

»Ich weiß … ich bin einfach nur froh, dass wir nun wissen, aus welcher Ecke der Verrat kam.« Dass es eine Frau war, der ich mein gesamtes Schicksal anvertraut hatte und für die ich bis gestern die Hand ins Feuer gelegt hätte, erschütterte mich.

Doch letztlich würde nun sicher alles gut werden, an diese Hoffnung klammerte ich mich.

In der Agentur angekommen wurden wir direkt in das Besprechungszimmer geführt, in dem wir auch unseren allerersten Termin mit Mrs. Keaton wahrgenommen hatten. Angespannt nahm ich neben Sean an dem großen Konferenztisch Platz. Kaum, dass wir uns gesetzt hatten, ging die Tür erneut auf und die Betreiberin der Adoptionsagentur betrat den Raum.

»Mrs. Beaufort, Mr. Beaufort«, begrüßte sie uns, schüttelte uns die Hand und ließ sich auf den Stuhl uns gegenüber fallen. Angelegentlich blätterte sie in unserer Akte und vermied es, uns anzusehen. »Die letzten Wochen hat sich alles ein wenig überschlagen, hm?«, wandte sie sich schließlich an uns, ohne überhaupt von ihren Unterlagen aufzublicken.

Ihr blondes Haar trug sie in einer akkuraten Hochsteckfrisur, ihr anthrazitfarbenes Kostüm saß wie maßgeschneidert und aus dem Ausschnitt lugte die Spitze eines schwarzen Tops hervor.

Wieso zum Teufel konzentrierte ich mich auf derartige Nebensächlichkeiten?

»In der Tat«, entgegnete Sean, ehe er sie von den neuesten Entwicklungen in Kenntnis setzte. »Ich kann Ihnen versichern, dass die Berichterstattung in der Presse damit ihr Ende gefunden haben dürfte. Die Informationsquelle ist versiegt«, schloss er seinen Bericht ab.

Mrs. Keaton rang sich ein kühles Lächeln ab. »Mr. Beaufort, wir wissen beide, dass es deswegen noch lange nicht vorbei ist. Es wird immer wieder irgendjemanden geben, der für genügend Geld bereit ist, seine Seele dem Teufel zu verkaufen.« Sie seufzte geräuschvoll, lehnte sich in ihrem Stuhl zurück und schlug die Beine übereinander. »So begeistert wir anfangs von Ihnen als adoptionswilliges Paar waren, muss ich …«, fing sie an, doch ich unterbrach sie.

»Waren?«, nagelte ich sie fest und sie wand sich auf ihrem Platz. »Soll das etwa heißen, Sie ziehen uns nicht länger für eine Adoptionsvermittlung in Erwägung?« Meine Stimme klang seltsam schrill und durch meinen Kopf hämmerte nur ein einziger Satz.

Wir würden kein Baby bekommen.

Die Konsequenz, die ich so gefürchtet und die mein Mann mir ausgeredet hatte, als der Presserummel losging, trat nun tatsächlich ein. Sean hatte in den vergangenen Tagen angesichts des Rückzugs unserer bevorzugten Agentur bereits Kontakt zu anderen Vermittlern aufgenommen, doch diese hatten sich aufgrund der Berichte in der Presse bedeckt gehalten.

»So leid es mir tut, aber unsere Klientel schätzt vor allem eins: unsere Diskretion. Auch wir sind durch Sie in die Schlagzeilen geraten und haben allein wegen dieses Umstands schon mehrere Paare verloren. Niemand möchte mit einer Agentur arbeiten, die man darstellt, als würden sie Kinder wie Ware an den Meistbietenden verhökern.« Ich wusste, wie gut die Adoptionsagentur sich eine erfolgreiche Vermittlung bezahlen ließ und um was für Summen es da in etwa ging.

»Wie viel wollen Sie?«, klinkte sich Sean wieder in das Gespräch ein.

Mrs. Keatons Lächeln wurde mitleidig. »Mr. Beaufort, das ist keine Frage des Geldes. Der Imageschaden für unsere Agentur, sollten wir weiter für Sie tätig sein, ist kaum abzusehen. Wer weiß schon, welche Leichen Sie noch im Keller haben?«, machte sie einen schlechten Scherz, der mich nach Luft schnappen ließ.

»Dann zählen all die positiven Empfehlungen durch unsere Freunde und Verwandten also gar nichts? Es interessiert Sie nicht, dass wir einem Kind ein liebevolles, sicheres Zuhause voller Geborgenheit bieten können?« Fassungslos starrte ich die Frau mir gegenüber an. »Am Anfang unserer Gespräche haben Sie uns gesagt, dass unser Prominentenstatus kein Problem sei, im Gegenteil.«

Ihr Lächeln wurde noch eine Spur aufgesetzter. »Damals habe ich derartige Komplikationen auch nicht erwartet, Mrs. Beaufort«, schoss sie mit unverhohlener Schärfe in der Stimme zurück. »Wären Sie gleich ehrlich zu mir gewesen, dann …«

»Was hat mein Fruchtbarkeitsstatus damit zu tun, ob ich einem Adoptivkind eine gute Mutter sein kann oder nicht?! Was sagen die Berichte in der Presse darüber aus, ob Sean und ich liebevolle Eltern sind?! Was …« Seans Hand auf meinem Unterarm ließ mich innehalten.

»Lass uns gehen, das hier führt zu nichts … oder irre ich da, Mrs. Keaton?« Er klang kühl, gefasst, aber ich wusste, dass es unter seiner ruhigen Oberfläche brodelte.

»Es tut mir leid, Mr. Beaufort, ich hätte Ihnen gerne positivere Neuigkeiten mitgeteilt, doch aufgrund der aktuellen Lage sehen wir uns außerstande, weiter mit Ihnen zusammenzuarbeiten.«

Sprachlos blickte ich sie an und bekam nur am Rande mit, dass Sean meinen Unterarm umfasste und mich in eine stehende Position zog. Wie durch einen Nebelschleier verfolgte ich, wie er sich von ihr verabschiedete. Mechanisch schüttelte auch ich ihr die Hand und ließ mich anschließend von meinem Mann zunächst aus dem Raum und danach aus dem Gebäude, in dem die Agentur ihren Sitz hatte, führen.

Draußen angekommen dirigierte Sean mich mit sanftem Druck zu unserem Wagen, half mir beim Einsteigen und nahm dann selbst auf dem Fahrersitz Platz. Er umrahmte mein Gesicht mit den Händen und zwang mich so dazu, ihn anzusehen.

»Ich war so dumm, tatsächlich zu glauben, dass nun endlich alles gut werden würde«, stammelte ich und schluckte die Tränen der Enttäuschung, die in mir emporsteigen wollten, wieder hinunter. »Sean, ich … es tut mir so leid.« Ich fühlte mich unglaublich schuldig.

Ohne meine Freundschaft zu Sidney wäre uns unser Wunsch nach einer Adoption vermutlich niemals in dieser Form um die Ohren geflogen.

Hätte ich mein Vertrauen nicht der völlig falschen Person geschenkt, wären wir wahrscheinlich binnen weniger Monate erneut Eltern gewesen.

Seans Hände glitten von meinem Gesicht zu meinen Schultern. Er schüttelte mich leicht und das riss mich für einen Augenblick aus meiner Gedankenspirale. »Das hier ist nicht das Ende, das verspreche ich dir. Wir haben andere Möglichkeiten«, redete er auf mich ein, in meinem Kopf jedoch war nach wie vor nur ein Gedanke. Er sprach weiter, doch was auch immer er sagte, es kam nicht bei mir an, denn in mir überschlug sich gerade alles. Unser Wunschtraum von einer Familie war geplatzt. Wieder einmal.

Sean würde bei mir bleiben, daran hatte ich keinen Zweifel.

Aber konnte ich mit dem Bewusstsein, dass ich es war, die ihm wieder und wieder bei der Erfüllung seines Traums im Wege stand, wirklich leben?

Kapitel 37

Sean

Unser Termin bei Mrs. Keaton war eine gute Woche her. Bei dem bloßen Gedanken an diese Frau kroch die Wut erneut in mir empor. Noch immer regte es mich auf, wie sie während unseres Treffens mit uns gesprochen hatte. Zu meinem Leidwesen hatte sie allerdings Recht. Ich hatte es hinter Skyes Rücken weiter bei anderen Agenturen versucht, doch überall die gleiche, ablehnende Antwort erhalten. Solange wir auf eine derartige Art und Weise im Fokus der Öffentlichkeit standen und die Mütter unseres potentiellen zukünftigen Kindes fürchten mussten, ebenfalls in einem Zeitungsartikel oder Fernsehbericht zu landen, hatten wir keine Chance. Von dem Verlust anderer adoptionswilliger Paare, die derartige Schlagzeilen ebenfalls nicht wollten, ganz zu schweigen.

»Erde an Sean«, holte die Stimme von Jace mich aus meinem Gedanken. »Hast du mir überhaupt zugehört, oder hast du nichts von dem, was ich in den letzten zwei Minuten gesagt habe, mitbekommen?«

Zerknirscht schüttelte ich mit dem Kopf. »Sorry … fang noch mal von vorn an«, forderte ich ihn auf.

»Habt ihr mal überlegt, euch an die staatliche Fürsorge zu wenden?« Jace machte eine abwehrende Handbewegung, als ich etwas erwidern wollte. »Ich weiß, ihr wünscht euch ein Baby, und das dürfte darüber noch schwieriger werden, als über Adoptionsvermittler, aber bevor du meinen Vorschlag abschmetterst … alternativ könntet ihr jemandem wie mir ein sicheres Zuhause geben. Also jemandem wie mir in Mini-Format.« Zum Ende hin war seine Stimme immer leiser geworden.

Ich wusste, wie schwer es ihm fiel, über diesen Teil seiner Vergangenheit zu reden. Jace war wortwörtlich durch die Hölle gegangen und hatte so viel beschissenes Zeug erlebt, dass es für mehrere Leben reichte.

»Ihr müsstet euch nicht sofort endgültig entscheiden, der normale Gang der Dinge ist, dass ihr, nachdem die alles geprüft haben, eine Pflegelizenz bekommt.«

Nachdenklich legte ich den Kopf schief. »Du meinst, wir wären dann erst einmal nur Pflegeeltern für unser potentielles Kind?«

Jace nickte. »Genau. Beide Seiten haben Zeit, um sich zu beschnuppern. Die Fürsorge prüft regelmäßig, ob es ihrem Schützling bei euch gut geht, und ihr könnt herausfinden, ob ihr zueinander passt. Ob ihr euch vorstellen könnt, euer Pflegekind zu adoptieren, oder ob ihr es lieber bei dem Status quo belasst. Das Pflegekind ebenso … wobei ich mir kein Kind vorstellen kann, dass freiwillig zurück ins System möchte, wenn es die Chance auf Eltern wie euch hat.«

Je länger er sprach, desto aufgeschlossener stand ich dem Gedanken gegenüber. Es war verrückt, dass ich trotz meiner eigenen Geschichte mit Jace als Pflegebruder nicht selbst darauf gekommen war.

»Ich will dir keine Märchengeschichte auftischen, du weißt, welche Päckchen die meisten dieser Kinder mit sich herumtragen, gerade wenn sie schon älter und eine Weile im System sind. Das wird alles andere als ein Spaziergang und ihr werdet so manches Mal an eure Grenzen geraten und den Wunsch verspüren, die Sache zu beenden.« Er verstummte und ich wusste, dass er ebenso wie ich daran dachte, wie es ihm letztlich bei uns ergangen war. »Hör auf, so schuldbewusst aus der Wäsche zu schauen, ich bin kein Unschuldslamm. Ich war alt genug, um es besser zu wissen, als ich zu euch kam und ich mache deinen Eltern da keinen Vorwurf. Sie haben ihr Bestes getan, aber ich bin damals einfach schon zu verkorkst gewesen … durch zu viele Hände gegangen … Sie kamen zu spät. Kommt vor.«

Seine Stimme verlor sich und ich beschloss, nichts mehr dazu zu sagen, obwohl ich mich nach wie vor schuldig fühlte.

»Ich würde dir das gar nicht vorschlagen, wenn ich nicht überzeugt davon wäre, dass Skye und du in der Lage seid, damit klarzukommen. Das klingt jetzt vielleicht unglaublich unsensibel, aber ich hoffe, du verstehst mich richtig. Ihr beide habt selbst die Hölle erlebt, wenn nicht ihr, wer kann dann nachvollziehen, was in diesen Kindern vorgeht? Ich bin mir sicher, ihr seid stark genug, um auch das zu überstehen … und ihr habt verdammt noch mal verdient, Eltern zu sein. So hart die Arbeit anfangs vielleicht auch sein mag, danach habt ihr ein Kind, das euch vergöttert und liebt. Aber ihr müsst eben unter Beweis stellen, es ernst zu meinen.«

Ich hatte Jace nur selten so leidenschaftlich für etwas brennen sehen wie in diesen Augenblicken. Dass wir zumindest darüber nachdachten, diesen Weg zu gehen, lag ihm am Herzen, das konnte ich ihm deutlich ansehen. Unter seiner rauen, abgeklärten Schale steckte ein weicher Kern, zu dem er nur wenigen Menschen jemals Zugang gewährt hatte. Manchmal fragte ich mich, ob es über Marissa und mich hinaus überhaupt jemanden gab, dem er sich anvertraute. Existierte auch nur eine Person, die wirklich wusste, was Jace durchlitten hatte und wie es in ihm aussah? Selbst ich war mir nicht sicher, ob er meiner Schwester und mir tatsächlich alles erzählt hatte.

»Ich werde erst mit Skye sprechen müssen, ich bin mir nicht schlüssig, ob sie nach den Rückschlägen der letzten Wochen dazu bereit ist, das neuerliche Risiko einer Enttäuschung einzugehen«, erklärte ich und er nickte verständnisvoll.

»Das kann ich nachvollziehen, doch ich denke, eure Chancen sind über die staatliche Fürsorge besser als bei privaten Vermittlungsagenturen. Die haben natürlich ebenso ihre Standards, aber demgegenüber auch eine ellenlange Liste mit Kindern in Heimen, die sie in Pflegefamilien vermitteln wollen. Und da liegen die Hürden nun mal niedriger. Einen Versuch ist es wert.« Mit diesen Worten erhob er sich. »Ich muss los, ich habe gleich noch einen Termin mit Harrison«, entschuldigte er sich mit einem bedauernden Gesichtsausdruck.

»Schon gut«, beruhigte ich ihn, stand auf und zog ihn in eine männliche Umarmung. »Du hast mir sehr geholfen, Danke, Bruder«, murmelte ich an seinem Ohr und klopfte ihm auf die Schulter. »Eine Bitte hätte ich da nur.« Ich löste mich von Jace, der mich fragend anblickte.

»Welche?«

»Würdest du uns begleiten, wenn ich Skye überzeugen kann, es auf diesem Weg zu versuchen?«

Über seine Miene huschte ein Schatten, dann jedoch nickte er schnell. »Das wird kein Problem sein. Diese fiese alte Kröte namens Hillcrest dürfte ja mittlerweile nicht mehr dort arbeiten. Die sollte das Zeitliche gesegnet haben, die war damals schon gefühlte hundert Jahre alt«, frotzelte er. »Nun muss ich aber wirklich … wie gesagt, ich denke, dass das eure beste Chance ist, doch noch Eltern zu werden, sag das meiner Schwägerin.« Er verabschiedete sich und verließ das Haus, während ich ihm nachdenklich hinterherblickte.

Ich war der gleichen Ansicht wie Jace, ob Skye sie teilte, oder ob sie den Wunsch nach einer Familie endgültig ad acta gelegt hatte, konnte ich hingegen nicht sagen. Meine Frau hatte mich die letzten Wochen zunehmend ausgeschlossen und sich zurückgezogen. Aber damit war nun Schluss. Wenn sie heute nach Hause kam, würde ich sie zum einen zur Rede stellen und ihr zum anderen Jace' Idee unterbreiten.

Kapitel 38

Skye

Meine Füße brannten höllisch und auch sonst fühlte ich jeden Muskel in meinem Körper. Die stundenlange, gebückte Haltung über den Töpfen, Pfannen und Tellern forderte allmählich ihren Tribut. Seit unserem Termin bei dieser verfluchten Mrs. Keaton schob ich Doppelschichten im Restaurant, um ja nicht zu viel Zeit zum Nachdenken zu haben. Agnes' und Rubens Einwände hatte ich weggewischt und sie schließlich, da sie gar keine Ruhe gaben, angeherrscht, dass sie sich um ihren eigenen Mist kümmern sollten.

Ich griff nach der Fernbedienung für die Garage, betätigte den Knopf und lenkte Seans Sportwagen hinein. Das Haus lag in völliger Dunkelheit da und ich schämte mich, weil mich ein Hauch von Erleichterung durchströmte. Bei jeder sich bietenden Gelegenheit versuchte mein Mann, mit mir über das Geschehene zu reden, doch ich wich ihm aus, aus lauter Angst, dass er unsere Ehe erneut für beendet erklären würde.

Wenn ich ehrlich war, benahm ich mich wie eine Verrückte, denn er hatte mir für eine derartige Vermutung überhaupt keinen Anlass gegeben. Im Gegenteil, Sean war liebevoll und aufmerksam, bemühte sich, mich aufzumuntern. Ich war es, die nicht aus ihrer Haut konnte, die das Gefühl nicht los wurde, dass sie ihn um eine Familie brachte.

Vor der Verbindungstür zum Haus angekommen schlüpfte ich aus meinen Schuhen, ehe ich sie öffnete. Auf Zehenspitzen schlich ich in den Flur, stellte die Sneaker ab und befreite mich von meiner Jacke. Gerade, als ich sie an den Haken der Garderobe hängen wollte, flammte das Deckenlicht plötzlich auf und ich stieß einen erschrockenen Schrei aus. Hastig fuhr ich herum und erblickte Sean am untersten Treppenabsatz. Mit vor der Brust verschränkten Armen betrachtete er mich und sah dabei reichlich angesäuert aus.

»Hat es einen Grund, dass du wie ein Schwerverbrecher in unserem Haus herumschleichst?«, brach er schließlich sein Schweigen und trat näher zu mir. Er nahm mir meinen Kurzmantel ab, den ich nach wie vor in den Fingern hielt. »Skye, komm schon, rede endlich mit mir«, forderte er mich auf, während er die Jacke achtlos auf die Kommode neben dem Garderobenpaneel warf. Ohne auf meinen Protest zu achten, griff er nach meiner Hand und führte mich in unser Wohnzimmer. »Wir haben einander versprochen, dass wir nicht wieder die gleichen Fehler machen wie damals. Eigentlich habe ich gedacht, dass ich derjenige sein würde, der diese Abmachung unterwandert«, sprach er weiter, nahm Platz und zog mich neben sich auf die Couch. »Unser Therapeut würde sicher ebenfalls auf mich setzen.« Obwohl er mir gerade verbal die Daumenschrauben anlegte, musste ich über seinen letzten Satz kurz schmunzeln.

»Ich … ich hatte so viel zu tun … es war keine …«, stotterte ich und hielt schließlich inne. Vor mir saß nicht irgendein Mensch, dem ich eine billige Ausrede auftischen konnte, sondern mein Ehemann, der durch die gleiche Hölle gegangen war wie ich. »Es tut mir leid«, flüsterte ich und senkte den Blick. Sean seufzte, umfasste mein Kinn und brachte mich dazu, den Kopf zu heben.

»Du sollst dich nicht entschuldigen, ich möchte nur, dass du mir erzählst, was gerade in dir vorgeht«, bat er mich sanft.

Ich sah an ihm vorbei und fixierte irgendeinen Punkt an der Wand hinter ihm, weil ich nicht die Kraft hatte, ihm in die Augen zu sehen, wenn er mir sagte, dass er doch die Scheidung wollte. »Meine Gedanken kreisen die ganze Zeit darum, dass ich dir kein Kind schenken kann. Nicht eine einzige Adoptionsagentur möchte uns ein Baby vermitteln, da die Schlagzeilen um uns einfach nicht abreißen, und das kann ich ihnen nicht einmal verübeln. Ich … ich gehe dir aus dem Weg, weil ich Angst vor diesem Gespräch hatte. Wir hatten zwei Möglichkeiten, Eltern zu werden und beide scheitern an mir. Ich bin wie ein Fluch.« Tief durchatmend mobilisierte ich meine letzten Energiereserven, ehe ich weiterredete. »Mir ist klar, auf was du verzichten würdest, wenn wir zusammenbleiben … und ich möchte, dass du weißt, dass ich dir keine Steine in den Weg legen werde.«

Seans Griff um mein Kinn wurde fester. »Sieh mich an«, befahl er mir mit unterschwelliger Schärfe in der Stimme. Ich leistete seinem Befehl nur widerwillig Folge, wollte das Unvermeidliche aber auch nicht länger hinauszögern. »Du nimmst an, dass ich mich nun doch von dir trennen will, weil du mir meinen Wunsch nach einer Familie nicht erfüllen kannst?«

Ich nickte kläglich und wich seinem Blick erneut aus.

»*Du* bist meine Familie, verdammt noch mal. Wenn ich nicht so gut verstehen würde, was für ein Film vermutlich gerade in dir abläuft … und ich selbst in der Vergangenheit nicht so viele Fehler gemacht hätte … dann würde ich dir für deine nicht sonderlich hohe Meinung von mir am liebsten den Arsch versohlen.«

Nach Luft schnappend suchte ich nun doch wieder Blickkontakt. »Das wagst du nicht!«, fauchte ich und erst mit Verspätung sickerte der Sinn der Worte, die er vor seiner Drohung gesprochen hatte, in meinen Verstand. »Warte … das heißt, du willst gar nicht … also ich meine …«

Sean lächelte. »Natürlich nicht.« Seine Miene wurde erneut ernst, gleichzeitig griff er nach meinen Händen und drückte sie fest. »Ich liebe dich und ich kann nachvollziehen, wieso du das angenommen hast, aber wie ich vorhin schon sagte, ich möchte mit dir zusammen sein. Für mich ändert sich das nicht, bloß, weil man uns Schwierigkeiten macht, was unsere angedachte Adoption angeht.« Zweifelnd hob ich eine Augenbraue, so recht konnte ich mir nicht vorstellen, dass er seinen Traum so schnell aufgegeben hatte. »Ich hatte heute ein interessantes Gespräch mit Jace, der mich auf eine Idee gebracht hat.«

Verwirrt kräuselte ich die Nase. »Jace?«, hakte ich verständnislos nach und Sean nickte.

»Wir müssen gewisse Prozeduren und Befragungen noch einmal über uns ergehen lassen, aber ich denke, wir hätten eine reelle Chance«, gab er zurück und weihte mich dann ein. Mit jedem Wort, das er sprach, wurden meine Augen größer. Als er fertig war, schüttelte er kurz mit dem Kopf. »Ich kann ehrlich gesagt nicht fassen, dass wir selbst diesen Einfall nicht längst hatten. Gerade bei meiner Familiengeschichte.« Er streichelte mir zärtlich über den Handrücken und ich erschauerte angesichts seiner Liebkosung. »Die Fürsorge wird unseren Wunsch nach einem Baby berücksichtigen, es wäre aber auch möglich, dass das Kind schon etwas älter ist. Grundsätzlich hätte ich damit kein Problem. Was denkst du?«

Sein erwartungsvoller Blick ließ mich vorsichtig lächeln.

»Ich glaube, es ist einen Versuch wert«, antwortete ich mit fester Stimme. Zwar grauste mir ein Stück weit davor, dass wir Etliches in ähnlicher Form noch einmal über uns ergehen lassen mussten, doch wenn es uns unserem Wunsch nach einer Familie näherbrachte, war ich bereit dazu. Was mich seltsamerweise gar nicht abschreckte, war die Tatsache, dass wir uns das Vertrauen und auch die Liebe dieses Kindes, sollte es kein Baby mehr sein, wahrscheinlich erarbeiten und erkämpfen mussten. Diese Herausforderung ängstigte mich nicht.

Sean zog mich an sich und statt einer Antwort gab er mir einen unglaublich intensiven und liebevollen Kuss, der mich bis in meine Grundfesten erschütterte. Der Mann vor mir hatte nur wenig gemeinsam mit dem, den ich vor zwei Jahren verlassen hatte.

Seine Entschlossenheit und Unnachgiebigkeit erinnerte mich an den Mann, in den ich mich verliebt hatte.

Kapitel 39

Sean

Anderthalb Wochen später hatten wir unseren Termin bei der Fürsorge, zu dem Jace uns wie versprochen begleiten würde. Skye saß neben mir auf dem Beifahrersitz, während mein Bruder auf der Rückbank Platz genommen hatte. Im Wagen hatte sich ein unangenehmes Schweigen ausgebreitet und wenn ich einen Blick in den Rückspiegel warf, konnte ich die Anspannung förmlich in Wellen von Jace ausgehen sehen. Meine Frau hingegen knetete den Saum ihres Rocks so heftig, dass ich irgendwann hinübergriff und eine Hand auf ihre legte.

Ich war nicht weniger nervös als sie, aber es brachte nichts, wenn ich nun auch noch ausflippte. Zumindest einer von uns sollte nach außen hin Ruhe bewahren. Wir setzten all unsere Hoffnungen in das Gespräch mit Mrs. Fiber, die am Telefon einen freundlichen Eindruck gemacht hatte. Sollte dieser Versuch ebenfalls scheitern, würden wir unseren Traum von einem weiteren Kind vorerst begraben müssen, das war uns beiden klar. So viel hing von dieser Besprechung ab.

Vor dem Gebäude angekommen, in dem die Fürsorgestelle ihren Sitz hatte, parkte ich das Fahrzeug und stellte den Motor ab, ehe ich mich zu Jace umdrehte, der inzwischen reichlich blass geworden war. Mich packte das schlechte Gewissen, dass ich ihn gebeten hatte, uns zu begleiten, doch ehe ich etwas sagen konnte, war er bereits ausgestiegen. Skye und ich taten es ihm gleich und ich begrub den Gedanken, ihn darauf anzusprechen, als ich seinen finsteren und angespannten Gesichtsausdruck sah.

Vor dem Gebäude stoppte Jace, warf einen Blick nach oben und sah dann zu mir. »Sorry, ich weiß, ich habe gesagt, dass ich mitkomme, aber ich kann da nicht reingehen«, erklärte er und ich nickte. »Ich warte hier auf euch und rauche eine … oder drei, vier«, setzte er mit einem reichlich schiefen Grinsen nach. Danach umarmte er erst Skye und flüsterte etwas an ihrem Ohr, das ich nicht verstehen konnte, bevor er mir auf die Schulter klopfte. »Das wird sicher gut laufen, ihr bringt doch alle Voraussetzungen mit«, sprach er mir Mut zu.

Ich griff nach der Hand meiner Frau und machte mich gemeinsam mit ihr auf den Weg in das Innere des mehrstöckigen Hauses. Obwohl ich mich bemühte, nach außen hin einen gelassenen Eindruck zu machen, ging mein Puls schneller. Hier und heute würden wir hoffentlich den vermutlich ersten Grundstein für unsere Pflegelizenz und eine mögliche Adoption legen.

Nach unserem recht positiv verlaufenen Gespräch brachte Mrs. Fiber uns mit dem Fahrstuhl nach unten. Sie hatte uns das weitere Prozedere erläutert, das dem der Adoptionsagentur im Grunde nicht unähnlich war. Die Fürsorge-Angestellte, eine Frau in den Fünfzigern, wollte es sich nicht nehmen lassen, uns bis vor das Gebäude zu bringen. Mit einem Lächeln reichte sie Skye gerade die Hand, um sich von ihr zu verabschieden, als die wütende Stimme von Jace sowohl die beiden als auch mich herumfahren ließ.

In ein paar Metern Entfernung entdeckte ich ihn, wie er sich vor einer attraktiven Brünetten aufbaute, die ihn mit einem triumphierenden Ausdruck im Gesicht anschaute. Sie kam mir vage bekannt vor, doch im ersten Moment konnte ich sie nicht unterordnen, bis Skye das Wort ergriff.

»Ist das nicht diese Enthüllungsreporterin von der LA Times? Ich komme gerade nicht auf ihren Namen«, hauchte sie mit hörbarem Entsetzen. »Sie hat eine eigene Kolumne und sich auf bestimmte Fälle spezialisiert. Wenn sie gräbt, wird sie fündig und sie zerlegt ihre Ziele messerscharf.« Meine Frau trat neben mich und griff nach meiner Hand, während Mrs. Fiber zu meiner anderen Seite auftauchte und das Geschehen ihrerseits interessiert beobachtete.

»Wissen Sie, was Sie da von mir verlangen, Mr. Huntington?«, ertönte die melodisch und leicht heisere Stimme der jungen Frau, die zirka anderthalb Köpfe kleiner als Jace und recht zierlich war. »Eine derartige Story nach all dem Wirbel der letzten Wochen unter Verschluss zu halten, wäre völlig irrsinnig.«

Jace beugte sich zu ihr hinunter und drang, ihrem Gesichtsausdruck nach zu urteilen, damit eindeutig in ihre Komfortzone ein. Doch statt zurückzuweichen, reckte sie das Kinn und sah ihn herausfordernd an.

»Haben Sie und Ihre ekelhaften Kollegen meinen Freunden nicht schon genug angetan? Sie haben dafür gesorgt, dass ihnen praktisch jede Möglichkeit auf eine Adoption verwehrt wurde, sie haben …«, fuhr Jace sie aufgebracht an, wurde jedoch von ihr unterbrochen.

»*Ich* habe gar nichts getan, Mr. Huntington. Hat meine Zeitung über Sean Beaufort und seine Frau berichtet? Ja. Habe ich über sie geschrieben? Nein«, gab sie gelassen zurück. »Aber wenn ich von dieser Gelegenheit die Finger lassen und meine Klappe halten soll, müssen Sie mir schon etwas bieten. Ich versuche seit Monaten, einen Interview-Termin mit Ihnen zu bekommen, doch Sie haben mich jedes Mal abblitzen lassen.«

In diesem Augenblick fiel es mir wie Schuppen von den Augen. »Das ist Madison Crowe«, murmelte ich und Skye neben mir atmete scharf ein. Sie hatte sich einen Namen gemacht, indem sie Fälle von Gewalt gegen Kinder und Jugendliche im System aufdeckte … Missbrauch und Vergewaltigungen. Im Grunde fuhr sie eine ähnliche Schiene wie manche Schauspieler. Zumeist schwamm sie im Mainstream-Fluss mit und schrak vor Klatsch und Tratsch nicht zurück. Aber sie veröffentlichte in schöner Regelmäßigkeit Artikel, die es in sich hatten und jeden investigativen Journalisten vor Neid erblassen ließ. Durch ihre breite Leserschaft erreichte sie darüber hinaus mehr Leute als die meisten … seriösen Journalisten, was sie noch gefährlicher machte.

»Was ist Ihnen mein Stillschweigen wert?«, hakte sie nach und ich konnte selbst aus dieser Entfernung wahrnehmen, wie Jace mit den Kiefermuskeln mahlte. »Ein prominentes, ehemaliges Pflegekind fehlt mir noch in meiner Vita«, fuhr sie fort.

»Sie bekommen Ihr Interview, wenn Sie von Skye und Sean Beaufort Ihre Finger lassen und niemandem gegenüber erwähnen, dass Sie sie heute hier angetroffen haben«, erwiderte er zähneknirschend.

»Ich will mehr«, gab sie zurück und Jace lachte zynisch auf.

»Das wollt Ihr Aasgeier doch immer«, zischte er mit einem gehässigen Unterton.

»Kein Fragenkatalog. Ich darf das Interview frei führen, ohne von Ihnen bevormundet zu werden«, setzte sie noch eins obendrauf und nun war ich es, der scharf einatmete. In seiner gesamten Laufbahn hatte Jace nie die Kontrolle abgegeben, sondern über jedes Interview – wenn er denn überhaupt mal eines gab – die Regie übernommen. Er hatte seine Gründe und ich verstand ihn, obwohl er deswegen in der Branche als äußerst schwierig verrufen war.

»In Ordnung«, kapitulierte er und auf Madison Crowes Lippen breitete sich ein leichtes Lächeln aus.

»Wunderbar. Ich habe weder Skye noch Sean Beaufort hier gesehen … ich nehme mit Ihrem Manager Kontakt auf, um den Termin abzustimmen, okay?« Sie sah mit einer fragenden Miene zu ihm auf.

»Als ob ich irgendeine Wahl hätte«, schnauzte er sie an, machte auf dem Absatz kehrt und hielt abrupt inne, als er uns wahrnahm. Er setzte ein unechtes Lächeln auf, während er sich auf uns zubewegte.

»Jace Huntington«, ertönte Mrs. Fibers Stimme und ließ ihn einen Moment stocken. »Erinnerst du dich noch an mich?«

Ehrliche Freude breitete sich auf seinem Gesicht aus und die soeben noch präsente Wut verschwand völlig.

»An die einzige Mitarbeiterin in diesem Gebäude, die damals nett zu mir gewesen ist? Natürlich«, antwortete er und streckte ihr die Hand entgegen.

Die Angestellte ergriff seine Finger und drückte sie. »Ich bin so stolz auf dich«, wisperte sie und schaute dann in unsere Richtung. »Als Jace seinerzeit hier war, hatte ich gerade frisch nach dem Studium bei der Fürsorge angefangen. Meine Vorgesetzte, Mrs. Hillcrest, hat ihm und auch mir ziemlich zugesetzt, das hat uns verbunden«, führte sie aus und ich erinnerte mich daran, dass er den Namen bei unserem Gespräch erwähnt hatte. »Sie hat stets gemeint, dass nie was aus ihm werden würde und ich habe immer dagegen gehalten.«

Jace lächelte erneut, aber es wirkte reichlich gezwungen, der Schlagabtausch mit Madison Crowe steckte ihm offenbar noch in den Knochen. »Ich wage zu behaupten, dass sie meine Schauspielkarriere in diese Kategorie einordnen würde. In ihren Augen ist das sicher nichts Vernünftiges, sondern nur etwas, aus dem ich mit meinem Aussehen Kapital schlage.«

Mrs. Fiber schüttelte mit dem Kopf. »Nichts da, das sozialkritische Drama, für das du letztes Jahr eine Golden Globe Nominierung erhalten hast, kann man sicher nicht als seichtes Popcorn-Kino einordnen, das jeder talentfreie Schönling hätte drehen können. Außerdem muss man auch für ein gutes Aussehen arbeiten, sei mal nicht so bescheiden.«

Ich musste lächeln, da die Angestellte offensichtlich ein Fan von Jace war. »Mrs. Fiber, vielen Dank noch einmal«, klinkte ich mich in die Unterhaltung ein, weil ich merkte, dass sie meinem Bruder allmählich unangenehm war. Mit Lob konnte er nur schwer umgehen, gerade wenn ihn jemand nicht nur als Schauspieler kannte. Als solche waren wir Marken. Oft klaffte das, was die Öffentlichkeit wusste und die Privatperson hinter dieser Fassade meilenweit auseinander. So war es auch bei Jace und so war es ihm am liebsten. »Müssen wir uns Sorgen machen?«

Auf ihrem Gesicht erschien ein verständnisloser Ausdruck, gleichzeitig spürte ich, wie Skye meine Finger stärker drückte.

»Wie meinen Sie das? Warum? Aufgrund des Auftritts von Madison Crowe?«, entgegnete sie und ich nickte. »Mr. Beaufort, ich kann Ihnen versichern, dass auch wir normalerweise nicht unbedingt begeistert sind, wenn wir in die Schlagzeilen geraten. Allerdings sind unsere Standards da andere … falls Sie also befürchten, dass das, was sich gerade eben abgespielt hat, der Erteilung einer Pflegelizenz im Wege steht, kann ich Sie beruhigen. Wir haben zu viele Kinder in unserer Obhut und zu wenig Möglichkeiten, sie adäquat unterzubringen. Unsere Behörde wäre sehr blauäugig und kurzsichtig, wenn sie Sie und Ihre Frau deswegen ablehnen würde. Uns ist bewusst, dass die mit Ihnen einhergehende Publicity durchaus auch einen positiven Nebeneffekt haben kann und nicht unbedingt nur schlecht für uns sein muss. Außerdem … sollte irgendein Kind bei Ihnen schlecht behandelt werden – und ich gehe um Himmels Willen nicht davon aus – würde das die ganze Welt mitbekommen. Wo wäre eine gute Betreuung also sicherer als bei Ihnen?«

Ich hörte, wie meine Frau mehrmals tief durchatmete, ehe sie das Wort ergriff. »Sind Sie sicher, dass Ihre Vorgesetzten das genauso sehen werden?«

Mrs. Fiber nickte. »Ganz sicher, machen Sie sich keine Sorgen«, beschwichtigte sie Skye. Ich hoffte nur, dass sie Recht behielt und uns nicht doch noch von weiter oben Steine in den Weg gelegt wurden.

Mir war klar, dass wir unter Umständen Monate auf ein Baby warten mussten, aber das nahm ich in Kauf. Wichtig war mir vor allem, dass Skye ihr Vertrauen darauf, dass sich alles zum Guten wenden würde, nicht verlor.

Kapitel 40

Skye

Wir saßen mit unseren Freunden zusammen und unterhielten uns über den Termin bei der Fürsorge und das mittlerweile von uns in den vergangenen Wochen komplett durchlaufene Prozedere. Am Ende war uns schließlich die Pflegelizenz erteilt worden. Sean war erschreckend optimistisch. Er glaubte, dass wir bald ein Kind bekommen würden, während ich eher vorsichtig war. Nachdem ich all meine Hoffnungen in die Adoptionsagentur von Mrs. Keaton gesetzt hatte, machte ich mich dieses Mal lieber auf eine Enttäuschung gefasst. Nicht, dass mich das davor bewahren würde, zusammenzubrechen, sollte unser Kinderwunsch auf diesem Wege ebenfalls nicht erfüllt werden. Ich fühlte mich nach wie vor unzulänglich und schuldig, daran änderten auch Seans Beteuerungen nichts.

»Alles in Ordnung?«, fragte Agnes mich, die zu meiner Rechten Platz genommen hatte. Eigentlich hatte sie ihren Freund mitbringen wollen, damit wir ihn kennenlernten, doch leider war seinerseits ein nicht aufschiebbarer Termin dazwischen gekommen.

Ich nickte und bemühte mich um ein fröhliches Lächeln. Agnes hatte sich meine Sorgen mehr als einmal anhören müssen, die meisten anderen Anwesenden ebenfalls, sodass ich sie nicht schon wieder mit ihnen belasten wollte. Mir war klar, dass ich mich im Kreis drehte und die meisten meiner Befürchtungen konnte mir eben niemand nehmen.

»Diese penetrante Krähe hat bereits fünfmal bei Harrison angerufen«, schimpfte Jace in diesem Augenblick. »Heute ist sie dann sogar so dreist gewesen, bei ihm anzuklopfen, um einen Termin mit Sean *wegen der Geheimsache* zu vereinbaren, da ich mich nicht kooperativ zeige.« Er stieß ein wütendes Schnauben aus, das mich an einen kampfbereiten Stier erinnerte. »Denkt diese Frau, ich habe nichts anderes zu tun?!«

Ben lachte amüsiert. »Dir ist schon klar, dass Madison Crowe sich mit e schreibt und nicht Crow, wie die Krähe?«, spielte er den Klugscheißer und kassierte dafür ein Stöhnen und ein Augenrollen von Jace.

»Natürlich ist mir das bewusst, du Arschgeige«, gab er in einem ätzenden Tonfall zurück. »Aber es passt dennoch … dass sie die Frechheit besitzt, Harrison wegen Sean zu kontaktieren, obwohl ich ihr ein Interview nach ihren Vorstellungen zugesichert habe …« Er schüttelte vielsagend mit dem Kopf und nahm einen großen Schluck seines Biers. »Dass sie tatsächlich glaubt, auf diese Art und Weise Druck auf mich ausüben zu können, wird sie noch bitterlich bereuen. Ich habe ihr zugesagt, dass sie einen Termin ohne von mir vorgeschriebenen Fragenkatalog bekommt, einen Freifahrtschein hat sie allerdings nicht.«

»Du wirst sie nicht bis zum Sankt Nimmerleinstag hinhalten können«, warf Marissa ein und kräuselte ihre Nase. »Wieso bringst du es nicht endlich hinter dich? Je eher du dich mit ihr triffst, desto schneller bist du durch damit.«

Jace seufzte. »Ich weiß … deswegen bin ich gleich noch mit ihr verabredet.«

»Du musst das nicht tun«, wandte Sean ein und sah Jace mit einem intensiven Ausdruck an, als sich dieser zu ihm drehte.

»Mir ist vollkommen bewusst, dass du ihr das Interview in Aussicht gestellt hast, um Skye und mich zu schützen. Doch dir sollte klar sein, dass wir das nicht von dir erwarten. Du hast Mrs. Fiber von der Fürsorge gehört, sie hat gemeint, es mache keinen Unterschied. Und es wird so oder so ans Licht kommen. Aufgeschoben ist nicht aufgehoben.«

Jace verneinte entschlossen. »Das mag sein, aber sie werden es auf diese Weise und mit etwas Glück erst mitbekommen, wenn ihr bereits ein Pflegekind habt. Die Presse hat euch in der Vergangenheit genug durch den Dreck gezogen und ich lasse nicht zu, dass diese pseudo-rechtschaffene Enthüllungsreporterin sich mit eurer Story ihre fünfzehn Minuten Ruhm holt. Bislang weiß niemand außer ihr von diesem Termin bei der Fürsorge und so soll es nach Möglichkeit auch bleiben.« Er erhob sich. »Ich werde mich jetzt auf den Weg machen, bevor ich mich mit Maddie treffe, muss ich noch kurz nach Hause.«

Ben zog eine Augenbraue hoch und tauschte einen vielsagenden Blick mit Sean und Aaron, der heute ähnlich still und in sich gekehrt war wie ich selbst. »Maddie?«, fragte er dann mit einem amüsierten Unterton. »Und wozu der vorherige Abstecher zu dir? Seit wann stylst du dich für Interview-Termine?!«

»Fick dich, Ben«, erwiderte Jace und zeigte ihm den ausgestreckten Mittelfinger, ehe er nach einer kurzen Verabschiedungsrunde den Raum verließ.

Ich folgte ihm zur Tür und umarmte ihn dort noch einmal. »Danke«, wisperte ich. »Du hast dafür etwas gut bei uns.«

Jace drückte mich seinerseits fest. »Ihr seid meine Familie, für mich ist das Ehrensache. Die Crowe mag sich ja für gerissen halten, aber um mich reinzulegen, muss sie früher aufstehen.

Mach dir keine Sorgen, ich werde dieses Interview geben, ohne vor ihr einen Seelenstriptease hinzulegen. Sie wäre nicht die erste Reporterin, die versucht, meine Geheimnisse zu lüften und daran scheitert.« Er klang zuversichtlich und das beruhigte mich ein wenig. Das Letzte, was ich wollte, war, dass seine eigene Vergangenheit Schlagzeilen machte, weil er uns schützte.

Er verließ das Haus und ich schloss die Tür hinter ihm. Gerade, als ich mich auf den Weg zurück in das Wohnzimmer begeben wollte, klingelte das Telefon auf der Anrichte im Flur. Ich schnappte mir das Mobilteil und nahm das Gespräch an, während ich zu den Anderen zurückkehrte.

»Ja?«, melde ich mich.

»Mrs. Beaufort? Hier ist Mrs. Fiber«, ertönte die Stimme der Fürsorge-Mitarbeiterin und ich erstarrte mitten in der Bewegung.

»Mrs. Fiber«, begrüßte ich sie atemlos vor Anspannung und um mich herum verstummten sämtliche Unterhaltungen. Vier Augenpaare richteten sich auf mich und beobachteten mich gebannt. Sean erhob sich und kam auf mich zu, um nach meiner Hand zu greifen. »Was kann ich für Sie tun?«, fragte ich mit ein wenig Verzögerung nach.

»Mir ist klar, dass das jetzt einem Überfall gleich kommt und Sie eigentlich Interesse daran bekundet haben, ein Baby zunächst zur Pflege aufzunehmen, um es dann später zu adoptieren«, begann sie und mein Herz schlug unwillkürlich schneller. »Nun hat sich hier eine Notsituation ergeben, für die ich eine Lösung suche, und dabei sind Ihr Mann und Sie mir eingefallen. Wir haben hier ein Geschwisterpaar, das von seiner jetzigen Pflegestelle weggeholt werden musste. Ich möchte die beiden nur ungern erneut auf verschiedene Heime aufteilen und trennen. Lacey und ihr Bruder Andy haben schon so viel durchgemacht und ich …«, sprach sie weiter, während mein Puls mittlerweile so raste, dass das Blut in meinen Ohren dröhnte und mir das Zuhören schwermachte. »Sie sind sechs und sieben Jahre alt, ich muss Ihnen nicht sagen, was das bedeutet«, drang ihre Stimme wieder zu mir durch.

»Sie … wollen uns die zwei vermitteln?« Ich war völlig überfordert, niemals im Leben hatte ich damit gerechnet, dass wir so schnell von der Fürsorge hören würden. Und schon gar nicht, dass sie uns sofort Kinder anvertrauen würden. Zwei Kinder!

»Ja, falls Sie einverstanden sind. Ich möchte Sie nicht unter Druck setzen und ich kann vollkommen verstehen, wenn Sie nein sagen. Bitte denken Sie nicht, dass Sie das künftig benachteiligen wird.« Mrs. Fiber wurde einen Moment still. »Vielleicht nehme ich mir zu viel heraus, aber ich glaube, sie können einander helfen. Lacey und Andy haben ihre Eltern vor knapp zwei Jahren bei einem Hausbrand verloren. Die Geschwister konnten gerettet werden, während ihre Mom und ihr Dad an einer Rauchvergiftung gestorben sind.« Sie stockte kurz und atmete einmal tief durch. »Was sagen Sie?«

Sean, der neben mir stand und sein Ohr mittlerweile dicht an den Hörer gepresst hatte, um so viel wie möglich mitzubekommen, drückte meine Hand fest.

Mehr brauchte ich nicht, um zu wissen, dass er das Gleiche dachte wie ich.

»Ja … wir sagen ja.«

Unsere Pläne waren völlig andere und wir eingestellt auf ein Baby, aber das hier wirkte wie ein Wink des Schicksals.

Wie eine Chance auf einen Neubeginn.

Sowohl für uns als auch für die Geschwister.

Sie hatten alles verloren und nur noch einander. Auch wir waren mal an diesem Punkt gewesen, wo wir alles verloren geglaubt hatten. Selbst uns.

Es klang tatsächlich so, als ob wir uns gegenseitig helfen konnten.

Epilog

Sean

Mittlerweile war es sechs Monate her, dass Lacey und ihr jüngerer Bruder Andy in unser Leben gekommen sind. Wir feierten heute unser Halbjähriges, aber im Grunde wünschten Skye und ich uns nur eins. Die zwei zu adoptieren und sie damit auch vor dem Gesetz zu unseren Kindern zu machen, denn exakt das waren sie für uns. Doch mir war klar, dass wir sie nicht unter Druck setzen durften. Das Trauma, das die beiden bei dem Brand und in der Folgezeit durchlebt hatten, saß nach wie vor tief.

Ähnlich wie Jace waren sie von einer Pflegefamilie zur nächsten gereicht, teilweise sogar getrennt worden und hatten dabei endgültig ihr Vertrauen in die Menschen um sich herum verloren. Bei der Erinnerung daran, wie Andy mich anfangs täglich gefragt hatte, wann sie wieder gehen müssten, schloss sich eine Faust um meinen Magen. Es hatte Wochen der Überzeugungsarbeit gebraucht, bis er mir glaubte, dass wir nicht vorhatten, ihn oder seine Schwester erneut wegzugeben.

Lacey gab sich nach außen hin tougher als ihr Bruder und hatte lange jeglichen Versuch unsererseits abgeblockt, ihr zu zeigen, dass sie für uns kein Kind auf Zeit war. Nachdem Andy damit begonnen hatte, sich auf uns einzulassen, hatte es eine Weile heftig zwischen den Geschwistern gekracht. Inzwischen jedoch schien auch sie verstanden zu haben, dass unsere Liebe für ihren Bruder und sie an keinerlei Bedingungen geknüpft war. Ich räusperte mich und Skye, die gerade dabei war, den letzten Kuchen aus dem Ofen zu holen, drehte sich mit einem fragenden Ausdruck auf dem Gesicht zu mir um. »Alles okay?«

Zuerst nickte ich, dann verneinte ich mit einem Kopfschütteln. »Ich möchte nicht bis nachher warten, sondern ihnen ihr Geschenk jetzt geben. Es fühlt sich richtig an, dass wir das unter uns Vieren ausmachen«, erklärte ich, trat auf sie zu und schloss sie in meine Arme.

Aus dem Garten schallte glückliches Kinderlachen und Kreischen zu uns. Lacey und Andy planschten im Pool, während Balu, unser vor einigen Wochen angeschaffter Border Collie, wild bellend am Beckenrand stand. Die ersten Male war ich tausend Tode gestorben, doch die Geschwister waren ausgezeichnete Schwimmer, sodass ich mittlerweile nicht mehr sofort wie ein Geisteskranker nach draußen stürzte, um sie zu überwachen. Dass sich rings um den Pool Kameras befanden, die ich unauffällig auch von meinem Handy aus in Betrieb nehmen konnte, hatte ich ihnen nicht verraten. Gott bewahre mich vor dem Tag, an dem sie alt genug sein würden, das zu kapieren.

»Was denkst du?«, fragte ich Skye, die sich an mich gekuschelt hatte, und drückte einen Kuss auf ihren Scheitel.

Sie nickte und sah mit einem Lächeln zu mir auf. »Mir geht es da wie dir, ich finde, dass dieses eine Geschenk nur uns vier etwas angeht.«

»Welches *eine Geschenk*?«, erklang Laceys neugierige Stimme. Als wir uns umdrehten, stand sie gemeinsam mit Andy in der Terrassentür, Balu hatten sie im Schlepptau. Wo auch immer sie sich aufhielten, war der Rüde nicht weit. Die zwei waren in ihre Bademäntel gehüllt, dennoch tropften sie den Fußboden voll.

»Wir bekommen Geschenke?« Andy war so aufgeregt, dass ich schmunzeln musste. Hand in Hand ging ich mit Skye auf sie zu, löste mich dann kurz von ihr und holte die vorbereiteten Umschläge aus dem Wohnzimmer. »Briefe?« Er hörte sich leicht enttäuscht an und ich unterdrückte ein Grinsen. »Aber ich kann doch noch gar nicht richtig lesen?« Andy war in seinem ersten Jahr in der Schule und gerade dabei, es zu lernen.

Lacey sah ähnlich ernüchtert aus wie ihr Bruder, griff aber schlussendlich nach dem Kuvert. Andy tat es ihr gleich, drehte es jedoch unschlüssig in den Händen.

»Um das zu verstehen, musst du nicht lesen können«, versicherte ich ihm.

»Ist in beiden dasselbe?«, bohrte er nach wie vor misstrauisch nach und atmete erleichtert durch, als ich nickte. »Dann kannst du mir ja helfen«, wandte er sich an seine große Schwester und dieses Mal konnte ich mir ein leichtes Lachen nicht verkneifen.

»Du lernst es nie, wenn ich das immer für dich mache«, erwiderte Lacey mit dieser gewissen altklugen Art, die nur Kinder an sich hatten. Entschlossen schüttelte sie mit dem Kopf und ihre schulterlangen blonden Locken wippten auf und ab.

Die Kleine war ein Ebenbild ihrer leiblichen Mutter, während Andy mit den dunklen Haaren eher nach seinem Dad kam. Die hellblauen Augen hatten sie jedoch beide von ihrer Mom geerbt. Uns war es wichtig, dass sie nicht das Gefühl hatten, sie dürften nicht von ihren Eltern sprechen. Deshalb hatten wir einen Teil der aus dem Haus geretteten Fotos, die uns Mrs. Fiber übergeben hatte, rahmen lassen und in ihren Zimmern aufgestellt. Darüber hinaus hatte ich die Bilder von Mia, Skye und mir vom Dachboden geholt und an ihren Platz zurückgestellt. Unser Sternchen gehörte ebenfalls zu unserer Familie und ich konnte die Fotos endlich ohne diese beißende Wut in mir betrachten. Ein Erfolg der Therapie, die wir nach wie vor machten.

»Blöde Kuh«, schimpfte Andy und zog den Kopf ein, als Skye mit der Zunge schnalzte. Zurzeit schleppte er jedes Schimpfwort, das er in der Schule bei seinen Klassenkameraden aufschnappte, mit nach Hause. »Entschuldigung«, quetschte er hervor und öffnet als Erster seinen Umschlag. Er zerrte die Karte heraus und klappte sie auf.

Mein Herz raste und ich vermutete, dass es Skye ähnlich ging wie mir. Wir beide hatten lange mit uns gehadert, wie wir ihnen zeigen konnten, dass wir sie wirklich wollten, in guten wie in schlechten Zeiten, und uns schließlich für diesen Weg entschieden.

Andy atmete zunehmend hastiger und sah immer wieder ungläubig zu uns auf, während er die Karte anschaute, die Skye und ich gebastelt hatten. Wir hatten sie einfach und in Bildern gehalten, lediglich zwei Dinge standen in Buchstaben auf ihr. Das Wort Adoption war unter den Heim- und Pflegekindern so etwas wie ein heiliger Gral, hatte Mrs. Fiber uns erzählt. Selbst die, die noch nicht richtig lesen konnten, wussten in der Regel, wie es geschrieben aussah. Tränen stiegen in seine Augen und augenblicklich bildete sich auch in meiner Kehle ein Kloß. Lacey war sichtlich verwirrt und machte sich mit leichter Verzögerung daran, ihr Kuvert aufzureißen. Sie schnappte nach Luft, als sie die in ihm befindliche Karte aufmachte und die gleichen Worte las, wie soeben ihr Bruder. Skye neben mir gab einen erstickten Laut von sich, weil unser

Mädchen mit einem erstaunten Ausdruck zu uns aufschaute. »Ein Gutschein für eine Adoption?«, wisperte sie und ich ging in die Hocke, ehe ich nickte.

»Wann auch immer ihr dazu bereit seid«, antwortete ich mit belegter Stimme. »Für uns seid ihr so oder so unsere Kinder und wir geben euch nicht mehr her. Diese Gutscheine haben kein Verfallsdatum, ihr könnt sie in einer Woche, einem Monat, einem Jahr oder wann ihr wollt einlösen«, führte ich in hoffentlich kindgerechten Worten aus, was wir uns dabei gedacht hatten.

Skye kniete sich neben mich und nahm den mittlerweile leise vor sich hinschluchzenden Andy in die Arme. »Wir lieben euch und wir wollen, dass ihr euch hier zu Hause fühlt und keine Angst habt, wieder wegzumüssen. Das hier ist euer Heim und wenn ihr irgendwann so weit seid, machen wir das ganz offiziell. Aber wenn ihr weiterhin als unsere Pflegekinder bei uns leben möchtet, ist auch das in Ordnung.« Sie küsste Laceys kleinen Bruder auf die Wange und strich ihm die Haare aus der Stirn. »Für uns seid ihr unser Sohn beziehungsweise unsere Tochter. So oder so, wie Sean es gesagt hat.«

Laceys Unterlippe zitterte verdächtig und als ich meine Hand nach ihr ausstreckte, fiel sie mir mit einem Laut, der mir tief unter die Haut ging, um den Hals. Sie weinte so heftig, dass ich eine Weile brauchte, um sie zu verstehen. »Und … was ist … wenn wir … das schon … morgen wollen?«

Ich lehnte mich zurück, tauschte einen Blick mit Skye und legte meine Finger an Laceys Wangen. »Dann gehen wir gleich morgen zu Mrs. Fiber und kümmern uns darum.«

Sie nickte mit einem glücklichen Lächeln auf den Lippen und ließ sich erneut von mir in die Arme nehmen.

Balu, der den ganzen Aufruhr nicht so recht verstand, umrundete uns mehrfach schwanzwedelnd und winselte, ehe er Andy mehrmals kräftig über das Gesicht leckte und ihn so zum Lachen brachte.

Mias Tod hatte eine Narbe hinterlassen, uns unwiderruflich verändert und sie würde uns immer fehlen, aber hier und jetzt bekamen wir eine zweite Chance auf Glück. Rational gesehen konnte ich es nicht erklären, doch ich hatte das Gefühl, dass das Schicksal uns auf Umwegen zueinander geführt hatte. Wir vier teilten dieselbe Trauer und verstanden einander auf eine Art und Weise, wie es jemand, der noch nie einen solchen Verlust erlebt hatte, vermutlich nicht konnte.

Stumm griff ich mit einer Hand nach Skyes und verflocht meine Finger mit ihren.

In diesen Sekunden wuchsen wir endgültig zusammen und wurden zu einer Familie.

Ende

GRAVITY
Brennendes Begehren

Für die Violinistin Amy geht vollkommen unerwartet der Traum vieler junger Frauen in Erfüllung: Sie fällt Ethan Davenport auf, dem Drummer der erfolgreichen kanadischen Rockband Gravity.
Amy will kein Groupie sein und gibt anfangs vor, Ethan nicht zu erkennen. Der genießt die Vorzüge seiner vermeintlichen Anonymität in vollen Zügen. Doch Amys Lüge fliegt bereits nach der ersten leidenschaftlichen Nacht der beiden auf und sie gehen im Streit auseinander.

Ethan kann Amy jedoch nicht vergessen und bittet sie um eine zweite Chance, aber sie weist ihn zurück. Dabei hat Amy allerdings die Hartnäckigkeit und den Einfluss eines erfolgreichen Rockstars unterschätzt …

WALKER INK
Addicted

Evan Walker lebt nur für zwei Dinge: Das Tattoostudio »Walker Ink«, das er zusammen mit seinen Brüdern Noah und Josh betreibt, und das Suchtprogramm, für das er als Mentor tätig ist. Frauen spielen für ihn seit Jahren nur noch in Form von One-Night-Stands eine Rolle - bis Quinn Livingston auf der Bildfläche erscheint.
Quinn ist der festen Überzeugung, den Kampf gegen die Sucht allein bestreiten zu können. Wie soll ihr ein großer, gutgebauter, tätowierter Typ dabei helfen?!
Auf ihrem Tiefpunkt schiebt Quinn ihren fehlgeleiteten Stolz beiseite und nimmt Evans Unterstützung gegen jede Regel an, denn eigentlich dürfte er sie gar nicht betreuen. Aber die junge Frau will ihn und schon bald merkt sie, dass diese Aussage auch allgemeingültig ist, denn sie kann nicht länger leugnen, dass sie sich zu ihm hingezogen fühlt. In Evans Nähe verblassen die Schatten ihrer Vergangenheit.

Auch Evan spürt die Anziehungskraft zwischen ihnen, versucht jedoch, ihr Verhältnis rein professionell zu halten. Aber die Sehnsucht nach Quinn wächst beständig. Doch wie soll man sich entscheiden, wenn diese Gefühle letztlich zum Untergang beider führen könnten?